海男，女，中国当代著名诗人、作家。曾获 1996 年刘丽安诗歌奖、中国新时期十大女诗人殊荣奖、2005 年《诗歌报》年度诗人奖、2008 年《诗歌月刊》实力派诗人奖、2009 年荣获第三届中国女性文学奖、2014 年获第六届鲁迅文学奖（诗歌奖）。已出版《男人传》《女人传》等作品 80 余部。现为云南师范大学特聘教授。

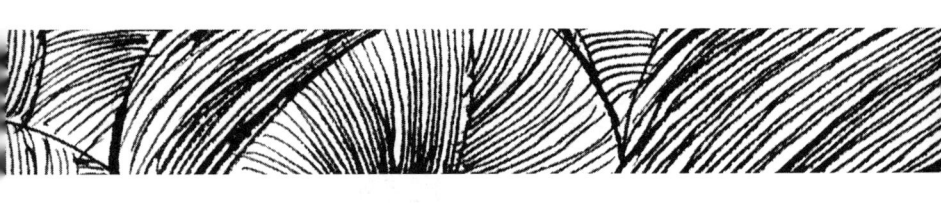

"西南联大文库"编委会：

海男文集·长篇小说卷

县 城

海男 著

云南出版集团　云南人民出版社

图书在版编目（CIP）数据

县城：长篇小说卷 / 海男著. —— 昆明：云南人民
出版社，2018.8
（海男文集）
ISBN 978-7-222-17279-1

Ⅰ.①县… Ⅱ.①海… Ⅲ.①长篇小说—中国—当代
Ⅳ.①I247.5

中国版本图书馆CIP数据核字(2018)第126987号

责任编辑：文艺蓓　刘　焰　姚实名
创意设计：人合圖文
责任校对：陈春梅
责任印制：洪中丽

XIANCHENG
县城（长篇小说卷）
海男　著　　封面插图/海男　　海男肖像：陈婉清/绘

出　版　云南出版集团　云南人民出版社
发　行　云南人民出版社
社　址　昆明市环城西路609号
邮　编　650034
网　址　www.ynpph.com.cn
E-mail　ynrms@sina.com
开　本　787mm×1092mm　1/32
印　张　13.25
字　数　200千
版　次　2018年8月第1版第1次印刷
印　刷　云南出版印刷（集团）有限责任公司
　　　　云南新华印刷一厂
书　号　ISBN 978-7-222-17279-1
定　价　49.00元

云南人民出版社微信公众号

目　录

上部：二十世纪八十年代

我交代着属于我和其他人的县城，我向你诚挚地坦言在这人性交织的县城里，那些从热烈或冰冷的胸部，从烈火中发出的一种甜美的、沉闷的呻吟。然后，我用自己的母语开始向你讲故事。很显然，故事应详细地从县城的电影院开始讲述，准确地说应从穿喇叭裤开始讲起。

1

湿润的春天降临时，我终于十八岁了。昨天晚上我从县城南街取走了一条刚缝纫好的喇叭裤。那里住着上海裁缝一家人，年轻的上海裁缝大约二十八岁。二十多天前他率领他年轻的上海妻子和一个孩子来到了县城。他带来了喇叭裤。因为他和他年轻的妻子都穿喇叭裤。这太新鲜了也太激动了。县城的年轻人都在公开地或悄悄地传播上海夫妇穿喇叭裤进入县城的场景。他们是搭长途货车进入县城的，那时候不是每天都有来往省城的客车，大约每十天有一趟客车往返于省城之间。那些没有耐心等候的人会搭上货车到省城。开货车的驾驶员在那个时代都很时髦，他们穿上工装裤子，朝你微笑时，你的身体仿佛在磁场中燃烧。我曾经在私下幻想，它们来自现实的力量，如果我到省城我一定会搭上一辆货车，我听说那些车身很长的货车源自一个很遥远的国家波兰。

　　对于那时候的我来说，波兰是一个谜，是地图上的波兰。那时波兰并不会让我想起肖邦来，因为我根本不知道肖邦是谁。旋转是迷人的，然而它不是波兰的肖邦给予我的，它从县城的一口老水井中荡漾出纯净的旋律。每天我都会看见年龄大一些的人们到水井边打水，他们认为自来水没有甜味，因为自来水始终弥漫着一种漂白粉的味道。

　　上海裁缝夫妇带着孩子从一辆笨重的货车上下来时，他们穿着大喇叭裤经过了县城的一条街道。那时候，那些坐在街头小巷晒太阳的人、卷纸烟的人、晒衣服的人都抬起了头，谁也没有想到喇叭裤从这一刻开始对一种古老的裁缝技艺开始了对抗，甚至慢慢地演变成一种无形的摧毁。很快，百分之八十的年轻人都不再到老县城的缝纫铺里做衣服了。

　　我也许不是第一个请上海裁缝做喇叭裤的，然而，我也许是第三或者第四个，沐浴着灿烂的阳光站在县城的南街八十号，以一种好奇的、羞涩的力量脱口说出了我的愿望。年轻的上海裁缝开始为我量臀部，直到后来我才知道喇叭裤最为重要的是臀部，它必须紧紧地、恰到好处地束住臀部，让臀部的线条完美地显露出来。其次是足部、大腿部，喇叭裤的裤型类似县城山坡上在春夏之间怒放的那些喇叭花。走出裁缝铺以后，我就每天计算着时间过日子，那时候我为觉得度过二十天似乎是艰难的，我做梦都在梦见我已经穿上喇叭裤去看电影。

毫无疑问，看电影是我那个时期最为美好的现实，十八岁的我整日在敲击着一架古老的打字机，我不知道我是怎样参加工作的。总之，我就那样到防疫站报到了，单位领导把一间办公室交给了我，里面有一台打字机和一盒盒的打印纸，散发出油墨的香味。单位领导对我说："你一定要尽快学会打字，我们的文件很多的，文件送上来必须尽快完成。"就这样，年仅十八岁，我已经有了单位。然而，有了单位并不意味着我失去了喇叭裤的年龄。我想，我一定是整座县城第三个穿上喇叭裤的女孩子。

所以，我穿上喇叭裤的那天早晨就经过了电影院门口，太好了，墙上的海报已经出来了，就在我步行到县防疫站的时候，七点半钟海报就出来了，我看见了令我激动的一幕电影《野火春风斗古城》。我的心跳动着，我在上初中时就看过这部书，当时，因为学校规定不许看黄色书籍。那是一个什么样的时代，连黄色书籍都看不到，根本就看不到图书。我之所以看到了《野火春风斗古城》，与我哥哥有关系，我哥哥年长我三岁，如今是照相馆的一名工作人员。哥哥是最后的一批知青，在农村待了一年半以后，就携带着一圈行李开着村里的手扶拖拉机回到了县城，那辆手扶拖拉机伴随哥哥在县城外一百八十公里的一座小乡村度过了一年半的知青生涯。哥哥回城的那天，似乎是我们一家人的节日，母亲忙着杀鸡，父亲不在家，他是采购员，他永远缺席着，姐姐在谈恋爱，她的男友在县城外的一座小镇上当个小官。因而恰好姐姐到小镇去了，我不知道姐姐最近发生了什么事，总看不到姐姐的笑容，但也看不见姐姐在哭。她总是三天两头地奔往小镇看她的男友，其次是我的小弟弟，他才十五岁，正在念初三。

我独自一个人穿过了县城的街道，来到了城门口迎着我的哥哥，就是通过他，我有机会读到了那一时期被称的"黄色书籍"，比如《小城春秋》《青春之歌》《野火春风斗古城》等等。我不知道哥哥是从哪里得到这类书的，哥哥的朋友很多，正当我如饥似渴地读着这些书时，哥哥就到一百八十公里外的乡村插队落户去了。我很羡慕哥哥，我有一次曾经悄悄地搭上了一辆农用车，那时候我并不知道那是一辆运猪车，我攀上了车厢，车就开动了，已经来不及了。所以，我就置身在那些黑色的猪之间，那些肥壮的猪不时地起着哄，我成了一个异物。然而猪并不咬噬我，也不赶我走，只是用它们的独特的声音围着我起哄。所以，当我从车厢下来时，我满身的猪味，此时，只有三公里就可以到我哥哥插队的乡村了。

走完了三公里，这是我生命旅程中最快乐的自由的三公里，田野上开满了油菜花，香喷喷的花香从微风中送至我的鼻前，被我呼吸着，简直是天堂一般的感觉。我走完了三公里，就看见了一辆手扶拖拉机向我迎面开来，开拖拉机的就是我的哥哥。车里装满了一车猪粪和我身上的满身的猪味混在一起，不过，我发现旁边有一条小河，我站在小河边，两边是垂柳，我对哥哥说我想洗个澡，我身上全是猪的味道，让哥哥为我守候一下。哥哥坐在拖拉机上，为我做守护神，而我就脱光了衣服在河边垂柳的掩映下洗了一个澡。当我的裸体穿行在河底时，我的肌肤碰到了河底的青苔，那是一种无法言喻的触摸，使我几乎开始眩晕起来。

我上岸以后，猪的味道就从我肌肤游移开去，剩下的是一种残留在我身体上的一种纯青苔的味道。如果这种青苔味能永远地留在我的肌肤上，我想它会让世上任何一种香味，任何一种浓郁的香味黯然失去它们的生机。然而，它在我回县城的路上就已经被一阵炎热所蒸发掉了，我只在哥哥的身边停留了一个小时就离开了。因为哥哥要开着手扶拖拉机送猪粪到山坡上的梯田去，而我显得如此的多余。

我站在县城的城门口等来了哥哥，他竟然开着乡村的手扶拖拉机进了县城。那时候，我羡慕所有能开车的人，无论是开拖拉机的人，还是开大货车的人我都羡慕。因为开车的人让我充满了幻想，在幻想中，我似乎看见了从这里到别处的一种时空的变幻。

哥哥很快就参加了工作，被分到照相馆搞人像摄影。在之前，哥哥连相机都没有看见过。不过，哥哥有了职业，已经让全家人很高兴了，现在，除了小弟还在念书之外，我们三个人都工作了。大姐比我年长五岁，在供销社当售货员，哥哥到了照相馆，而我在防疫站做打字员。

而此刻，我穿上了喇叭裤已经站在了电影院门口，我手里拿着两张票，一张是我自己的，另一张是给女友乔芬的。我们两个总是合着来看电影。乔芬是我的好朋友，她是同我一块参加工作的，现在在粮食局工作。我身上绷紧了那条橘红色的喇叭裤，也许太炫目了，当我提前站在电影院门口的台阶上时，我已经敏感地感受到人们的目光。那些目光像冰雹一样无声地评判着我的喇叭裤。我知道，因为我是县城第三个穿喇叭裤的女孩子，而且我选择了橘红色。

站在供销社的柜台前选择布料时，我第一眼就看见了各种颜色的布。那时候，我的眼睛不会盯住黑色、红色、绿色，唯有橘红色使我心跳，使我的心房搏斗着、怒放着。若干年以后，我喜欢上了红色，后来又迷恋上了咖啡色、黑色。然而，那是若干年以后的事情，跟现在毫无关系。

所以，这橘红色太炫目了，引起人们评头论足。我耐着性子等待着乔芬，因为她不知道电影票的座位，我只有耐着性子等待。不管人们怎样评论我的喇叭裤，我那紧绷着的臀部上的一团团橘红色，我都要等下去。

乔芬终于来了，她迟到了很长时间，我有些生气。由于她迟到，我不得不站在电影院门口的台阶上等下去；由于她的迟到，我不得不让人们对我的橘红色喇叭裤评头论足。当我们沿着漆黑的电影院过道朝前走去时，一只手电筒从黑暗中射过来照着我们前行，我无意中看见了电影院中的一对男女，他们正在相互抚摸着膝头，他们似乎正在令人窒息地轻抚着对方。

我没有看到电影的开头，我还在生气，而在我旁边的一侧，隔着几个人，我竟然看见了哥哥的面孔，奇怪的是我站在电影院门口并没有看见哥哥的影子呀。也许当我站在电影门口之前他就已经进电影院了。哥哥旁边的位置空着，过了一会儿有一个人顺着手电筒光走了过来，就在哥哥的旁边，她一坐下来，看电影的姿态就立即有了变化。之前，哥哥好像一直在盯着银幕，而当那个女人坐下以后，哥哥就开始盯着女人了。费了好大劲，我还是没有看清楚那个女人的脸，这对我来说好奇怪：与哥哥一块看电影的女人到底会是谁呢？令人奇怪的是电影即将结束时，那个女人却离开了，随即哥哥也跟着离开了，我看着两个座位的空缺，仿佛在研究哥哥和那个女人的关系。

电影每次散场时，我都看见一对又一对的恋人们并肩往外走去，他们的目光都在回避被别人盯着的目光。他们越是回避别人的目光时，也正是别人盯住他们的时候，女友乔芬来到电影院外灿烂的阳光下时才端详着我橘红色的喇叭裤。她问我为什么穿喇叭裤，我直截了当地说，因为喇叭裤好看。女友似笑非笑地说："难道你不知道什么样的人穿喇叭裤吗？"我摇了摇头说我不知道，想让女友告诉我，她贴近我的耳朵说了一个让我震惊的词语：地痞流氓。这个词语让我顿然无话可说。

2

很显然，我是县城第三个穿喇叭裤的女孩子。我穿着喇叭裤在星期一的早晨来到了单位上班时，领导上午就出现在我的办公室，我以为他是寻找我打印文件，就毕恭毕敬地站在他面前。在单位领导面前我向来很毕恭毕敬，甚至是怯生生的，领导是一个四十多岁的男人，不知道为什么他已经开始秃顶，所以他比一般四十岁左右的男人要显得年龄稍大一些。他盯着我绷得紧紧的喇叭裤，好像是在盯着我的屁股说："罗修，你应该注意影响，谁让你穿喇叭裤来上班的……明天不允许穿喇叭裤来上班，记住了没有？"我低下头，盯着他的鞋尖，这是一双军用胶鞋，从我看见他的那一刻，也就是从我到单位报到的时刻，我看见的领导就穿着已经洗得发白的军用胶鞋。起初我以为他是从部队转业的，舍不得他的旧胶鞋。后来同事告诉我说，领导在我之前三个月刚刚从一座小镇调到县防疫站当站长，在此之前，他是那座小镇防疫站的站长。我似乎明白了，我去过许多小镇，小镇上的人们都喜欢穿军用黄胶鞋，因为在任何小镇的杂货铺里，军用胶鞋都同红糖、茶叶一样摆在柜台上任人购买。

我沉默了一会儿，不得不对着领导保证说，今后我不会再穿着橘红色的喇叭裤来上班了。领导绷紧的面孔放松了一下，然后就离开了。我掩上打印室的门，环顾着墙壁，我似乎想在墙壁上寻找到一张防疫站工作人员的准则，我在别的办公室看见过将打印好的工作人员准则贴在墙壁上。我溜到旁边的财务室，抬起目光搜寻到了一张工作人员准则。在一张白纸上有密密麻麻的文字，我看了一眼好像里面并没有任何一条准则说上班时不允许穿喇叭裤。我明白了，这是领导看我不顺眼，为我单独制定的准则：从明天开始不允许我穿着喇叭裤来上班。

我产生了一种不愉快的情绪，我不明白领导为何会限制我。他之所以看我不顺眼，因为看我穿喇叭裤不顺眼，而且它确实太炫目了。我不明白我为什么会选择橘红色布料来缝喇叭裤，我不明白穿上喇叭裤的我为什么会让领导感觉不顺眼，然而，这只是开始。

我的母亲从乡下外婆家回来了，那正是我下班回家的时候。我一进门，就嗅到了鲜桃的美味，我知道母亲从乡下外婆家回来了，给我们带来了鲜桃。小时候我经常被寄送到乡下外婆家里去，那是一座平缓起伏中升起的小山冈，而外婆就住在山冈上。门外就是外婆的一片桃园，每当桃花盛开时，就会看见多得无法数的蜜蜂，围绕着桃园在飞翔。不过，我已经有许多年没有去外婆家了，母亲也很少回娘家。母亲一直在为我们四兄妹奔忙，母亲似乎一直都在忙碌着。

此刻，我奔向那个桃筐，母亲看见了，她正在厨房里做饭，她显然被我那条炫目的橘红色的裤子迷惑住了。她还来不及放下手中的锅铲就直奔我身边，审视了我半天说道："……这是什么打扮？像鬼一样，你就这样去上班吗？"我吃了一惊，在母亲的眼里，我竟然像鬼，我后退着，因为母亲的目光一直在逼视着我，仿佛要让我自己承认我何时何地把自己变成鬼的？我是鬼吗？可这是大白天啊，难道我穿上一条橘红色的喇叭裤就把自己变成鬼了吗？我后退着，撞到了进屋来的大姐的身上。

我的大姐回来了，比我年长五岁的大姐已经恋爱了许多年。然而，还没有结婚，此刻，她从小镇看男朋友回来了，男朋友也就是大姐的未婚夫，我感觉到似乎已经寻找到了替身，因为突然之间，我母亲的目光不再盯着我的喇叭裤，而是去盯着我的大姐了。

我回过头去看了一眼大姐，她真憔悴，好像被霜冻过一样，好像花朵被暴雨淋湿过一样。我的姐姐是个美人，在我眼里她一直就是一个美人，她就像母亲站在外婆家的桃园中看见的那些悬挂在树枝上的鲜桃。然而，那天下午，我所看见的姐姐好像不是一只鲜桃，好像变了脸色，变了眼神，变了身体的灵性，她看了我一眼，又看了母亲一眼，然后什么也没说就直奔自己的房间去了。母亲放下仍然举着的那个布满菜油的锅铲，不知所措地看着我，又看了看大姐的房门。很显然，在这一刹那，母亲已经忘记我的喇叭裤了，姐姐已成为母亲注意的对象。

我听见了一阵抽泣声，便去敲姐姐的门，门开了，姐姐把我拉进去。很长时间以来，姐姐一直把我当作她的倾诉对象，我一进屋，姐姐就把我拉到墙角，压低声音说道："你说我该不该嫁给张羊？"我迷惑了一下说道："你们恋爱都已经有五年时间了，你要嫁给谁啊？"姐姐白了我一眼说道："我怀疑张羊还有别的女人。""这可能吗？""我还没有查清楚，我白去了一趟小镇，张羊已经到基层去了……我听说张羊还有别的女人。如果换了是你，你相信吗？""我是谁啊，如果换了我，我去相信谁啊？我无法回答你，因为我根本就没有过恋爱……"姐姐突然止住泪水说："你穿喇叭裤了，如果我再年轻一些，我也去穿喇叭裤……"姐姐又笑了笑，嘴唇边荡起一种我很少见到的十分虚幻的微笑。

我突然转过身去对姐姐说："如果需要我，我可以陪你到张羊工作的小镇去，我永远是姐姐身后的影子，可以帮助姐姐战胜来自现实的一系列忧患。"姐姐点点头说周末她还想到小镇去一趟，我对姐姐说，那我就陪你去吧。

接下来，弟弟罗敏回来了，他拎来了一台收录机，我眼前一亮，这太时髦了，它可以同我橘红色的喇叭裤交相辉映，也就是说喇叭裤和收录机都能够代表那个时代的时髦。在我那时的意识深处，所谓时髦代表着什么呢？它就像是从我血肉中、骨头上生长出的一朵花、一棵树一样让我除了幻想之外还能触摸到它。

罗敏冷冷地到阁楼上去了，在他上小学时，他就住到阁楼上去了，罗敏不太爱说话，言语少得惊人，他总是回到家就到阁楼上去，仿佛他的所谓家就是那间不足七平方米的小阁楼。我跟着他上了楼，因为我还是第二次看见收录机。从前的任何一个时刻，我都幻想着看见收录机。一次，从县文化馆门口路过，偶然看到了一台收录机，在县文化馆的院子里，一群男女正在围着收录机跳花灯舞蹈，从那台收录机里发出了旋律。这是我第一次看见收录机，在这个时代，收录机在县城代表着年轻人的另一种幻想。从远远的一道窗口，在午夜，我也会听到从窗子里弥漫出一个女人的歌声，还有李谷一的歌声。两种截然不同的歌声沿着古老的石灰色的墙壁在攀越着。

此刻，我很想同罗敏分享那台收录机，我不想知道那台收录机是从哪里来的，我只想坐在罗敏的房间里，看一眼那台收录机。如果有邓丽君的磁带或者是李谷一的磁带，那真是梦一般的相互纠缠的梦境啊。

罗敏把一盘磁带放进收录机，他看了我一眼，这时一阵阵轻柔的声音就旋转过来了，我低声说："太好了，邓丽君的歌，你从哪里来，邓丽君的歌。"罗敏的脸上荡起一种开心的微笑，神秘地笑了笑不吭声，就在这时候，我的心灵好像被什么东西抓住了。那强烈的抓住我的歌曲难道是邓丽君的歌曲吗？罗敏听完了邓丽君的歌以后，似乎才意识到他的姐姐已经穿上了喇叭裤。他好奇地盯了我一眼，仿佛在盯一种异类，他突然笑了，露出两颗虎牙说姐姐，你穿喇叭裤漂亮极了。这是除了姐姐之外，第二个支持我穿喇叭裤的人。

我想哥哥罗华也应该支持我穿喇叭裤，于是，那天晚上，我盼望哥哥能够早一些回家。哥哥很少回家，他在照相馆上班，通常要晚上九点以后回家。然而，那天晚上已经过了半夜，哥哥还不回家。除我之外，母亲也在等待。母亲似乎已经培养了一种习惯，家里的人如果有谁不回家，她就不入卧室。母亲总是在等候，起初是平静地等待，边做家务边等，一旦家务做完了，母亲的等待似乎会突然之间变得不安起来。她在院子里真切地踱步，像一个黑暗中的幽灵，虽然我从来没见过幽灵。

半夜降临时，哥哥回家了，那天晚上，我也在等待，我等待的原因很简单。我想让哥哥看见我穿喇叭裤，我想让做照相馆摄影师的哥哥看见我并支持我穿喇叭裤。哥哥一进院子，母亲就像幽灵一样飘荡上前，责问哥哥为什么回家这么晚，让她担惊受怕。哥哥说他在暗室中待了几个钟头，现在他累了，他想睡觉。

我冲了出去，想在楼台上碰见哥哥，然而他看上去确实累了，根本就看不见我的影子，看不见我穿了一条橘红色的喇叭裤。哥哥奔向睡房，根本就不理会我的存在。第二天一早上班时，我没有穿上那条喇叭裤，我对我自己说，防疫站的工作对我来说来之不易，我已经向领导保证过了不再穿喇叭裤上班了。为此我把喇叭裤子抛在一边。我刚到办公室，领导就来了，眼睛就盯上了我的屁股，他松弛了一下说："这就好了，只要不穿喇叭裤就好了。"我点点头，盯了他的鞋子一眼，我不明白，为什么我的领导永远穿着那双洗得发白的旧胶鞋呢？难道除了这双鞋子之外，领导就没有别的任何一双鞋子了，我感到好笑。周末到了，姐姐来电话说她已经决定了，让我陪她到小镇去。

我想我终于等来了周末，这样，我就可以穿上那条橘红色的喇叭裤了。第二天一早，我早早地就穿上了喇叭裤站在姐姐的门口敲门，姐姐好像哭过，眼睛红红的。姐姐靠近我说："我的任何事情都不要在母亲身边讲起。"我明白姐姐的用意，在我们的内心中，我们都不愿意把那份伤痛和杂芜告诉母亲，因为母亲是一个容易操心的女人，父亲又不在家，母亲操心已经太多了。另外一个很重要的原因是我们都知道母亲经受不住太多的意外的杂芜。比如姐姐与张羊的恋爱，母亲总是问姐姐，为什么恋爱五年了，还迟迟不结婚等等。

小镇离县城还有八十公里。那时候八十公里对于我们来说就是一段十分遥远的距离，因为交通工具的匮乏使得我们对距离产生了幻想和恐怖。我和姐姐站在城门口，那时候到一座小镇去根本就没有客车，这也是姐姐和张羊很少会面的原因。

　　我们挥手招了几辆运货车都不经过张羊工作的小镇，很多个小时过去了，又过了十分钟，我们终于搭上了一辆运货车，到缅甸边境去，车上装满了化肥。还好，车上没有装黑乎乎的猪仔，否则我们又要被弄得满身猪味了。我们坐在化肥的编织袋上，很舒服。

3

　　当我们站在张羊供职的永乐小镇时，已近黄昏了，八十公里竟然跑了一天，其原因在于这是一条泥路，再加上刚下过雨，所以泥路上布满了泥坑。我和姐姐坐在车厢中时，每一次都像是随同车身跌倒在泥坑里一样。而且，在中途，在三十公里之外的一片被核桃树所掩映的泥路上，货车突然出故障了。货车司机不好意思地对我笑笑，让我们不用下车，可以在车上聊天。他钻到车下面，三个小时过去了，故障被货车司机排除了，我们又开始了新的征程。现在，我们终于进入永乐小镇了。在黄昏中，姐姐突然做出了一个重大的决定，让我陪她到旅馆住下来。我费解地对她说，为什么不到张羊那里去，既然张羊在小镇工作，我们用不着住小旅馆。姐姐白了我一眼说，我们还是住旅馆吧，我们务必不要惊动张羊，因为这是周末，我听说周末的时候，每到半夜就有一个镇供销社的女人钻进张羊的房间。这是县供销社的人告诉我的，要我提防着张羊。

我惶然地点了点头，有些害怕：张羊怎么能这样呢？他已经跟姐姐恋爱快五年了，姐姐如此美貌，难道还会让张羊受到别人的勾引吗？县城里总是传说哪一个狐狸般的女人又勾引了哪一家的男人，所以，在所有谣言中，我已经知道了勾引是怎么一回事。

现在我明白了，姐姐是早就有准备的，她竟然带来了一台照相机。今天早晨，姐姐去过哥哥的房间，出来时，拎着一只小包，后来姐姐又给这只小包套上了另一个布袋，但我并不知道里面有一台照相机。当我们在旅馆住下以后，姐姐诡秘地揭开了那只布袋，竟然是一台海鸥牌照相机。我兴奋极了，那时候，我还是头一次看见照相机，我以为姐姐带来照相机是为了拍摄我们来小镇的一些图片。我早就听姐姐说过小镇的山冈上有竹林、果园，每到春天降临时，满园的果树全开花了，我很快就看到了姐姐在十分笨拙地使用照相机，她发出一声令我捉摸不透的笑声。姐姐告诉我她是来捉奸的，如果张羊果真与那个女人在一起的话，她一定会按下照相机的快门。

我顿然吓了一跳，不知所措地劝诫姐姐说，我不相信张羊会这样，从内心我已经把张羊当作我未来的姐夫了，他农校毕业以后就到了永乐小镇当副镇长，他怎么会这样做呢？再说在我印象中，张羊是一个有理性的人，他不喜欢多说话，总是微笑着。不过有一点我敢肯定，张羊这样的男人是不容易让女人了解的，也可以这样说，张羊是一个不愿意吐露心事的男人。跟这样的男人在一起，总猜不透这个男人在想什么。

我的劝诫对姐姐是徒劳的，在姐姐供职的县供销社，到处都是流言，姐姐虽然分在柜台上卖鞋子，却总是听见那些谣言，县城里一个小时前发生的事，一个小时后就会传遍整座小县城。姐姐下班时，通常会带着那些谣言回家，吃饭时，姐姐就会发布新谣言，这使我从那时候就感悟到县城的七嘴八舌就像喇叭一样每天都在广播着新的消息，而谣言大都是男人和女人的消息。在每户人家用餐时，我相信，每一家都有一个类似姐姐这样的女人，因为工作在流言传播的地方，从而可以快速地把流言带回来。当我们一边品尝美味时，另一种辛酸的笑或滑稽的笑在谣言的传播中升起在我们的眉目之间。我们当时并不知道，我们每个人都有可能成为别人的谣言。

比如，我的姐姐罗果，姐姐有一个好听的名字，它象征着一种果实。姐姐的生活不也被别人作为流言传播着吗？正是从县供销社的流言传播之中，姐姐知道了张羊的不忠，所以，姐姐准备了一台海鸥照相机。

小镇的黄昏炎热极了，我站在窗口，姐姐则坐在床边，她一直在学着使用那台照相机，她不断地看那台照相机的原理，因为她需要照相机为她搜寻证据。然而，我不相信姐姐会成功，因为我不相信流言这样的东西，在我看来，流言只是一些站不住脚的东西而已，它的出现跟一些蛛丝马迹有关系，但它往往会被流言传播者一次又一次地夸张。如果是我的话，我根本就不会相信流言。当时，我会相信我自己的判断。今夜，我们将去会见张羊，这是姐姐的决定，不管怎么样，她是县供销社的售货员，而我就是我，是县防疫站的打字员。我出门时没忘记穿上我那条橘红色的喇叭裤。这就是我与姐姐的区别，她带着海鸥照相机前来搜寻张羊的证据，而我呢，穿上了橘红色的喇叭裤来小镇帮助姐姐解决两性问题。

两性问题难道都是从漫长的长夜中显露出来的吗？姐姐似乎等得不耐烦了，她说夜还不够黑，为什么在这样一个晚上会出现明月呢？她还说夜还不够宁静，为什么已经到了半夜，还会有狗吠声呢？而且从小镇旅馆往下看去，竟还会看见有人影穿过小镇的街道。

不管怎样，不管我用尽多大的力量也无法去阻止姐姐奔向镇公所。我跟在后面，姐姐走在前面，她依然用那只布袋套在海鸥照相机的机身上，所以，根本就看不出来姐姐背着一台海鸥照相机。其目的是去捉奸，然而，真的会出现姐姐捉奸的场景吗？

我决不相信这种场景出现，从某种意义上讲我希望姐姐能快一些跟张羊结婚，这样她就不会生出种种被流言笼罩的念头了。当然我也希望张羊快一些离开这座小镇，距离总不是好东西。如果没有八十多公里的距离，如果姐姐跟张羊生活在同一座县城里，他们每天能见面，事情就会好得多了。

姐姐满怀着从黑夜中上升的力量走在我前面。十五分钟后，我们已经站在镇公所的围墙外面了，我们仿佛在制造一场阴谋，姐姐是主谋，而我则是同谋。不管怎样，我已经来到了小镇，我陷入了这场阴谋之中。这时候，在黑夜的笼罩下，我再也看不见那条橘红色的喇叭裤了。我青春期的那种梦幻色泽显得黯然无光。

走进镇公所的大门，姐姐就仰起头来搜寻着什么，前面出现了一排平房，姐姐好像看见了灯光，午夜已经过去了，只有那道窗子亮着灯光。姐姐告诉我说张羊在家，灯亮着，就意味着张羊已经从基层回来了。姐姐诡秘地对我笑了笑，本能地抚了抚那只布袋子，然后带着我向着灯亮的窗口走去。而当我们快要走近窗口时，灯光突然熄灭了。姐姐带上我拐进了平房的台阶，然后是一条深幽的过道，显得寂静，仿佛没有多少人居住。姐姐弯下腰，脱下鞋子，用右手拎着鞋子，她示意我也要鞋子脱下，我固执地摇了摇头，不愿意这样做。

然而，我却本能地放慢了脚步，尽量不让鞋底发出声音。姐姐提着鞋子来到一道门口，她似乎早已经准备好了钥匙，随即用一种意想不到的速度插入孔道，然后打开了门后的灯，就在这时，我听见了一个女人的尖叫。

姐姐慌乱地拎着鞋子往外跑，而我也慌乱地跟着姐姐跑，仿佛被鬼魂追着，我根本不知道发生了什么事情。我只是跟在姐姐的身后跑着，终于跑进了那座小镇的小旅馆。姐姐的长发散开来，像一块块漆黑的乌云一样，她埋下头突然痛哭起来，我慌乱地劝着姐姐，问她到底发生了什么事。姐姐突然断断续续地告诉我一个事实：张羊的确在通奸，当她打开门时，张羊和一个女人正在床上通奸。

难道那些谣言是真的吗？姐姐突然抱住了照相机，以一种不可思议的力量对我说："我一定要回去，我要拍下他们通奸的场面。"还没等我反应过来，姐姐已经赤着脚，抱着照相机返回了镇公所。姐姐一走，我也无法留下来，我得去追她，在夜色中，我穿着橘红色的喇叭裤，追赶着我的姐姐。

等我赶到张羊的房间时，已经没不见那个女人，后来姐姐告诉我，她同样也没有看见那个女人。为此她埋怨自己很愚蠢，为什么在第一次打开门时没有及时地捉奸，为什么不使用那台照相机，为什么要跑回旅馆，为什么要让那个女人跑掉，为什么的问题太多了。

　　尽管如此，等我赶到时，张羊已经在用另一种特殊的方式去平息这个晚上的通奸行为。我推开门时，张羊在拥抱着发疯的、浑身颤抖的姐姐的身体，我似乎变成了一个多余的人。我只好悄然地回到旅馆，第二天早晨，我在小镇吃早餐时，恰好遇上了一辆货车，开货车的司机皮肤黝黑、眼睛深邃，大胆地盯着我的喇叭裤，问我搭不搭车，他要回县城。

　　就这样，我迫不及待地想离开这座小镇。所以，我上了货车，不同的是，这一次我没有坐在车厢中，而是坐在驾驶室里，货车司机执意要让我坐在他的身边。我终于逃出来了，直到现在，我才意识到我竟然十分愚蠢地跟姐姐到了小镇，而且到小镇是为了捉奸。这是多么的荒谬啊。货车司机开始寻找话题和我说话，他说他也很想穿喇叭裤，穿上喇叭裤确实与众不同。从他身上弥漫出一种油渍味和香烟味，他二十多岁，无限温柔地和我在驾驶室调情。而我一到县城就匆忙地拉开了车门，我在跑，从昨夜到现在，我体验了过去从未体验到的一切。直到跑回家，回到我的小房间，我才顿然感觉到我不再跟着姐姐去捉奸了。三天以后，姐姐回来了，挎着那台照相机，她似乎完全变了一个人，让我陪她到哥哥所在的照相馆冲照片。

我心里直发怵，不知道照相机里拍了多少照片。我忐忑不安地走着，生怕那台海鸥照相机曝光，那些传说中的男人或女人通奸的镜头会吓坏我。

4

镜头中看不到任何可能吓坏我的难以想象的通奸场景。相反，镜头中出现了大片大片的云朵，以及在这云朵之中缀满果实的树枝。在青苹果和桃子、梨下面出现了我的姐姐罗果，她仿佛从乌云笼罩下的一团团蜘蛛网中钻出来，看见了明媚的阳光，在她旁边站着的是笑容可掬的张羊。我盯着那些图像，我费解地看着那镜头中我姐姐被果园和张羊所笼罩的一个个现实的时刻，我难以相信，我的姐姐曾带我到永乐小镇去，除了带着我之外，还带着那台海鸥牌照相机，其目的是为了追究张羊和另一个谣传中的女人通奸的情景。而此刻一切都变成了幸福的场景，海鸥照相机并没有追踪到通奸的场景，却出现了姐姐和张羊合影的、洋溢着幸福的现实镜头。这一切都令我高兴，因为我那颗紧绷的心突然松弛下来了。我似乎也在记忆深处逐渐地校正着姐姐奔赴永乐小镇时，在一个长夜中看见的场景，也许那场景并不真实。不久之后，姐姐罗果宣布她要结婚了，这个消息似乎来得太快了，因为姐姐罗果的恋爱谈得太长了，以至于我们一家人早已没了等待她宣布结婚的那种迫不及待的心情。

哥哥、小弟听了这个消息都没有强烈地产生出那种预想中的高兴，只有母亲显得乐不可支。当姐姐把这个消息告诉母亲时，母亲当时正坐在院子里绕毛线，那些红色的毛线紧绷在她膝头上，姐姐一宣布这消息，母亲就愣了一下："这是真的吗？你是说这一次真的要跟张羊结婚了？你们定好日子了吗？"母亲慌乱地站起来，母亲是一个很容易激动的女人，她这一辈子都生活在情绪化之中，也可以这样说，她起伏不定的情绪支配着她的生活。她忽略了膝头上的毛线，她站起来大声说："我要到邮局去打电话，我要通知你父亲回家，参加你的婚礼……"我看见母亲那团红色毛线从膝头上滑落下来，掉在了地上，我走过去，毛线突然纠缠不清。在我母亲去邮局打电话之后，我站在那里，理着像红色蜘蛛巢一样的线团，然而，我却无法将它们分出头绪来。

四十分钟过去了，母亲回来了，母亲说无法找到父亲，住在旅馆里的父亲又出门了。服务员告诉母亲说他要一个星期以后才回来。母亲突然对我说："罗修，还是你去单位请几天假，到省城去一趟吧，你最适合去通知你父亲了。再说你可以陪同你父亲到省城买一辆自行车和一台缝纫机，这是我们送给你姐姐的嫁妆啊……"我笑了，因为我太想去省城了，因为我从出生以后就从没去过一次省城，我做梦都梦见我乘着波兰大货车到省城去……

母亲当然没有想到我这么快就答应了去省城。从某种意义上讲，母亲选择我到省城去是再适合不过的人选了。母亲是无法离开县城的，我的母亲永远要守着这座院子，如果没有它的存在，家里就缺少声音，缺少油盐的味道，甚至会听不到自来水哗哗流动的声音。我们似乎都在围着母亲转动，母亲永远也取代不了我去省城。哥哥呢，当然也可以去，不过，他似乎白天黑夜都在上班，他似乎只有夜里回家来睡觉，家对于我哥哥来说是一个旅馆。弟弟罗敏就更不可能了，他在上学，就要考高中了，所以，谁也取代不了我去省城。而且最为重要的是只有我知道姐姐和张羊结婚意味着什么，而哥哥和弟弟他们似乎都不关心姐姐的婚姻问题。于是，我敲开了领导的门，呈上了一张请假条，我开始撒谎，我说我的父亲病了，远在省城无人守候，家里的人让我到省城去看一下父亲。领导一听这话就答应了，给了我十天的假期。我从单位走出来，奔向汽车客运站，售票处的服务员对我说，到省城的长途客车已经取消了。因为雨季已经真正地降临。许多公路都坍塌了，不断地维修着……我明白她的意思，就在我迷惑的时候，我突然看见了小白，他是客运站的维修人员，每天趴在车身上修车，他穿着油腻的工作服朝我走来，问我到哪里去。小白是我女朋友乔芬的好朋友，我告诉他我想到省城，他笑了笑说："如果你到省城还不容易吗？我可以帮你找一辆波兰大货车，找一个漂亮的司机，你就可以搭货车前往省城了……"他一边说一边带着我朝着一座大院走去，越往前走，我越是感觉到有一股浓郁的汽油味向我扑面而来。我看见一座空旷大院里，停着几十辆大货车，很多货车司机走来走去，小白把我拉到一辆浅灰色的波兰大货车面前，一个年轻的货车司机正举着水管清洁车身。听到小白在叫唤他，他就关了水管，小白把我介绍给这个司机，同时也把司机介绍给我。小白说，他叫李路，你就叫他李师傅好了。李路恰好过两天要到省城去，从县城出发，把县城的土特产品拉到省城去，再把省城的棉布拉到县城来。李路师傅很高兴我搭他的车，他让我两天后的早晨八点三十分在客运站门口等他。

我快乐极了，就仿佛长出了翅膀，从那一刻开始，我知道一个梦就要变为现实了，所以，我从内心比较感谢我的姐姐罗果。如果没有她出嫁，我就不可能到省城去。当然，我也感谢我的母亲，是她的开恩使我有了到省城的机会。两天后的拂晓，我又穿上了那条橘红色的喇叭裤，因为对于那个时候的我来说，那条裤子最时髦了。

我不知道为什么在追求时髦，我不知道左右我的是什么，总之，在那个刚刚穿喇叭裤的小县城里，我是第三个穿喇叭裤的女孩子。当我穿上喇叭裤拎着一只旅行包站在客运站门口左顾右盼时，我突然看见哥哥从一条小巷深处走出来。我想起来了，昨天晚上，哥哥没有归家，有好几天，哥哥都没有归家。这个理由他已经跟母亲说明了：照相馆的业务太多了，所以，他晚上也要加班，太晚了，他就不回家住了。住在照相馆里。母亲当时只迟疑了一下，并没有质问哥哥照相馆有没有住的地方。

使我感到困惑的是这里离照相馆很远，哥哥为什么会从这条小巷深处走出来呢？此刻，一辆雄壮的波兰大货车已经来到我身边了，它同我的橘红色的喇叭裤一样代表着小县城最时髦的一面。李路按响了喇叭，并把头从高高的车中探出来，李路竟然叫出了我的名字，我的名字真是那样容易让人记住吗？

我第一次实现了乘坐波兰大货车到省城去的愿望，我坐在李路的驾驶室，再也不用坐在后车厢里了。车厢里有山羊，昨天他去一座小镇装了满车厢的山羊，这就是县里的土特产吗，我笑了。我想起了车厢中荡漾在我身上的猪的味道，我想起了时光的流动，它犹如母亲绕毛线的那些纤细的结头。而此刻，我听见了一阵沸腾的叫声，我不时地回过头去，从一面小镜子中可以看见车厢中的山羊们相互说话，猜测它们去省城的哪里。

我无比兴奋地抬起头来，一次又一次地把头探出窗外，清新的空气扑进窗口时，李路已经开始吸烟了，他叩动打火机时姿态很鲜明：仿佛想在一刹那间把叼在嘴里的香烟点燃，他吸出了一口浓烈的香烟，问我有没有去过省城。我摇了摇头，李路说他跑省城都跑腻了，一次又一次地奔跑，最难打发的就是路上的时间。他说，你慢慢地就会知道我们开货车的司机是多么的孤独。这个家伙重复了好几遍。我琢磨着这个字眼，我真的不理解他的用意，开着时髦的波兰货车就像在开始一次旅行，怎么会有一种孤独感呢？慢慢地随着他一支又一支地吸着香烟，随着那些烟雾慢慢地飘荡，我看见山峰越来越高大，车的速度开始变慢，不仅变得慢，而且车身开始喘息，就像人在爬山时喘息时的震动起伏着。在越来越闷热的驾驶室里，我开始打盹，风景开始在我窗外移动，仿佛在梦境中移动一样。打了好几个盹，我们到达了一个山脚下的小餐馆，李路说："我们吃了午饭还会继续走，现在你饿了吗？"

　　我饿了，我承认我饿了，我真的饿了。早晨出门心急，我没有吃早餐，我害怕会错过那辆波兰大货车。如果错过它，我不知道该怎么办。李路用毛巾洗了一下脸，他好像精神了许多，问我在哪一个单位，从未见过我。我说我也从未见过他，他笑了，他说他从技校毕业之后就开长途货车，而且他小时候不是在县城长大，而是在一座小镇长大。技校毕业以后，他们全家人才从小镇迁到了县城，所以，县城里的大多数女孩子他都不知道。为了赶时间，午饭后，我们又开始上路了，此刻波兰货车又开始爬坡，喘息声越来越沉闷。李路说如果你想睡，就睡一觉好了。睡了一觉醒来，天就变黑了。

不错，睡一觉醒来以后，天就变黑了。我睁开双眼，突然仿佛被置入黑漆漆的夜空，我有些不知所措地看了一眼李路，发现他正聚精会神地转动着方向盘，全然没有感觉到我的存在，也没有在意我的畏惧。两个小时又过去了，李路终于把货车开进了山坡下的一家旅馆，李路说，我们要住下，明天一早赶路。你要好好睡觉，把门掩紧，任何人敲门你都不要开门，好吗？我们随便吃了两碗面条，就到了简陋的客房。李路说他就住在我隔壁，有什么事可以敲墙壁。李路把一只手电筒给我说，山区的电压不稳定，经常停电，如果停电了，就打开手电筒。

我躺下了，但是并不踏实，我经常感觉到门被推开的感觉，而且总感觉到有许多人影，从闷热中向我走来。我感觉到一种难以忍受的心慌意乱，便把手放在墙壁上开始敲击，按照李路所说的那种方式，李路在窗口叫道："罗修，你害怕吗？"我爬起来站在窗口边说："我感觉到有鬼，这个旅馆好像有鬼在走动……"李路笑了，无奈地说："我来陪你吧！"他就进了我房间，睡在了旁边的一张床上，不过几分钟后，我听到了十分均匀的呼吸声，然后在这种呼吸声的掩映下，我很快就进入了梦乡。

5

天还没亮，一个声音就叫醒了我，李路已经站在我身边。现在我突然意识到了昨晚我是与一个男人同居一室的，这荒谬的现象写出了我置身在一座孤零零的山坡上旅馆里的历史。如若换了另外一个地址，我想我不会有胆量与一个认识了不久的男人同居一室的，我很庆幸刚刚度过的一夜是平安的，因为我没有碰上传说中的坏东西。李路点燃了一根香烟说："我们上路吧，路途还很远，现在天气凉爽，好上路。"我点点头，他盯着我，不是在盯着我的脸，而是在盯着我的喇叭裤，好像是一点点火焰在他眼神中闪烁了一下又消失了。上了车以后，他问我醒了没有，如果说没有睡好的话可以在车上睡。我根本就不困，我很奇怪昨晚我睡眠那样好，我侧眼看了一眼李路，他正一心一意地开车，我嘘了一下：想一想，刚刚逝去的一夜太危险了，如果李路对我产生了杂念，我不知如何去对抗他。

就这样，我坐在波兰大货车里，坐在一位年轻的货车司机身边，他的职业和身份都是那个时代最让人羡慕的，因为开一辆波兰大货车的人毕竟是少数。不仅如此，他们油腻的工裤，在那个时代显然也是一种时髦。

时髦笼罩了我们。我已看到任何一种时髦来临时，一座县城都会为之沸腾，仿佛火炉上的一只茶壶中的水沸腾着。我当时只有十八岁，任何一种时髦都会让我心跳，而且我发现了任何一种时髦都与我们青春的身体有关系：比如，喇叭裤，它显然是为处于青春期的男女带来的一种沸腾。比如烫发，然而，我并不喜欢烫发，当许多男孩女孩追求这种时髦时，我一点也不心动，因为我天生就有一头自然的卷发；我用不着花时间去卷头发，让它变成波浪形。然而，我却是第三个穿喇叭裤的女孩子。再比如，收录两用机，如果是在县城的街道上，有谁拎着收录两用机的话，这也是一道时髦的风景。再比如，穿工装衣裤开着波兰大货车的司机，他是如此时髦，他可以任意地穿越时空，他可以一次又一次地往返于省城的路上，这种时髦使我心旷神怡。

现在，很快就要到达省城了，再过四十分钟以后，货车就会到省城了，再过四十分钟后，大货车就会到达省城的郊外了。为此，李路在路上就对我说，他的货车是不可能进城的，让我到郊区的停车场时要尽快地与我父亲联系。我从口袋中寻找到了一张纸片，上面写着父亲所在的旅馆和电话号码。在这一刻，我突然意识到父亲在我们生活中长久的缺席也是一种时髦，他是住省城的采购员，一年中大部分时间都在省城。每年过春节前，父亲都是要回家的，从小时候开始，每当父亲快要回家时，都是我过节日的时候，也是等待穿新衣服的时候。那时候，父亲会搭上一辆运货车回家来，父亲是电力局的采购员，他不知道给县城的电力事业采购了多少水电器材。总之，从我上小学起，父亲就到省城做采购员了。

四十分钟以后，我们已进入了郊区的停车场，李路把车停下来以后，帮助我去寻找邮电所。步行了几十分钟，邮电所出现了，打电话的人排着队，李路说，如果我不急于见父亲的话，可以陪他去卸货，然后他再陪我去寻找父亲。李路说省城太大了，有小县城的几十倍大，第一次来省城的人往往会迷失方向，连东南西北都分不清楚，弄不好会丢失掉。我一听这话，本能地靠近了李路说，我跟你去吧，我不再排长队给父亲打电话了。不过，那时候我就很奇怪，在一座小小的邮电所，打电话的人竟然也排长队。我笑了一下，李路问我笑什么，我问李路为什么打电话的人也需要排队？李路说省城太大了，人口太多了。我跟着李路上了车，然后跟着李路到了郊区一家省食品公司下了山羊。当那些经历了长途颠簸的山羊从县城来到省城时感到了异样的恐惧。它们不住地叫着，不断地互相寻找着伙伴……然而，它们的命运却被食品公司的一道道栅栏围了起来，不久以后，它们将结束来到世上的短暂的旅途。食品公司的屠宰场上很快就会流着它们的血，它们将成为省城人胃中蠕动的食物……我突然感觉到了这些山羊们的可怜。然而，货车很快就空了。李路很快就做完了交结手续，带着我离开那些山羊们。李路说，我带你乘坐公交车进城去吧。你还没有坐过公交车吧？我迷惑地点了点头，李路就带着我来到了公交车的候车室，就像邮电所的人们排长队打电话一样，乘公交车的人同样也需要排长队，这是我来到省城后得出的第一种印象。

公交车来了，李路和我上了公交车：我们的身体不断地在人群中晃动着，公交车猛然刹住时，我会发出一种声音，李路就靠近我说："轻点，别人在笑你呢。"一阵羞涩涌上来，我止住了叫声，身体配合着公交车的起伏。我想，省城的人们每时每刻都可以乘公交车上下班，难道这也是一种时髦吗？我突然喜欢上了公交车，而就在这刻，李路却唤我下车了，为什么这么快就要下车呢？李路拉着我下了车，然后告诉我说快要到你父亲所在的旅馆了，我们走路去吧。天已经黑下来了，我不知所措地跟在李路的身后，环顾着四周，沿途的街灯照耀着我们，我真不知道脚应该如何挪动，难道这就是省城吗？

我仰起头来，街灯是如此的明亮，而我为什么却感觉到陌生，这些错落有致的楼房和从我身边经过的人是陌生的，就连涌来的味道也是陌生的。而李路却不一样，他好像对省城太熟悉了，好像能支配自己向东还是向西而去。

朝阳旅馆终于到了，这就是目的地，这就是我父亲坚守的阵地吗？我抬起头来看着那块被镶嵌在墙壁上的"朝阳旅馆"，它镶嵌得很深，仿佛是我在小县城见过的镂空布料的工艺品。我看着那几个字，即将见到父亲的那种喜悦是任何东西都无法取代的。因为我已经有半年时间没有见到父亲了。

　　服务员把我们领到了旅馆的小院子，这是一座四合院似的小旅馆，有点像我们小县城的庭院，不同的是我刚进入庭院就能感觉到在院子里晾着的那些雪白的已经洗得发旧的床单。我嗅到从床单上散发出的漂白粉和洗衣粉的味道。我还听到了外省人的声音，一个外省人好像正跟另一个外省人在讲话，她像是东北人，口腔就像青苔一样圆滑。

　　服务员知道我是来找父亲的，就让我等一等，她说父亲刚送一个朋友出门，不用多久就会回来的。李路说既然已经找到我父亲所在的旅馆了，他也就回去了，他就住在东郊的旅馆里，他还有许多事要处理，四天后他就回去了，问我能不能跟他一块回去。我迷惑地点了点头："如果可能的话，我还是跟你一起回去。"李路笑了，他对我说，三天后他会来旅馆找我的。

李路走了，留下我独自一人等候着父亲，四十分钟过去了，父亲终于哼着歌曲回来了。父亲哼的是《智取威虎山》中的一段曲子，父亲好像始终在哼着这段曲子，即使过年回家时也在哼着这段曲子，他惊叹不已地说你怎么到了省城。我简单地说明了理由，正说着，一个女人突然来到父亲的身后，父亲说："你为什么又回来了？"女人十分妩媚地对他说："走时我忘记了带我的包。"父亲打开了客房门，那只蓝色的提包果然在父亲的床上。女人看了看我，父亲介绍说我是他女儿，女人惊异地端详着我说："哦，你的女儿真像你，像极了……"女人一边说一边拎着蓝色的提包向父亲点头，之后便离开了旅馆中。父亲站在旅馆，目送着女人离去，这是一个四十岁左右的女人，笑起来很妩媚。父亲告诉我说，张阿姨是儿童医院的医生，是父亲早年的朋友。

　　我见到父亲的时候，就看到了父亲身边一个妩媚的女人。那天晚上，我住在父亲的客房中，我总会嗅到一种来苏水味，就是我们通常到医院去会嗅到的那种味道。我想，这味道一定是张阿姨留下来的，因为她是医生。我累了，明天，父亲将带着我到省城去转转，我想起了肩负的责任。

6

姐姐要结婚的消息我是第二天早晨才告诉父亲的,因为那天晚上的父亲似乎显得很迷惘,也没有问我突然到省城来干什么。我后来想,父亲也许是站在旅馆门口送那个女人离开时,开始迷恋起这个女人了。父亲惊异地问我:"罗果要结婚了,这么快就结婚了?"我告诉父亲姐姐跟张羊谈恋爱已经有五年了,父亲自言自语地说:"五年时间也算长啊,为什么就要忙着结婚呢?"我解释说:"母亲一直催他们结婚。"父亲说:"你母亲的观念是很旧的。"尽管如此,父亲依然得遵循母亲的决定,带上我去给姐姐买嫁妆。

我再一次穿上那条橘红色的喇叭裤出发了。父亲昨晚好像并没有发现我是穿着橘红色的喇叭裤进入省城的,问我是不是县城的小女孩子也穿喇叭裤了。我点了点头,出了小旅馆,我才发现,在大街上,到处都是穿喇叭裤的青年男女,连公交车上的售票员也穿着喇叭裤。在省城,似乎穿喇叭裤已经不再时髦了，然而，另一种时髦却震动了我。

来自省城女人们脚上的高跟鞋，第一次清新地、奇异地出现在我面前。穿上一条喇叭裤，再配上一双像钉子一样尖细的高跟鞋，这种现状让我想起了摩登这个词语，许多词语就像风一样飘荡在县城上空，就像流言蜚语一样扩散开去。父亲要带我上公园去，他说张阿姨在公园等我们。我迟疑了一下，因为我更愿意跟父亲在一起，从我记事起我见父亲的机会实在太少了。

从公共汽车下来以后，我们就奔向公园。张阿姨站在公园门口，笑吟吟地拿来了三张门票，今天的张阿姨显得更妩媚了。而且她穿了一双黑色的高跟鞋，再配上一条裙子，显得很摩登。张阿姨走过来拉住我的手，仿佛早就认识我了，这种感觉让我松弛。

父亲走在张阿姨身边，我们往公园深处走，张阿姨不断地寻找话题跟我说话，一会问我在县城的生活状态，一会又问我来省城的感觉。然而，有一点我已经感觉到了，张阿姨似乎从来不问我的父亲；有一点我同样也敏感地意识到了，父亲与张阿姨的关系类似一种蜜一样的关系。也就是说蜜是甜的，蜜也是腻人的，除此之外，蜜还有一种质地，那就是黏。父亲看张阿姨的眼神很温柔，而张阿姨看父亲的眼光很朦胧，这就是蜜一样的关系。

　　我们在公园深处的一家小餐馆开始用餐时我不时地观赏着张阿姨的那双高跟鞋，她马上就意识到了，问我是不是很喜欢，如果喜欢她可以送我一双。我即刻否定，说小县城还没有人穿高跟鞋。张阿姨笑了笑说："我就更应该送你一双高跟鞋，让你穿上高跟鞋回县城去，成为第一个穿高跟鞋的女孩子，好吗？"这就是我记忆深处的张阿姨，直到如今，我依然能够感觉到她跟父亲那种有限的蜜一样的关系。

　　余后的几天时间里，父亲忙着为姐姐购置嫁妆，即使在省城，购置缝纫机和自行车依然得走后门，父亲托了朋友，还是把自行车和缝纫机买到了。我对父亲说我还是要搭李路的货车回县城去，父亲没有见过李路，他问我李路这个人怎么样。我说什么怎么样，父亲说李路的人品好吗？正说着他李路就来了，李路没有穿着那套衣裤来，他穿了一条牛仔衣裤，显得很精神。父亲说你就是李路吧？父亲的目光审视了李路一遍说："我女儿罗修搭你的货车回县城，请你多照顾她，好吗？"看起来，父亲对李路的印象还可以，否则，父亲会让我搭别的货车回县城。

明天就要离开省城了，我感到有莫名其妙的留恋之感。我总觉得还有什么东西应该带回去，然而，我怎么也无法想起来应该带什么东西回去。父亲对我说，今晚我们将跟张阿姨一块吃饭，父亲看了看手腕上的上海手表说："她该来了，她从不迟到的，为什么今天会这么慢？"我观察着父亲的神色，他好像在焦灼地等待。我突然想起远在小县城的母亲，在我的记忆中，从未出现过父亲等待母亲的场景。当然，我看见过母亲等待父亲归家的情景，每到中秋节和春节，都是父亲回家的时刻。母亲之前就会打扫家庭卫生，然后储藏好父亲最爱吃的腌肉、土豆等待着父亲的归来。

张阿姨来了，她一见到父亲就赶快解释她为什么迟到了。张阿姨下班以后又去买了一双高跟鞋，因为走了许多商店才买到她满意的一双鞋子，这是她迟到的重要原因。她一边解释一边打开鞋盒。此刻一双咖啡色的高跟鞋顿然间像摩登这个词语一样穿梭在我热烈的胸间，我心慌意乱地盯着那双高跟鞋。我压抑着内心的喜悦，这喜悦从我的眉毛间流露出来，张阿姨说："罗修，你喜欢，阿姨就很满意了。"张阿姨即刻要我穿上高跟鞋，在她面前走上一圈，我把我的脚伸到尖细的鞋里，我顿然感觉到了一种诱惑：它就是时髦，它就是摩登。

而当我的脚穿在高跟鞋中时，我仿佛穿着它在一座山峰上行走，一种刺痛感使我的脚很不自由地来回扭动。张阿姨问是不是不合脚？我即刻否定说："很合脚，只不过我第一次穿上它，也许过一会儿就好了。"张阿姨明白了，她安慰我说，她第一次穿高跟鞋时，脚都被磨破了，许多人都是如此。然而，人们依然继续穿下去，就这样，到了今天，她已经不习惯穿平跟鞋了。我似乎受到了鼓舞，搭上李路的波兰大货车开始从省城出发了。

父亲把我送上了车，我看了父亲最后一眼，父亲好像比过去老了许多，然而，依然充满了男人的活力。使我费解的是他为什么有如此大的毅力生活在省城，生活在那座小旅馆中。不过，我眼前飘来了张阿姨的倩影，她修长而摩登的身影，一旦飘然来到父亲的身边，就会让我产生一种蜜一样的感觉。直到许多年以后，我才明白，那蜜一样的关系使父亲在省城的日子里度过了他生活中最为甜蜜的时光。

李路带我又住进了山坡下的小旅馆里，此刻夜幕已经降临了。我穿上那双高跟鞋已经在车上坐了整整一天，当我下车时，脚刚挪动就扭了一下，我叫了声，因为疼痛难耐，使我再也无法挪动出去。李路在夜色的照耀下看见了我脚上的那双高跟鞋，他幽默地对我说："你真赶时髦啊，县城里还没有谁穿高跟鞋呢。"

他弯下腰来背起我，我不得不趴在他的背上，为了穿高跟鞋，我必须付出这种代价。他将我背到客房登记处，服务员告诉我们说，只有一间客房了，问我们怎么办。李路回过头来看了我一眼，然后靠近我。当时，我正坐在登记处外的一个石凳上，他跟我商量说，能不能共居一间客房？我点了点头，来的时候我们就有过这样的经历，既然无客房，两个人住在一间客房又有什么呢？再说，在这个黑黝黝的山林中，在这孤零零的小旅馆里，独自一人住一间客房，我还真是从心里发怵呢！

就这样，我们又同居一室，李路好像并不困，他在床上翻来覆去，他说天真热啊，我也说天真热啊。他就站起来把窗子打开了。他从窗口来到我床边，他突然弯下腰问我害不害怕，我猛然间意识到一种很热的气息从他的身体中飘出来，当他再弯下腰来突然间把我抱住时，我大声地挣扎着道："不，你松开手……"我一叫，他就把手松开了，他回到床上，而我再也无法入睡。我睁开双眼，我已经准备好了，如果他再靠近我的床头，我就大声尖叫，我知道我的尖叫声可以穿透这座旅馆。中学时我们去登山，我站在山冈上放开嗓子尖叫，我的尖叫声传到了对面的山冈上。因此，我的尖叫声也开始在同学中有了名声。然而，从那以后，我却从未再使用过这种尖叫。

我失眠了一夜，李路却在我的防范中进入了甜蜜的梦乡，直到拂晓，他醒来的第一件事就是到外面的水龙头下面冲凉。我看着他穿一条三角裤衩站在水龙头下面冲凉的场景，他长得很结实，皮肤黝黑。他好像突然清醒了，目光明亮，走到我身边来搀扶着我上了车，在车上他突然对我说："我会娶你的，我一定会要娶你的，我要向你求婚。"

7

李路在车上对我说的话，几乎把我吓晕过去。这些话如果是在一个人醉酒之后说出来的，似乎可能归于酒话，然而，李路却清醒极了。而且是在那个早晨说出来的话，任何人在早晨都应该算是清醒者，而李路说出的话却吓坏了我。不过我们已经出发了，用不了多少时间就会到达县城，一旦回到县城我就会逃之夭夭。我始终与他保持距离，我佯装在看风景，却在思虑：为什么李路对我说那样的话，难道仅仅是我们在旅馆同室了两个晚上，难道仅仅因为他在无意之中弯下腰来拥抱过我？

我回忆着：他毫无疑问是第一个拥抱我的男人，当他拥抱我时，我并没有被吓坏，我的身体颤动得很猛烈，我一抵抗，他就松开了。难道仅仅是因为这个出其不意的拥抱，他就要向我求婚？傍晚，我们终于抵达了目的地县城。回过头去我再也看不到省城的马路和高跟鞋了。我产生了一种遥远的感觉，就这样，我回到了现实。李路把我送到家门口，除我之外，还有车上的缝纫机和自行车。李路说他要到供销社卸货，他看我的眼神流露出一种揶揄，流露出我一生中第一次看见一个青年男人产生的爱欲。它犹如县城铁匠铺里闪射出的那些星星点点的火花。

很显然，我一进屋，就给全家人带来了惊喜。我姐姐正在屋内院子里晾衣服，我母亲在院子里绕毛线，她们两个是首先看见我的人，其次是我弟弟，他从小阁楼的小窗户中探出头来……所有人都在看着从省城刚刚回来的我。

尽管脚疼，我还是执意穿着那双高跟鞋，这代表我从省城带来了摩登。我相信这绝对是整座小县城第一双高跟鞋，即便是那对上海裁缝也没有给我们带来最摩登的高跟鞋。我想，那个上海女人也许忘了，也许想在这座西南小县城里一定布满了坑坑洼洼，根本不适宜穿着钉子般尖锐的高跟鞋走路，所以没有穿上高跟鞋到县城。我为这种从遥远省城带来的摩登兴奋不已。我的母亲盯着我的脚说："这是一双什么鞋子，你能走路吗？"就连我姐姐也发出了疑问："你行吗？你能穿着它到外面去吗？"而此刻，我的小弟弟正从窗口探出头来，发出一阵少年的傻笑。姐姐奔向她的嫁妆，这似乎就是她的一切，她亲手解开了那些包装袋和麻绳，亲手用干净的布擦去上面的灰尘，她被这些嫁妆笼罩在一个现实的梦幻之中。半个多月以后，我的姐姐就要出嫁了。其实，隔着一条小巷，如果步行的话，只需走几分钟就可以到姐姐要嫁的男人的家了。我想起了张羊，想起姐姐对他的怀疑，想起了那个午夜所发生的一切，也许正是这一切促使姐姐和张羊用婚姻的形式来解决他们之间的问题。而婚姻不就是一场小县城举办的婚宴吗？这种婚宴我已经参加得太多了。从记事开始，我母亲就拉上我一块参加别人请她参加的婚宴，起初的时候我真的觉得好玩。首先是能够看见小县城的许多人，每到参加别人的婚宴时，每个人都要换上新衣服，就像过年一样。在我的记忆深处，只有过年和参加婚宴的时刻我们才会穿上新衣服。

　　每到参加婚宴时，母亲就会神奇地翻出为我准备好的新衣服，还有为姐姐准备好的新衣服。我的哥哥和小弟弟很不愿意跟母亲去，原因是他们从小就不喜欢像我和姐姐一样突然之间穿上新衣服。所以，当母亲左手牵着姐姐，右手拉着我前去参加婚宴时，我嗅到了四周的一种香味。那些从新衣服上散发出的布料的香味。每次到达婚宴桌前，我都仿佛有一种饥饿的感觉。每次宴席都会体现出小县城的烹饪技艺，许多烹饪大师都会集中在这里。因此，我们尽可以贪婪地品尝美食。

所以，在我的记忆深处，婚姻就是把许多亲戚朋友、同事请到家里来，举行一次隆重的聚会而已。不过，我做梦也会梦见这种场景：县城的烹饪大师们来了，他们通常带着厨具，比如磨得锃亮的切菜刀，比如蒸笼，那些小巧玲珑的蒸笼被他们举在头顶穿越好几条街道。没有他们，婚宴就失去了美食，而美食是婚宴上全部的内容。没有美食，婚宴就无法进行下去。其次才是那三五成群涌进我们家大门的穿着新衣服的人们，他们好像给自己放了假，如此舒爽，如此松弛……当然，在这场婚宴中，我还梦见了我的姐姐和张羊，他们是主角，而所有人都是配角。我看见在这场婚宴中姐姐穿一身大红的衣装，脸上涂了粉红色的胭脂，站在众人面前，而张羊站在她旁边……这就是婚宴，他们举起酒杯，手拎酒壶一次一次地与参加婚宴者的人们干杯……这就是婚宴，半个多月好像就在眼前，而我的母亲已经在忙碌着，她开始租借碗筷、餐桌、凳子，她开始清理院子里的阴沟和屋顶上的蛛网，她还开始做着把自己的女儿嫁出去的一切心理准备。

　　在这之前，她嘱咐我们：不允许碰碎东西，比如不允许无意之中把瓷碗碰碎，不允许把筷子在无意之中掉在地上。因为把瓷碗碰碎是一种不吉利的前兆，意味着我们通向未来的图像之中出现了碎片。而在这未来中，在我们一个家庭里最为重要的主题就是姐姐的婚宴了，再就是筷子落地，意味着快乐从我们身边逃逸而去，而我们眼前的所有快乐都围绕着姐姐的婚宴在转动、在蒸发，犹如一只热烈的笛子吹奏出让我们身心发酵的一种快乐。

然而，就在姐姐举行婚礼的头一天晚上，我弟弟罗敏却碰碎了一个瓷碗，那时已经是黄昏，不知道那天晚上罗敏会回来得那样晚。通常在放学以后他就会回家了，而那天晚上，他整整晚了三小时，母亲好像也忘记了这事，因为母亲始终在忙碌。当我看见罗敏回来时，他手里拎着收录机，有好几天，他阁楼上已经听不见邓丽君的歌声了。我问他收录机是不是还给了别人，他点了点头说，收灵机是从他同学家里借来的，他同学是从父亲家里借来的。我明白是怎么一回事了，因而我想等到我有钱时，一定要买一台收录机送给我的弟弟罗敏。

罗敏进院子时无意之中碰碎了一个碗，那只碗不知什么时候被放在一个凳子上，罗敏在黄昏中拎着收灵机碰掉了碗。顷刻间，一只瓷碗的风波开始发生了，母亲从厨房中奔出来，直奔向那只已经落在地上变成碎片的碗，她一把揪住罗敏质问道："你为什么要碰碎碗？你姐姐就要结婚了，你为什么要把瓷碗弄成碎片，这多不吉利啊……"母亲的声音突然变得很粗，仿佛从一只黑色的烟囱中滚动而出的一阵烟雾。

我还是第一次听见母亲用这样的声音跟弟弟说话，大约是声音把弟弟吓坏了，同时，我也被吓坏了。因为地上是碎片，是母亲最不愿意看见的一堆碎瓷片，猛然间，我看见母亲像疯了一样对我叫道："快拿扫帚把碎片扫出去，扫得越远越好，别让它们出现在我们的家里……"我拿起了扫帚，弟弟出去了，我只感觉到弟弟用受惊而忧郁的眼神看了母亲一眼，就上楼去了。

就像母亲嘱咐的那样，我会尽快地让那只白瓷碗的碎片离开我们家，我走了很远很远，才把那些碎片抛在了城边的垃圾桶里。那天晚上，母亲好像显得很恍惚，她不住地埋怨道："你姐姐明天就要举行婚礼了，你弟弟真不应该打碎瓷碗。"我尽力地安慰她，我说岁岁平安，我们一家都会很顺利的。然后我上了楼，这时候夜已经深了，也正是我哥哥回来的时候，他好像始终在忙碌，姐姐的婚宴好像跟他没有多少关系，他一进屋就把门掩上了。我轻叩了一下弟弟的门，听见了一阵旋律，不过，那旋律很压抑、忧伤。

我躺下了，我一睁开双眼就到了第二天。此刻，我穿上了我橘红色的喇叭裤，我穿上了我的高跟鞋子，我来到姐姐房间里。很快，帮助姐姐梳妆打扮的女友们已经来了，她们有的已成婚，有的快要成婚了，所以，她们知道姐姐的今天应该怎样装扮。在她们面前，我似乎已经变成了局外人，所以，我来到了楼下，母亲嘱咐我站在门口迎接前来参加婚宴的人们。于是，我盯着我的高跟鞋尖，盯着我喇叭裤的下摆，它们时髦、摩登地在那个早晨开始，让我伫立在门口，迎候了一批又一批客人进屋。

8

我的姐姐结婚了，出嫁了，住到张羊家里去了，也就是说一个男人把姐姐带走了。

姐姐结婚的问题解决以后，母亲好像卸下了身上所有的负担，她又积极地到她所在的印刷厂上班去了。我去过母亲的印刷厂，当时，那是我看到的最大的印刷厂了。我嗅到了油墨的气息，母亲就坐在散发出白纸和油墨味的印刷厂里重复着她日常的生活。而我呢，依然把我的热情消耗在电影院里，我已经好长时间没有看电影了，这里有两个重要的原因：一是陪我看电影的伙伴乔芳好像恋爱了，我约她看电影时，她就支支吾吾地说改天吧。后来，有人告诉我说乔芳好像恋爱了。有人在电影院看到她和男朋友一块看电影。当时我听了又生气又好笑，我就到粮食局见乔芳，问她有没有这回事。乔芳正站在制面条的机器前，身上围着一条沾满了面粉的围腰。我一说她就脸红了。她承认她有一个男朋友，是粮食局的会计，她说还看见我哥哥跟一个女人看电影，问我是不是我哥哥也恋爱了。我说不知道，就算世界都恋爱了跟我又有什么关系呢？我一边说一边从面条加工车间扬长而去。

　　当李路站在防疫站门口等待我时，我的心开始跳动起来，已经过去这么长时间了，我似乎已经把这个开波兰大货车的司机忘记了。随着姐姐的出嫁、陪嫁妆的时刻过去，我已经忘记了那个陪我在去省城的路上同居了两个夜晚的货车司机。此刻，他穿着一条牛仔喇叭裤，一双黑牛皮尖头鞋，这是当时最为时髦的男装了。他微笑着迎候着我的到来，我嗅到了一种无法说清的气息，它好像来自他的口腔，那散发出语词的口腔，那仿佛想倾吐春天的话语的口腔，半年多的时间过去了，现在又是新的春天。他站在我面前，如果他不出现，我大概永远忘记了搭货车进省城的经历。

他是来邀请我看电影的，他说电影院正在上映印度电影。他还说电影院门口还排着长队。这就是从他口腔中发出的见面语吗？我没有拒绝他递给我的那张电影票，说实话，当我去找乔芳，当我站在面条机前听着机器的转动声时，我很羡慕乔芳已经有了男朋友。那一刹那，我感到一种孤独上升了，因为乔芳再也不会陪我去看电影了。

所以，我那么快地从李路手中接过电影票，也许是想为自己寻找到陪我看电影的新伙伴。因为看电影是我现实生活中最美妙的事情。在那座枯燥乏味的小县城里，有两种现象：中午基本上是年轻人在看电影，年轻人吃过午饭之后就奔向电影院，而黄昏的电影院门口简直是一座舞台，自我穿着第一双高跟鞋出现在县城以后，穿高跟鞋的人已经越来越多了，穿喇叭裤已经是一种现象。有一次，我试着穿着喇叭裤去上班，我发现领导已经不再用目光紧盯着我的喇叭裤了，因为除了我之外，单位已经有别人在穿喇叭裤。所以，黄昏的电影院台阶上仿佛是一座时装舞台，呈现出一座小县城最时髦和摩登的一种现象。因为看电影似乎都需要伙伴，所以，电影院门口的台阶上站满了各种身份的人在翘首以待。

远远地，我就在黄昏之中看见了李路手里捏着一张金黄色的电影票在等我，我感觉到了一种从未有过的激动。终于有人在电影院门口等待我了。而过去，似乎总是我站在电影院门口等别人，似乎总是我在等候，我等候的是我的女友乔芳。现在，是李路在等我，我那时候还来不及想他到底是什么样的人。总之，我那时候目的很明确：我要奔向李路，同他去看一场电影《流浪者》。而就在我上台阶时，我看见了我哥哥，他正在急促地上台阶，不仅如此，所有人都在急促地、亢奋地奔向台阶，寻找着他们看电影的伙伴，寻找着电影院。

李路兴奋的目光与我的目光相遇在一起，就这样，我们朝着二十世纪八十年代那座县城的电影院的幽暗深处走去，仿佛这是我们唯一的娱乐生活。我们的灵魂在这座幽暗的电影院里起伏着，当《流浪者》的字幕上升时，我听见了一种异样的旋律，而当丽达和阿兹沉醉在爱情的旋律中时，一只灼热的手慢慢地从我膝头上寻找到了我的右手。我没有挣扎，我的心已经伴随着印度电影的爱情旋律进入了一种幻想的现实之中去。直到电影终结的时刻，李路依然抓住我的手，而此刻，我意识到了什么，我把手从他的掌心抽出来，我看见旁边坐着一个女孩子，她的手也同样从一个男人的掌心中央抽出来。

电影散场了，我慢慢地走在李路身后，我又看见了哥哥，在他身边走着一个女人，这个女人我好像认识，我好像隐隐约约地想起三年前我在路上碰到的一场婚礼，这个女人好像就是当年的新娘。我突然感到一种无法接受的现实：难道哥哥要跟一个已婚女人一块看电影吗？难道这个女人将成为我未来的嫂子吗？

李路说送我回家，我没拒绝，当旁边的影子和我的影子重叠在夜色掩映下的小县城时，我的心感到了一阵慌乱。然而，这只是开始，从那以后，李路经常约我看电影，而且也是他经常送我回家。持续了一段时间以后，李路的父母有一天突然登门提亲了，母亲莫名其妙地看着我，又看了看李路说："这到底是怎么一回事……罗修，你跟妈说一说这到底是怎么一回事？"我拒绝道说："我跟李路只是一般的朋友关系……"李路的父母说："朋友关系就好，我们就是希望你们由朋友关系发展到婚姻关系。"母亲没有反对，她虽然没有见过李路，却从李路父母的介绍中了解了李路。毫无疑问，在那个特殊时期，开着一辆波兰大货车的李路的职业是令人羡慕的，也是母亲没有反对的原因之一。

我跟李路看过几场电影的事情就连单位的同事都看见了。不仅如此，我跟李路看电影的事件变成了谈恋爱的事件，它迅速得就像春天的蓓蕾一样在一夜之间绽放了。当我听见人们传播这件事时，我总是解释说："还没有到恋爱的时候，我们只不过是看看电影而已。"而人们却反讽道："看电影还不够吗，谁都明白，一旦到了进电影院看电影的程度，也就是公开谈恋爱了……"

在那个黄昏，一个男人突然敲开门说要找哥哥算账。那天晚上只有我一个人在家，母亲到印刷厂去了，小弟弟到同学家里去了，哥哥还没有回家。我看着这个见过面只是叫不出名的男人说："你找我哥哥算什么账呢？"男人说："你哥哥可耻了，趁我外出做生意时与我的老婆勾搭上，我老婆现在要和我离婚了，你知道吗？"我说："不可能，我哥哥怎么可能跟你老婆好呢？""信不信由你，反正我就是要找你哥哥算账……"男人找遍了每一间房间，也没看见我哥哥，我突然发现哥哥从昨天出门后就没有回过家。男人感到无奈就离开了。我心口感到发闷，我突然想起了在电影院里看见的那个女人，那个在记忆中举行过婚礼的女人，难道就是这个男人的老婆吗？如果是这样，哥哥为什么会跟一个有夫之妇在一起看电影呢？

我在黄昏中奔向哥哥所在的照相馆，我总以为哥哥还在照相馆加班呢。当我问照相馆守门的人说，他才告诉我，照相馆下午六点半就关门了，从来不加班。我现在明白了，哥哥所谓的加班是假的，然而，哥哥经常不归家，他会到哪里去呢？难道他晚上都和这个女人在一起吗？因到家以后，我看见哥哥屋中的灯光，我走进去时，哥哥回过头来问我盯着他干什么？我只好把黄昏时发生的事情告诉了他。哥哥的眉宇皱了下，然后又松开了，我提醒他说："如果让母亲知道了这件事，会发疯的。"哥哥说："我知道……可我和娟娟是正常的恋爱，她已经跟她的男人分居一年多了，她正在争取离婚的事情……"听哥哥这么说，我明白了，哥哥突然跟那个叫娟娟的有夫之妇谈上恋爱了，我感到一种惶恐，随即是一种恐惧：我害怕的不是哥哥和一个有夫之妇谈恋爱的事情，而是害怕母亲知道这件事情的结果。如果这件事像外面流传的一样传到母亲的耳朵里，我知道一件令母亲发疯的事端将要发生。然而，我还是希望这件事没有多少人知道，不会在风中变成流言。

9

流言像风中飞舞的蜘蛛一样已经开始在母亲的胸口织网了，她是在印刷厂上班时听到有关哥哥的流言的，同时也听到了与我有关的流言。母亲下班以后就发疯似的守候在家里，她第一个迎来的人是我。过了很长时间，我又增加了一条蓝牛仔的喇叭裤，那条橘红色的喇叭裤晾在楼上，母亲把那条橘红色的喇叭裤从楼上的晾衣架上收了下来。我一进屋，她就低声说："罗修，如果母亲让你不再穿喇叭裤……""不可以！"母亲的话还没有说完，我就开始了反抗。母亲不知从什么时候开始就准备好了剪刀，一把锃亮的剪刀，她举起那把剪刀在我眼前晃了晃说："听着，母亲今后不允许你穿喇叭裤，也不允许你站在电影院门口，你知道穿着喇叭裤站在电影院门口的人都是些什么人？你还跟一个男人看电影，偷偷摸摸地在电影院的黑暗中拉手……"母亲一边说一边举起那把剪刀晃了晃说："如果你不说实话，母亲就亲手剪了这条喇叭裤……"我开始妥协了，哦，最大的原因在于我那条亲爱的喇叭裤就在母亲手中。哦，我是整座小县城第三个穿喇叭裤的女孩子，当县城三分之二的青年人已经穿上喇叭裤时，我的母亲竟然被那流言的蜘蛛在胸口上编织着网，她的胸口被刺痛了，所以，我不敢惹我的母亲。为了母亲不操起那把锃亮的剪刀把我心爱的时髦和摩登的喇叭裤剪成碎片，于是，我只好妥协。我几乎想跪下去了，然而我却没有跪下去，我解释说："我站在电影院门口是为了等我的女友乔芳，她总是姗姗来迟。如果我不站在电影院门口等待，那么乔芳就看不见我，从而拿不到电影票，也就进不了电影院……"母亲睁大眼睛看着我说一大堆话。我母亲很少看电影，她没有多少时间和兴趣去看电影，哦！只有父亲和母亲过春节时会去看一场电影。

此刻，我突然听见了脚步声，我想我有救了，我再也不用说一堆又一堆的废话了。因为我知道，我的母亲正用一双大眼睛搜索我的全身，我听说很早以前，就是这双大眼睛征服了我的父亲。而此刻，这双大眼睛正在翻滚着，像波浪一样穿梭，想把我的秘密抛掷在岸上，就像波浪推动着一条迷失了方向的鱼儿来到了岸上。

我就是那条鱼儿。我被抛掷在岸上，赤裸裸地来到了岸上。此刻，我不知道怎么样解释与货车司机李路的关系。我敢肯定，在我的内心世界里，这根本不是人们传说的流言，也不是一种偷偷摸摸的见不得人的关系。那么这到底是一种什么样的关系，此刻突然间传来了我哥哥那双黑皮鞋发出的声音，我惊喜地抬起头来。我没想到，我的哥哥回来得这么早，比以往任何时候都早。这正是我为此解放的好时机，因为我知道，一旦我的哥哥回家，母亲的目光就会投射在哥哥身上去。

那像磁铁一样想把我熔化在炉火中的是我母亲的目光，她总想把我以及其他人熔化为一种她想象中的东西，比如，坚硬的钳子和温柔的棉。为此，她总是盼望我们在她眼底下成长，按照正规的道德规范成长。

哥哥刚回家，母亲的目光果然从我身上游移了，放在她膝上的那条橘红色的喇叭裤也随着她身体的起伏滑落在地上。很显然，刹那间，我变成了配角，而哥哥成了主角。我知道母亲向来盼望哥哥出人头地，当时我以为，母亲只是一种本能的爱而已，我没有想到风起云涌的时刻就在眼前。我趁机拿走了我那条滑落在地上的喇叭裤，我很庆幸没让母亲剪碎我心爱的喇叭裤。

我上了楼，然后把头探出窗外，我住在二楼，正面对着母亲和我哥哥的头像，仿佛他们的头像就镶嵌在窗外，清晰无比。此刻，我听见了母亲压抑的声音，每一次谈话，母亲都会竭力地压低声音，她害怕墙那边的邻居们会听见这声音。然而，我依然能从母亲那压低的声音中感受到一种怒火和焦虑："罗华，你坐下来，你要讲实话，母亲听别人说你在和一个有夫之妇谈恋爱，对吗？"哥哥惶恐地摇了摇头说："又是流言，你就相信那些流言吗？"母亲说："我要你对天说实话，如果你我能够对天说实话，母亲就不会听信那些流言。"我看见哥哥仰起头来看了看天空，当他看天空时，母亲也在看天空，我也在看天空，天空越来

066

越暗了，既看不见云朵逶迤，也看不到繁星灿烂，只有像茶褐色一样的暮色笼罩着天空。

我们仰望天空的姿态都似乎一样的庄重。当我们仰望天空时，无论天空是灿烂繁星，还是乌云密布，我们都会感觉到一种被云游荡的感觉，被乌云驱逐的感觉，被繁星所照耀的感觉，而一旦我们低下头来，我们所面对的都是现实。

我们几乎是在同一时刻低下头，我们经受的是捆绑我们现实的各种东西，比如流言，我知道流言在县城的速度，它从牙齿间的摩擦声中发出，转眼间不知道在这城里在有多少人在重复着那些牙齿间的摩擦。于是，流言就这样荡漾开来了。哥哥不吭声，母亲加紧了追问："你如果对天说实话，母亲就相信你。"哥哥突然坚定地说："不错，我就是跟那个有夫之妇谈恋爱，可母亲，我们是真心相爱的，她与她前夫根本就没有情感……"我从窗口看到母亲的眼神中闪出混乱，仿佛通过哥哥的声音，母亲已经开始发疯了，她即刻压低声音却无法抑制她的愤怒和绝望："你给我滚出去，滚得越远越好……你快给我滚出去……"

哥哥后退着，母亲的手指仍然在逼着哥哥后退，哥哥看上去已经无路可走了，他只好朝外走去。哥哥一离开，母亲就绝望地坐在地上，我看见母亲在压低声音地痛泣。天越来越黑，就像一顶黑色的大帐篷把我的母亲罩住。我走上楼去把母亲从地上扶了起来，母亲泣泪说道："你哥哥真是一个孽种啊，你说母亲怎么有脸见人？"我把母亲扶进她的房间，我知道母亲睡一觉就会平静的，再说，明天一早母亲还要去上班。

有三天的时间，哥哥都没有归家，母亲开始急了，让我到照相馆去看看哥哥，让他回家吃饭。现在似乎是母亲妥协了，我们总是在无奈中开始妥协。我知道这妥协意味着什么：为了爱，为了活下去，为了在世界的任何一种歧途中寻找到契机，我们不得不开始妥协。

我知道母亲害怕失去她的儿子，失去儿子与她的关系，这种母子关系是无法割舍的。所以，我来到夜色弥漫的县城街道上，我想，首先应该到照相馆去找哥哥，这是唯一可以寻找的地方。我来到了那条街道上，那不是县城最热闹、繁荣的街道，却紧靠着热闹繁华的街道，它在一条街道的中央，那是一座老房子，我从记事时就见过这座老房子。当我满周岁时，我母亲曾经带我来到照相馆拍过周岁照片。如今这张老照片已经伴随着我历尽了岁月的变迁和递嬗。

我仰起头来看了看照相馆，看不见一盏亮着的灯，然而，我知道如果哥哥在暗室中洗照片，是无法看见灯光的。我问守照相馆的老头，我哥哥有没有在楼上洗照片。老头若有所思地点了点头说："我好像一直没有看见他下楼来……"我上了楼，我上楼的脚步声显得很轻，我知道暗室在最顶楼。那是一间小得像迷室一样的房间，哥哥曾经有一次为了放大照片，我跟他站在那间房间里时，空气很稀薄。那只是一个人可以待的房间，多增加一个人显然就很拥挤了。

然而，就在我蹑手蹑脚地来到洗相室门口时，我却听见了一种从来没有听见过的喘息声。起初，我以为是哥哥的声音，后来挟裹出来的语言中出现了一个女人的喘息声。我的身体突然间开始颤动起来，我站在门口，我却不知道里面发生了什么事。不管怎样，我还是得伸出手去敲门。我已经明确地听见哥哥的喘息声，那声音很舒服、很满足、很饥渴。而那个女人的声音则仿佛翅膀溺水的鸟雀，发出无法从地上飞起来的一种拍翅之声。

当我刚把手放在门上时，声音就消失了，哥哥警觉地问道："谁？"我说："是我，罗修。"几分钟过去了，哥哥拉开了门，我从一道幽暗中看进去，我看见了一个看不清脸庞的女人披着长发站在黑暗的一角，我的心底掠过了一种恐慌，我嗅到了一种肉欲的气息。我对哥哥说："母亲让你回家去。"

10

我嗅着四周，一种奇异的味道，它从身体的暗处分泌出一种液体，影响了我的记忆：它就是肉欲的味道。自此以后，它仿佛翼粉震荡在我肌肤上，有很长一段时间，我都透不过气来。而当李路再次约我看电影时我拒绝了，李路不明白我的情绪，他对我说他明天就要出差了，他骑一辆自行车，他说能不能陪他去看一场电影，票都买好了。他好像很固执，一定要用自行车带着我去看电影，我看着他期待的目光便同意了。在电影院里他再一次拉着我的膝头上的手，我想挣脱出来，他却紧紧地握着，我根本无法用力，再说我不想挣脱让旁边的人看见。散场以后他说用自行车送我回家，我同意了。

　　那时候坐在自行车上同样也是一种时髦，在自行车还没有像喇叭裤和高跟鞋一样流行的小县城里，骑自行车的人毕竟是少数。在夜色荡漾的深处，李路骑着自行车，却没有及时送我回家，他骑得飞快，环绕着小县城绕了一圈对我说："到我的住处看看吧，你还从来没去过呢？"我点点头同意了，当他带着我环绕小县城时，不知道为什么我已经没有了那种挣扎感，夜色是多么的皎洁啊，我坐在自行车后座上，这既是当时小县城男女青年最为时髦的一种行为，也是一种天堂般的感觉。我可以仰起头来往天空望去，那一刻，我似乎已经忘记了一座小县城对我的监禁，无论人们怎样对我的行为评头论足，都跟我没有多少关系，因为自行车给予了我速度，带来了穿越夜色朦胧的一种心情。推开了一道门，就是李路的单身宿舍，那是县城客运站的单身宿舍区，宿舍很简陋，完全是用一些木板搭起来的旧板房，上面盖着油毛毡。李路说，家里的屋子很宽，然而，他还是需要自己的单身宿舍，因为他经常跑长途，有时候半夜回来，他不想让家里人从梦中惊醒，所以，跑长途的货车司机都住在自己的宿舍里。

我一进屋，门就哐啷一声关上了。在闷热的小屋中有一道小小的窗户，李路打开窗户，因为春天已经过去了，炎热又来临了，尤其住在油毛毡的小木板屋中，热气仿佛从屋顶的油毛毡里散发出来。我突然听到一种尖叫声，一种翻滚后的尖叫，李路垂下头说："你想听邓丽君的歌吗？"我点了点头，我看见了一台录音机，在这简陋的小屋中，竟然有一台小小的录音机。李路打开了录音机，我的心飘荡着，隔壁传出来的声音仿佛被过滤出去了。

然而，我又听到了一个男人和一个女人融合在一起的叫声，李路看了看我，调节了一下音量按钮，邓丽君的歌声更大了。这声音仿佛是撞击我心房的磁场，它们使我迷惑的心灵顿然间沉醉在邓丽君的歌声之中。当李路的手伸向我时，我的心仿佛已经在邓丽君的歌声中飘荡起来，李路的手仿佛在拉着我的影子飘荡。

从那天晚上开始，我就时刻想见到李路，我见到李路的最大目的只是想听到邓丽君的歌声而已。李路一次又一次离我而去，开着那辆波兰大货车开始他寂寞的在遥远路途的生活，我似乎总是盼望着他早些回家。有一次按照李路告诉我的归期，我早早地就等候在客运站的门口了。那是一个黄昏，通常这是李路开着大货车回到县城的时刻。

天开始暗下来了，我穿着一条粉色的喇叭裤在等待，这个时候我已经有了第四条喇叭裤，开始穿第三双高跟鞋了。晚风轻轻地吹来，犹如邓丽君的歌声深入我的心灵，就在这时候，我看见一辆波兰大货车从城郊缓缓地向客运站驶来了：李路来了，我的波兰货车来了，我的货车司机来了，我的邓丽君来了。我从幽暗的马路奔上前去，李路显然已经看见了我。他按响了喇叭，我听见了欢快的鸣叫声，李路打开了车门，我钻进了驾驶室，我即刻嗅到了李路身上的一种燥热，携带着长途旅行的一种气息。他咧开嘴对我笑了笑说，递给我一只熟透的芒果，我没有撕开芒果皮，我嗅着那香味，它使我身体中突然产生了一种激情。

李路把货车停在客运站的停车场，明天一早他才去卸货，而今晚，他拉着我的手。在夜色中我又看见了他的工装裤衣，那油渍渍的，对我来说就是时髦旅途和波兰大货车的工装衣裤。李路带着我走进了他的单身宿舍，他知道我的目的，他一进屋就打开了录音机，让我听邓丽君的歌声，然后他说他要到外面冲凉，他拎着一只脸盆，带上香皂出门了。一会儿之后，我听到一阵水声，我站在窗口往外看，在夜色之下，站着一个穿三角裤衩的男人，他就是李路。

除了穿一条三角裤衩之外，他全身赤裸着，站在一个水龙头下面。接下来，另一个穿三角裤衩的男人也来了，他们站在同一个水龙头下面冲凉。我站在窗口，我还是头一次看见这样的景象，看见男人赤裸的上半身，穿着三角裤在夜色中快活地冲凉。隔了几十分钟，李路哼着歌曲进来了，他依然穿着那条三角短裤，左手抱着那堆工装衣裤，右手拎着脸盆。

我佯装在听邓丽君的歌声，我有些不敢正眼看李路的身体，然而从他的身体中散发出来一种我无法抵抗的气息。

他来到了我身边，他显得很自然，大约是习惯了这样：从遥远的长途旅行中回来之后冲凉，然后穿裤衩凉爽地回到他的小屋，听一曲邓丽君的歌曲。而我，却从来都没有面对着过一个仅仅穿三角裤衩的男人，他的手伸过来搂着我说："我在路上每天都想着你……"我转过身去，他把我搂到赤裸的胸前，而此刻，邓丽君的歌声中飘荡着一种像洁白的丝一样的带子，它仿佛缠绕着我的身体，使我无法挣扎。

他松开我的身体说："我们结婚吧！""结婚？我们为什么要结婚？"我仰起头来看着他，仿佛这个问题离我是如此遥远。他突然又开始拥抱住我的肩膀说："结婚了我们就可以每天在一起了。"我迷惘地摇了摇头，然后靠在他裸露的肩膀上，沉醉在邓丽君的歌声之中。当我想离开时，他突然说："留下来陪我吧。"话音刚落，我又听到了隔壁传来一个男人和一个女人融在一起的叫声，他压低声音说："听见了吧，他们在做什么，你听见了吧。"我突然挣脱他的手，朝着夜色朦胧的小县城跑去，跑了很远，我才回过头去，他并没有穿着三角裤衩追来，并没有一个影子在我身后追啊追。

　　我嘘了一口气，回到了家，我的母亲正坐在院子里绕着毛线，这么晚了，她还在绕毛线，其目的是在等我。因为我很少这么晚回家，所以，我一回家，母亲就问道："到哪里去了？"我不吭声，母亲又重复了一遍，我说到朋友家玩去了，母亲又问道："你知道现在是什么时候了，女孩子怎么能这么晚才回来呢？"我咚咚地上了楼，关上门，走到窗口朝外看去。我的母亲很无奈地站在院子里，朝着我的窗口看了看，又看了看我哥哥的窗户。我知道过去只有哥哥很晚才回家，要么就不回家，不过，哥哥有他自己的理由：在照相馆上夜班，而我呢，我没有任何理由搪塞母亲。

　　看来，哥哥是不会回来了，我看见母亲无奈地闩上门，我想起了照相馆的那间洗相屋，想起了站在幽暗光线中一个看不清楚面孔披着长发的女人，难道那就是哥哥的相好？就是那个有夫之妇吗？我仿佛又嗅到了一种肉欲的味道，一种令我全身窒息、难忍的味道。

　　这种味道使我又一次来到了照相馆，哥哥已经有三个夜晚不回家了，母亲在家里不停地砸东西，我决定去寻找哥哥，让他一定在今夜回家。离照相馆已经越来越近了，就在路口，我突然看见了我的哥哥罗华，他手里好像拎着一只旅行包，我走上前去让他回家，他慌乱地说："今晚，我要离开县城。"他正说着，一个女子从街道上飘来了，她手里拎着另一个旅行包，慌乱地奔向我哥哥。哥哥看了我一眼说："小妹，我来不及向你说什么了，今晚，我要带娟娟离开，要不然，我就没有机会了……请告诉母亲就说我出差到外地去了，好吗？"就这样，在我眼前出现了一幅活生生的私奔图像：这就是人们传说中的私奔，我的哥哥罗华携着一个女人的手坐在车后座。自行车消失在夜幕之下时，我才回过神来，我的哥哥带着一个有夫之妇私奔出县城了。

11

仅凭着一辆自行车作为交通工具就想带着一个有夫之妇私奔，这显然是我的哥哥罗华在八十年代的青春理想。然而，这种理想在走出城门时就破灭了，通向城门的只有一条道路，无论从哪条路私奔他们都必须经过城门，而就在自行车刚拐出城门时，娟娟的丈夫从黑暗中像幽灵一样冒出来，截住了自行车。第三天，这个故事就在小县城上空沸腾开来，而在那个夜晚，我以为我的哥哥私奔成功了，因为夜太静了，在夜色的掩映之下，他们寻找到了重重的屏障。当我躺下时，我聆听着一座县城的风，只有风在吹拂，除此之外，就听不到任何声音了。

第二天没有流言传来，我想哥哥罗华一定带着那个女人私奔出县城了。然而，第三天，流言就在县城的店铺、在单位办公室开始沸腾了。当我下午回到家里时，母亲正把头埋在枕头上哭泣，她大概已独自一人哭了很长时间了，见我进屋就停止了哭泣，像一只被溺水的小鸟一样浑身颤抖地注视着我，问我有没有听见关于我哥哥的流言。我点了点头，母亲突然神经质地抓住我的手问道："你说你哥哥真的有胆量带着一个有夫之妇私奔吗？你说你哥是不是要把我活活气死……"我转过身去，我寻找不到言辞安慰母亲。

流言是什么？总之，我们好像总是在小县城一轮又一轮的流言中成长的，仿佛流言总是轮流着来，今天落在姓张的人身上，明天就落在姓刘的人身上，后天呢又落在姓朱的人身上。从我记事起，流言就像纸屑一样纷扬在县城上空，今天是某家女儿堕胎的故事，明天是某家夫妇离婚的故事，后天又是某家男人有情妇的故事……我好像并不害怕流言了，当我在办公室的窗口看见一群人在另一间办公室纷纷扬扬地传播着我哥哥私奔的故事时，我感到痛苦不安的是他们的私奔竟然没有成功。

当自行车托着娟娟朝着黑暗的县城驶去时，我仿佛已经看见了他们迷惘的、不可设想的未来。然而，娟娟的丈夫竟然截住了自行车，就意味着他们的私奔失败了。然而，既然如此，为什么看不见我的哥哥归来呢？

有时候，在流言中我反而会听到有关我哥哥的消息，比如，娟娟跟着她丈夫回家了，而我的哥哥却骑着自行车消失在夜幕之下；比如，当娟娟的丈夫截住了自行车时，一场对峙就开始了，当娟娟的丈夫举起拳头朝着我哥哥击来时，我哥哥没有还击，他被击倒在地，就这样，娟娟跟丈夫回家去了；再比如，在这样的情况下，我哥哥的自尊心已经丧失殆尽，他独自一个骑着自行车朝着城外走去，有人说我的哥哥已经无脸见人了，有人说我的哥哥虽然私奔失败了，却坚持出城门去了。有人说我的哥哥是灰溜溜地离开的；也有人说我的哥哥是一个勇敢的男人，敢于带着自己心爱的女人私奔……

总之，我的哥哥在传说中离开了县城就再也没有回来。有关他的故事和那辆自行车很快就不再被人们传说了。因为每天都有新的故事、更加刺激的流言充斥着人们的舌尖。每当流言泛滥时，我总会看见许多舌尖在交织着新的言辞，流言都是用言辞通过卷曲的舌尖来编织的。现在，哥哥的故事还未平息下来，有关我的故事就开始在小县城传播出来：在流言中，我变成了一个每天晚上钻进开波兰大货车司机油毛毡房间中的小妖精，我恬不知耻地和那个货车司机发生着肉欲的关系。就像我穿着喇叭裤站在电影院门口勾引别人一样不知羞耻。

流言并没有大面积地像有关哥哥私奔的故事一样流传，但流言已经小面积地开始在私下流传。第一个听见流言的是我的好朋友乔芬，当她一听到流言以后就约我见面，她说有重要的事要问我。我们来到了城门外的河边，听她的口气，仿佛世界就要发生战争了。

我早早地来到城门外的河边，这是一条始终环绕着县城流动的河流。我站在河边，远处就是公路，我想，如果那个半夜我的哥哥骑着自行车再加快一些速度的话，娟娟的丈夫就不可能追上他们了。如果他们私奔出去了，那么会意味着什么呢？它只会加剧人们猜想中的流言，总之，流言的故事会变味，人们的饶舌会更兴奋。

乔芬来了，见面不到一分钟，她就把听到的与我有关的流言一字不漏地全盘托出。我仿佛看着一只圆盘在转动，仿佛每一次转动都在广播着我的故事。我被激怒了，如果护城河水深一些的话，我可能会跳下去。然而，我知道清澈见底的护城河水是无法淹死我的，我看见了河底的青苔在飘动，我甚至看见了河底的小鱼在游动。

乔芬转而问我，到底有没有像流言中那样每天晚上钻到波兰大货车司机的油毛毡房间里去。我昂起头说："那不是鬼混，我只不过是去听邓丽君的歌曲而已，因为李路有一台录音机……"乔芬笑了，她神秘地问我有没有跟李路发生过流言中的那种肉欲关系？这个问题把我难住了，我想起了颤抖的拥抱，我想起了李路试图让我留下来过夜的想法，而我却始终没有留下来。我想起了从隔壁的房间里传来的那些或轻或重的尖叫，我还想起了在哥哥所在的照相馆的洗相室门口嗅到的那种肉欲的味道……我恍惚地摇了摇头，乔芬突然说："你真的没有跟他发生过那件事吗？"乔芬好像不相信我："罗修，在我看来，即使发生了也没什么，反正，你总有一天会嫁给他的……就让这些谣言传播出去吧，它也不会影响你们今后的婚姻啊。我建议你在这流言中快结婚吧，你看我，我就要结婚了……"

我即刻否定道："我不会像你一样快快地结婚的，我也不可能嫁给李路……"乔芬惊讶地看着我说道："你都跟李路发生了这么多事了，你还不想嫁给他呀？"我仰起头来说："我根本没跟他发生过什么事。""我不相信。"乔芬说。我看着乔芬，她有一张圆脸，就像苹果一样圆，这张圆脸每天在面条机前转动着，每天在面粉的味道中面对着生活。从我们成为女友一块看电影时，她从粮食局的车间走出来时，也许就是这张圆脸最为快乐的时刻。因此，我们两人不知道看了多少场电影。

自从她有男友之后，自从我有了李路了之后，我们就分开看电影了。为什么面对我的声音，她不相信呢？在她看来，我真是跟流言中所陈述的一样与货车司机发生了肉欲关系吗？

可那些紧绷的肉欲，那些透不过气来的肉欲，那些神秘莫测的肉欲关系到底有多远……为什么我的话乔芬就不相信呢？为什么在她看来，如果我果真与李路发生了肉欲关系就非要嫁给他呢？

那个周末，我又再次走进了开波兰大货车的司机的房间，屋顶的油毛毡被风吹拂着，邓丽君的歌曲飘拂在我们胸前，我们开始拥抱了，像往常一样拥抱。我问他有没有听到那些流言。他笑了，不吭声，过了一会儿他对我说："如果你害怕流言，我们就马上结婚，这样，流言就不会前来纠缠我们了。""我还不想结婚……""好了，你什么时候想结婚我们再结婚……"他的手突然伸到我的胸部，而我胸部仿佛像一团火焰。

我没有拒绝他的抚摸，因为这抚摸仿佛可以平息我的孤独和忧伤，仿佛可以平息我青春期滋生出的一切迷惘。就在那天晚上，除了让他的手抚摸我的胸部之外，我躺下去了。

床是那么窄小，仿佛想试探出流言中的生活，还有那复杂的肉欲关系。那在之前与我的身体毫无牵连的肉欲，那火焰般的灼热，那黑夜般的无边无际，那使我的意志高高地返回掷下的肉欲时刻，就在那个夜晚来临了。

人们传说中的肉欲使我躺下去，躺在一个男人的身体下，这是我的深渊，我尝试着翻身，我尝试着抑制住叫喊；我尝试着在汗淋淋的呻吟中仰起头来看一个男人扭动的身体，同时，看着我变成肉欲的奴隶。就这样，我的青春，我的贞操与一个八十年代开大货车的司机的男人联系在一起，我们有了传说中的那种肉欲关系。

12

一个多月以后，哥哥回来了。他是搭一辆货车回来的。已经是半夜，首先是母亲惊醒了，尔后是我和弟弟。哥哥的离家出走在这一个多月的时间里给我们家留下了一种阴影，尽管如此，母亲却希望寻找到哥哥的行踪。我安慰母亲哥哥不会有什么事。在我的安慰之中，有关哥哥与一个有夫之妇私奔受挫的流言已经渐渐地平息下去了，新一轮的流言取替了我哥哥的故事。

在月色掩蔽的庭院深处站着我的哥哥，他一脸沧桑，沉默不语地想奔向自己的卧室。我母亲紧跟上，门被砰然掩上了。母亲站在门后迟疑了一下，让我们睡觉去。就这样，我哥哥的爱情理想夭折之后，他又回到了新的现实之中。

我们都不知道在这过去的一个多月时间里，我哥哥到底去了哪里，这多少是一个秘密。不管怎么样，哥哥又回到了现实中来，我们的所谓现实就是面对一座县城。哥哥睡了三天三夜之后，终于跨出门来。他睁开阴郁的眼睛看着明媚的阳光，那阳光是多么明亮，任何阴郁的心灵都会被这明媚的阳光照亮。哥哥也必然如此，他终于跨出了门，到县照相馆上班去了。这个现实已经让母亲感到很满足了。毕竟我们在县城的笼子中跳舞，我们产生了跳舞的灵感，就像在阴郁中寻找灵魂。后来我听说，当然这是我在一种没有完全沸腾开去的谣传中听说的故事：有人看见我哥哥在一座镇上悠转，骑着一辆自行车，从外形上看，哥哥好像丢了灵魂；后来哥哥又骑车到了一座乡村，有人看见他在乡村做了几天摄影师。这些谣传很符合当时哥哥的状态，不管怎么样，他还是回来了，把自行车丢在一辆货车上，搭车到了县城。直到第二天我看见了那辆自行车，它显得锃亮极了，然而却带来了哥哥一个多月的出走之迹。不管是哥哥骑自行车在一座镇上如何打发日子，还是在一座乡村做了几天摄影师，总之，我哥哥还是骑着那辆自行车回到了县城，重新融入了县城的世俗生活之中。

我听说那个有夫之妇好像又跟前夫合好了，他们开了一家杂货铺，就在我单位的侧面。我很好奇，我很想在明亮的阳光下看清楚这个跟着我哥哥私奔的女人的形象。于是，我在上班的时候跑出来。当我站在杂货铺的柜台前时，一个女人正拿着粉盒往脸上扑粉，隔着不远，我就嗅到了一种花粉似的味道。当她感觉到我站在柜台前时，便放下了粉盒和镜子，走上前来，问我想买点什么。我费劲地端详着柜台前这张脸，这是一张典型的笑脸。然而，那些扑上去的并不均匀的粉使她的脸显得斑斑驳驳的，她好像意识到了这些，不好意思地对我笑了笑。我又看见了她肩上披着长发，顿时，我想起了当我站在照相馆的洗相室门口看见的那个女人。很显然，眼前的这个女人就是那个女人……就在这时，一个男人骑着三轮车拉着一车货物站在门口正在叫唤着她的名字，她就是娟娟，一个有夫之妇，一个差一点被我哥哥的自行车带走的女人吗？

她出了店铺，来到了门外，她的身材像蛇一样扭动着，在这扭动中我看见她正和这个男人卸下三轮车上的货，这个男人看上去应该就是她的丈夫。我候在一侧，我被这种现实，一个试图改变婚姻生活曾经背叛自己丈夫的女人的现实笼罩。她似乎已经从那场失败的私奔图上返回了现实之中，她很快就卸完了货，带着她斑斑驳驳的脸庞同她的男人共同经营着这家杂货店。我竟然在她的柜台上发现了口红。哦，这奇怪的事物也会诱惑我吗？女人看了看我，告诉我说这是刚刚进的货，问我是否想买一支口红，我点点头。女人取出一支口红，旋转了一下，我就看见了一种蓓蕾似的红色，女人往自己唇上抹了抹。我没有想到，教会我在这孤独沉闷的小县城第一次使用口红的人竟然是我哥哥曾经爱过的女人。

我买下了那支口红，然而，在我离开时，我只记得那张鹅蛋脸上的斑斑驳驳，以及她像蛇一样扭动着的腰肢。过后，我再也没有到过她的柜台前，我知道我并不想与她进一步靠近、交往，她只属于那种传说而已。既然这传说已经平息了，既然她的生活已经回到了从前，就像我哥哥又回到了照相馆。所以，我不想带着自己任何一种好奇心再去研究他们的生活。

春节我们一家欢度过年时，李路的父母又来提亲了，当着父母的面，我不得不默认我已经跟李路交往的真相。父亲当然很高兴，他见过李路，好像对他印象不错。就在双方父母的面前，我和李路好像定了亲，也就是说从那个时刻开始，我就是李路的未婚妻了。从那个时刻开始以后，我订婚的消息也同样变成了传说，在一夜之间，大家都知道我就是那个开波兰大货车司机的未婚妻。母亲见到李路，她的眼睛很明亮地看着李路，她好像很满意我的男朋友。母亲带着她的世俗目光审视着站在眼前的李路，他刚理过发，显得很有朝气，而在这后面的是李路的职业。那个时候，驾驶员绝对是一种非常有技能的职业。母亲融入了这种时代的审美之中去，她同意了我和李路的私下订婚。而且她希望我早日跟李路成婚，在一个休息日，李路开着那辆波兰大货车载着我们全家人到了一座附近的温泉浴池洗澡。母亲坐在波兰大货车上，这也许是她头一次乘坐如此时髦的大货车，我看见母亲欢笑的脸上有幸福的泪花在荡漾。

　　此后，在我母亲的眼里，我就是她身边一个准备择日嫁过去的姑娘了。在这些日子里，我依然出现在李路的油毛毡房间里，我们平静地约会，平静地倾听着从录音机中发出的邓丽君的歌声。之后，一次又一次肉欲的时刻笼罩着我们。直到一个时刻，我发现了自己身体的变化。

我约乔芬见面时，这种变异已经使我心神不宁，那个黄昏，我和乔芬依然坐在城郊外的护城河边，我把身体的变异告诉给了乔芬后，她睁大眼说："你可能怀孕了。"我望着河水发呆，我望着清澈见底的河水，那些碧绿的青苔正在荡漾，河底的小鱼虾也在荡漾之中。我突然感觉到一种从未有过的畏惧，我抓住乔芬的手否定说："不可能的，我怎么会怀孕呢？"乔芬悄悄地告诉我说，她已经怀孕两个多月了，她就要结婚了。乔芬建议我像她一样尽快结婚，唯有如此，才可能掩饰怀孕的现象。而且乔芬告诉我，在小县城如果一个未婚女孩子怀孕，简直就是丑闻，所以让我尽快结婚。

同乔芬在河边分手以后，我决定到一座小镇上去，在镇卫生院检查了身体之后，才确定是否真的怀孕了。乔芬暗示我道，千万不要到县医院体检身体，否则，我一旦怀了孕，还未出大门，有关我怀孕的流言就会传遍整座县城。在一个周末我搭了一辆货车，身体的变化我还来不及告诉李路，因为最近李路又出差了，而且要跑长途一个多月。在一座离县城很远的小镇，我下了车。从那时开始我头一次学会了了解自己的身体与世界的联系。这千丝万缕的联系同时让我开始学会探索眼下的这一切：未婚怀孕是一件很严峻的事件，我很希望通过检验来否认这件事。我还不想结婚，我也不想在怀孕后因为怀孕而结婚。

就在我住下来的第二天，我认识了住在小旅店收购水果的商人姚杰。当时我并不知道他在收购水果，我看见他时，他正在吹口琴。从旁边的一间客房中传出一阵口琴声，在我住下来的第一个夜晚，悠扬的口琴声伴随我在小镇度过了无限焦虑的第一夜。

第二天早晨，我出了客房，在楼梯上遇见了姚杰，第一眼就看出了我心神不宁的男人轻松地对我点点头，就此认识了我。我从旅店老板娘的言谈中知道了他的身份：他是从省城来的水果商人，开一辆大货车收购沿途的热带水果，所以他经常往返于省城和小镇之间，早已是旅店的老客人了。他跟我搭腔道："你是从县城来的吧？"我点点头，就到镇卫生所去了，当我站在卫生所的来苏水味中等待着未知的化验结果时，我怎么也没有想到四十分钟以后，镇卫生所的化验员通知我说："你已经怀孕了。"

13

我是在水果商人的口琴声中决定到镇卫生所堕胎的。之前，我在小镇窄小的街道上徘徊，我很庆幸，没有遇见一个熟悉的面孔，而且这是一座离缅甸很近的小镇。所以，从我来到小镇后，看到的都是陌生人，与我毫无关系，这让我可以站在镇卫生所等待化验单，也可以在旅店里与这个陌生人搭腔。那天傍晚，水果商人在弥漫着闷热气息的小镇的街道上发现了我，他说想请我去喝芒果汁，刚刚榨好的芒果汁，并对我说，每天晚上他都要去喝芒果汁，在镇中央唯一的冷饮店里，里面大都是外地人，有做玉石生意的，有做布匹生意的，有做电器生意的。他就囿于此地，我竟然没有拒绝他，就像当初我没有拒绝听他的口琴声一样。也许，那种如鸟翼一样来回震荡在小镇旅店里的口琴声是无法拒绝的，因为谁都无法拒绝一种从夜色中送来的旋律。就此，我跟随他去喝芒果汁了。我坐在他身边，旁边是来自外省的陌生人，在这里，在这个角隅，有关我的身体的历史似乎无人知晓，除了我之外，任何人都不知道我已经怀孕了。

就在这家热带小镇的冷饮铺里，他给我讲着他生活的省城，他对我说像我这样的女孩子应该到省城去，一个小县城对我来说毕竟太小了，他说如果我到省城去可以去找他。他一边说一边从衬衣口袋里掏出一张名片递给我，上面有他的住址和电话。从冷饮铺回到旅馆时已经很晚了，然而，他却又邀请我到他的房间坐一坐，我犹豫了一下还是进屋了。总之，在那样一个地方，离另外一个国家是那么近，离省城却是那么远。他给我吹奏着口琴，他说这是他打发寂寞生活的伙伴，没有口琴，他真不知道如何在小镇待下去。当他插队落户时，口琴同样也伴随他度过了几年时光。他还告诉我回到省城以后，他就开始寻找职业，他是最后一批回省城的知青。他被分配到一家单位烧锅炉，不到半年，却无法忍受那种守候着一只锅炉的单调、乏味的生活方式，所以就辞职了。到处谋职，起初还用摩托载人，后来他就跑长途载人，再后来他就做起了水果商人。因为在他一次又一次的跑长途载人时发现了热带世界茂盛的水果园，那些品质优良、价廉物美的水果使他一下子变得富足起来，所以，他在省城开了一家水果批发店。这些故事都是在他的口琴声中时断时续地讲给我听的。

夜已经深了，当我离开时，我回过头去，我看到了他的眼神，他突然告诉我说明天他就要离开小镇了，他一边说一边靠近我，我感觉到他似乎想拥抱我，可是他却没有拥抱。他说，如果有一天在省城见到我的话，他会带着我到省城寻找谋职的机会。他还说人都应该学会一种漂泊的本领，不要老生活在一个地方，那样会乏味的。第二天早晨，我没有再听见他的口琴声，也没有看见他的影子，停在旅店里的那辆大货车不见了。直到这时，我才仔细地回忆着他的形象，他身材高大，眼神明亮而疲倦，当他凝视你时，仿佛想深入你的内心，而你的内心离他却是如此遥远。我把那张名片收在包里，就在这时，我决定到医院去做人工流产。

这个决定是在我看不到水果商人的刹那间涌现出来的：昨天晚上，邀请我坐在这个热带小镇的芒果店铺里，让我沉浸在芒果潮的甜蜜中的男人，为我吹着口琴，同时也给我讲述他故事的男人，突然之间已经从我眼前消失了。这种距离和虚无使我突然变得自由起来。而让我身体无法飞起来的却是我的怀孕，所以，我决定到镇卫生所独自堕胎。

我承认在我躺下去时，我的年轻幼稚使我看不到也无法感受到一个幼小的胚胎竟然和我的身体联系起来；因而我是一只震荡在上空的小鸟，我迫切地渴望着飞翔。当炎热的手术室里的器械相互碰撞时，二十世纪八十年代最为原始的堕胎术，使我发出了一声声尖叫。那些疼痛分割术割离了我身体中像幼芽似长出的胚胎，而我尖叫着，我感受着作为女人生命中最为尖锐的疼痛。我承认，我私欲般的幻想已经超越了那个小小的无足轻重的胚胎，那些虚幻远比现实的力量更强大，这就是我，罗修，一个十九岁的女孩子，躺在离缅甸只有八十公里路程的一座边境小镇里，倾听着我熟悉的母语，滋生着幽暗的梦幻，它仿佛从热带中长出来的胚芽，已经代替了我不存在的那种胚胎。就这样，我承认，当我的身体变轻时，我已经不再怀孕了，我再也用不着让我十九岁的年龄来承受那个胚芽，用不着因为怀孕而嫁给开波兰货车司机的李路了。

当我从小镇返回县城时，我已经私下解决了我十九岁的生命中一次要命的负担。我已经不再是从前的我了，而这些李路都不知道，他并不知道我那么容易怀孕，他也不知道我已经完成了一次秘密的堕胎术。而从这一刻开始，当我见到李路开着长途车回到县城时，我已经开始学会抑制自己肉欲的力量。

很简单，我害怕再次怀孕。当我一次又一次地与李路约会时，当他想把手伸进我胸部时，我就会开始全身痉挛：记忆中的那种生命的疼痛已经培养了我身体的一种经验，它一次又一次地暗示着我，一个人不可能再一次愚蠢地受孕，一个人不可能再回到小镇堕胎。我挣扎开李路的抚摸，这让李路莫名其妙，他不知道在之前，我经历了一个女人的第一次堕胎术，他并不知道一个住在热带小镇的水果商人在短暂的时间里培养了我另一种生命的幻想：那就是除了在这座小县城生活之外，一个人还应该充满一种漂泊的幻想。

所以，我突然之间在李路身边筑起了墙垒，让他的身体不再碰撞我，让我学会保护自己的身体，这是另一种经验，但我没有想到我的经验使李路产生了另一种期待，那就是结婚。于是，他没有与我商量就开始布置我们的新房，在他父母家里的小小的庭院之中，李路是独子，所以，父母把最大的那间房留给了我们做新房。

李路也有他的幻想：这幻想使他独自悄然地忙碌着，当他开着波兰大货车来到省城去购置我们结婚的床单、蚊帐、家具时，我却在幻想着另一种东西，这就是我和李路之间致命的分歧点。所以，我们这一生注定不可能结合在一起，所以，我们这一生注定要用距离来分隔我们的世俗生活。

两个多月过去了，李路在一个下午神秘地要领我去一个地方看看，那是星期天，李路突然出现在我家里，母亲当然很高兴。母亲最喜欢看见李路，仿佛看见李路就看见了她女儿未来的婚姻生活。

李路用自行车驮着我，神秘地将我带到了他的家，带到了他已经布置完毕的新房之中。到处都是红色，窗玻璃上贴满了红色的字帖，贴满了红色的剪纸；挂着新婚粉红的蚊帐，当我刚走进去时，李路就揽紧我的腰肢，仿佛想让我分享他期待结婚的那种幸福心情。这种心情与我背道而驰，我在这间新房中怎么也感受不到喜悦，恰恰相反，我感受到的是一种震荡和烦恼：李路为什么不跟我商量，凭什么他就知道我要跟他结婚呢？他感觉到了什么，他问我是不是布置得不满意？我坚决地摇了摇头说："我还不想结婚，我一点准备也没有，你凭什么要让我与你结婚……"

李路被我的声音蒙住了，就像被一片雾幔遮住了一样："罗修，我们不是已经订婚了吗，我们不是已经像恋人一样生活了吗？我们不是发生过一切了吗？我为什么不与你结婚……对，我承认，布置新房之事没有与你商量……然而，我不是想让你惊喜吗？"我挣脱了他的拥抱，跑出了他家的庭院，李路也跑了出来，那天下午，我在前面跑着，李路则在后面追着。无论他怎么追，我还是不同意与李路结婚。当李路开始妥协时，他放慢了速度，他说他可以等待，但总不可能无休止地等下去，让我给他一个时间。我否认说，我不知道，我真的不知道我什么时候想结婚。我这么一说，李路很着急，他赌气地说："如果你真不想与我结婚的话，我可以找别的女人结婚的，这样你高兴了吧。"我认真地回过头看着李路说："你真的可以跟别的女人结婚的，因为我不知道我能不能与你结婚，我不知道，我什么都不知道……"我的声音使李路松开了拥抱我的手臂，我感到他的手臂在渐渐地变凉。

14

我悄然离开了县城，李路跑长途去了，他说一个多月回来以后让我答复他结婚的日期。我知道一个多月过得很快，就像停留在窗台上的鸟儿飞走一样快。所以，我得想办法对付李路：从那一刻开始，我的全部生命似乎都在对抗李路。就在我准备出门之前，我参加完了乔芬的婚礼，从我懂事时，我记不清我已经参加过多少次婚礼了。

乔芬的腹部藏在红艳的婚服下面，微微地起伏着。当我为乔芬梳头时，房间里只有我一个人，乔芬问我准备什么时候结婚？我说不知道，乔芬就伸过手来想拍拍我的腹部，我即刻闪开了，我知道乔芬的意思，她是想让我意识到我已经怀孕了而已，我堕胎的事没有告诉乔芬。

我想我堕胎的事件不会告诉任何人，除我之外的任何人都不知道在一座靠近缅甸的小镇上剥离开了那个胚胎。我想，这就是人们称之为人类秘密的力量，我之所以拥有暗藏这个秘密的力量，是因为我怀着对未来不可知的意念。而这意念，也就是人们通常所说的梦想。这梦想使我尝试了血肉从我身上滑落而去的疼痛，这梦想让我开始抗拒未婚夫的求婚仪式。

所以，参加完乔芬的婚礼以后，我就离开了县城，恰好有一辆货车经过我的身边，恰好那辆货车载着山羊，咩咩声越过了县城的城郊。我不知道为什么散步到了郊区，货车停在护城河边给车加水时，我就搭上了车。那一刻，有一种灵感在我身上汹涌着：我从包里摸到了那张名片，姚杰的电话、住址写在天蓝色的名片上。

搭上货车时我只想逃避这一切：我要为之逃避李路早已准备的新房，我要逃之夭夭。当时我并没想到我到省城去可以找姚杰。直到货车驱动时，我才摸到了那张天蓝色的片，一种希望突然冉冉升起，如果我突然出现在姚杰面前，他会惊讶吗？我坐在货车厢里假睡，我不想与货车司机说话。这是一个三十岁左右的司机，他说他在李路的相册中看见过我的照片。我依然佯装睡着，我想事情弄糟了，我怎么搭上了李路同事的货车呢？然而，事情朝前滚动而去，货车司机满以为我已经犯困而睡着了。

而我却在想着那张照片，那是我在哥哥照相馆里拍摄的，说到哥哥，我要顺便讲一下我哥哥的现实生活。他刚刚交了新的女友，是一个开发廊的外地姑娘。发廊就在照相馆门外，这些起初并不是我亲眼看见的，而是从流言中传来的。我已经说过，小县城的流言也好，谣传也好，都像风一样呼啸而来，当它们碰撞我们时，它就变成了冰暴、子弹和苹果。这就是为什么哥哥的故事不是我亲眼看见，而是通过流言而来。不过，流言并不猛烈，只有年轻人知道我哥哥跟一个开发廊的外地小姐在约会。我不相信，我想亲眼证实一下这流言有没有真实性，长久以来，许多流言都在谣传中开始变质，我们没有多少兴趣去对抗流言的真实性，因为许多流言都跟我们的生命毫无关系。

我寻找到了发廊，那是一个黄昏。我知道黄昏是县城最有故事的时刻，比如，我与李路约会时通常是黄昏，在黄昏人与人之间的距离变得模糊起来。我越来越贴近黄昏，因为黄昏可以制造一种天然的屏障。县城的年轻人被黄昏笼罩着，在这个时刻他们倾巢出动，每到黄昏时，县城的约会就开始了。我了解我的哥哥，他喜欢黄昏，也可以说沉溺于黄昏之中，仿佛只有到了黄昏，他的故事才可以开始讲述。我在黄昏中站在离照相馆不远的角落，几分钟以后我就看见了我的哥哥罗华朝着对面的发廊走进去了，与流言中的故事一模一样，哥哥掀开了发廊的门帘走进去，以后的故事我就不知道了。总之，我哥哥的生活在继续着，他已经不知不觉地摆脱了那个有夫之妇。经验对我说过去永远束缚不了我们的现在，过去的经历取代不了我们现在的经历，当我掀开发廊门帘的刹那间，我知道这是一个真实的谣传。

此刻，我似乎又看见了李路的那本相册，那里面放着他小学到技校的所有照片。除我的那张照片之外，都是他自己的以及他同别人的合影。我作为他的未婚妻进入了他的个人影集，以至于他的同事们都分享到这种快乐。而此刻，我已经在漫长的假睡之中来到了省城。这是我第二次出现在省城，告别了货车司机，我就搭上了一辆三轮车，这是二十世纪八十年代，除了公交车之外的交通工具，大量的三轮车候在马路上，人一靠近，车夫就会热情地问你到哪里。我掏出那张名片给车夫看了看，这是一位四十岁左右的车夫，操着四川口音，这种口音已经涌进了县城，所以丝毫不陌生，大量的四川人就像蜘蛛一样在一个国家的大中小城镇编织着他们的生活。车夫对这座省城的了解使我惊讶，四十分钟以后，他已经蹬着三轮车将我送到了民通巷八十号，这就是姚杰的名片上的住址。

我望着那门牌号，这是一座旧式的老房子，看上去快要坍塌了，我突然看见了拆迁两个字，仰起头来，我看见了悬挂着的一块牌子上写着两个更大的字：拆迁！看来这些房屋都要被拆迁了，我应该到哪里去寻找姚杰呢？穿出了小巷以后，我就看见了一个邮局，依然得排队打电话，我一边排队一边回忆着在靠近缅甸的那座小镇里，我所认识的姚杰和他吹奏出的口琴声……

电话通了，我对着电话使劲地说道："你是姚杰吗？"对方问我是谁，我说我是罗修，对方说你打错了电话，我不认识你。说完就将电话挂断了。我又一次拨通了电话，我说我叫罗修，你不记得我了吗？在那座靠近缅甸的小镇，在旅馆里，你给我吹奏过口琴……你对我说让我到省城后去找你……对方开始说话了："哦，靠近缅甸的小镇，这样的小镇可多啦，吹口琴……我住进旅馆都吹口琴，你到底是谁啊？"电话断了。后面排队的人开始催促我不能总是一个人占用电话，我只好放下电话，付了电话费，走出了邮电所。我不能相信，姚杰那么快就把我忘记了，我麻木地走着，打一次电话要费如此大的劲，然而，姚杰为什么就想不起我到底是谁呢？

暮色为什么这样快地来临了呢？我想我应该到父亲那里住下来，朝阳旅馆好像靠近一条河，好像又靠近一个广场，总之我记不清楚了，就像姚杰记不清我一样。我不得不搭上一辆三轮车，这种交通工具简直到处都是，只要你一召唤，它就会迎接着你的目光而来。

三轮车夫把我拉到了父亲所在的朝阳旅馆，父亲好像在打电话，那是朝阳旅馆公用的一台电话机，我悄然走近父亲的身边。父亲惊讶地对着电话说："哦，罗修来了，罗修到旅馆来了，我们用不着登寻人启事了。"父亲告诉我说，母亲急坏了，找遍了整座县城，也没有找到我，让他到省城的报纸去登寻人启事呢。我感到荒谬无比，我已经出门三天了，在这三天时间里，我为什么就没有想到母亲和家人在家里的感受呢？正说着，儿童医院的张阿姨匆匆地进了旅馆，父亲把我失踪的消息用最快的速度通知了张阿姨。

在以后时间里，父亲和张阿姨试图通过与我的对话知道我出走的原因。我把这一切说得很简单，我没有跟他们讲述那间婚房，我什么都没有讲，我说我只是想到省城看看而已。这样一来他们就放心了。我看着张阿姨，这是我第二次看到她，她真妩媚。

第二天，父亲去给我买早点时，我就站在旅馆里的那台公用电话机前给那个叫姚杰的人打电话。他好像在捂着被子睡觉，突然被一阵电话铃声惊醒似的，大声地责问我到底是不是疯了，这么早给他打电话，而且还打错了电话。电话被强行挂断了，我抬起头来，父亲买早点回来了，问我这么早给谁打电话。

我摇了摇头。不久以后，张阿姨也来了，她带着我去了省百货公司，给我买了一堆衣服。当天晚上，我在我父亲的安排下搭上了一辆回县城的货车。就这样，我的出走之谜就像哥哥的私奔道路一样受挫，没有什么结果。我回到小镇，我母亲见到我就来安抚我出走的灵魂，在她看来，我一定是失了魂才出走的。而我呢，百思不解的是姚杰为什么如此快就想不起我来了。然而，他的形象和口琴声依然清晰地留在我的记忆中，因而我依然保存着那张名片。

15

我的出走类似哥哥的私奔之谜一样没有结果和答案，从这一刻开始，我就像影子般紧贴着李路，既不抗婚，也不同他策划着未来的道路。这就是我在小县城最迷惘的时期，直至县城出现了第一家舞厅。那种好奇心驱使着我，在李路的怂恿之下我们进了舞厅，李路告诉我说在省城他去过舞厅，我问他跟谁跳舞。他说当然只可能跟陌生人跳，在省城的舞厅是没有熟人的。于是，我就想象着李路在省城的舞厅中跟陌生人跳舞的场景。我好像通过这种现象了解了李路的另一种生活。

李路的舞跳得很好，我奇怪他是什么时候学会跳舞的，他告诉我，有一次在省城无聊的时候他就进了舞厅，然后在陌生舞伴的带领下学会了跳舞。他这样一说，我感觉到了一种隐隐的嫉妒，我还是头一次感觉到这种不好受的滋味。

舞厅开业时，跳舞的人很少，我和李路是少数人之一，是李路教会了我跳舞，当他携手教我跳舞时，很多人在看，看的人比跳舞的人要多得多。这是二十世纪八十年代另一种非常奇怪的现象。就像最初我们穿上喇叭裤和高跟鞋引起人的非议一样。所有人都知道我就是李路的未婚妻，所以，我们在舞厅开始作为县城第一批跳舞的人赫然出现在舞厅时，并没有引起多少人的非议。渐渐地，我感觉到别的人也进了舞厅，比如，我的哥哥罗华带着那个开发廊的小姐也进了舞厅。

李路不在的时候，每到周末时，我的脚都会不由自主地踱向舞厅，它毕竟是县城除了电影院之外的第二个娱乐场所。而且它就在电影院对面，李路不在的时候，我自然就没有舞伴，起初我在舞厅外面散步，我总是在想象着李路在省城的舞厅中央与陌生的女人跳舞的场景。它就像一种图像不停地幻变着，直到有一天傍晚，一个陌生的人走近我，问想不想陪他到舞厅跳舞。

他陌生极了：穿着西装，颜色是咖啡色的，那个时代，穿西装的人很少，土生土长的县城人几乎都没有穿西装。

所以，我能判断他不是本地人。其次是他的声音，他好像是广东人，说着广东普通话，他三十岁左右，显得彬彬有礼，一开口就叫我小姐。我被这种陌生的称呼激荡着，感觉到了一种从未体验过的陌生，就像那个黄昏电影院正在上映一场电影般散发出陌生的悬念。所以，我在那个黄昏同他走进了舞厅。

他会跳所有的舞步，而且他的华尔兹跳得非常好，李路恰恰不会跳华尔兹。所以，当他开始教我跳华尔兹时，旁边正在学跳舞的舞伴纷纷退出了舞池，因为我们的旋转仿佛圆形的波涛已经涌上岸来，又像黑夜中的蝙蝠在尽情地飞翔着。几个晚上我就成了他跳华尔兹最好的舞伴。然而，我却不知道他叫什么名字、住在哪里，我们好像只是舞伴而已，出了舞厅，我们就散场了。

有关我与这个陌生人在舞厅跳华尔兹的流言很快就传开了。在流言中我成了每天晚上在舞厅陪陌生人跳舞的人，我通过做舞伴而赚钱等。首先是单位领导私下找我谈话，他的头发好像又少了一些，他依然穿着那双洗得发白的黄胶鞋，他站在办公室严厉地教训我说："你的行为已经损坏了我们单位的形象，如果你继续在舞厅做舞伴的话，单位会采取行动的。"

谈话结束以后，我又要面对我的母亲，她已经等候我几个小时了。每晚我出门时，她并不知道我去哪里，在她看来，我只会与李路在一起；在她看来，这个世界很小很小。她是今天上午上班时听到流言的。母亲的脸被气得发紫，她依然像往常一样压抑着她的怒气和绝望，依然维护着她的声音尊严。其目的是不想让旁边的邻居听见她的叫唤声，她掩上了门，拍着膝头哀求我不要到舞厅陪陌生人跳舞了，不要再用这种无耻的方式去赚钱了。我打断她的声音，她就疯了一般用双手捂住胸口。我只好保证说我不再去陪陌生人跳舞了，我这样一保证，母亲就哀求我快一些跟李路结婚。她说只有结婚会改变我这样的女孩子。

李路回来了，有关我与陌生人跳舞的流言很快传到了他的耳朵里。当我们见面时，他的神色变得很严肃，他说你不应该到舞厅去跟陌生人跳舞，我就说你也不应该在省城的舞厅跟陌生人跳舞。他垂下头，他后悔极了，他说不应该带我去舞厅跳舞。他说，你知道不知道这是县城，我们的任何行为在这座小县城都会被扭曲和篡改。从某种意义上讲，他跟别人不一样，他起码没有亵渎我的行为。他只是让我学会妥协而已，当这样的时候到来时，我们又开始紧紧地拥抱在一起了。

然而，我却喜欢跳华尔兹，那个陌生人教华尔兹舞，所以，一旦李路跑长途离我而去的时候，我又会再一次来到黄昏的舞厅之外徘徊着，我的身心仿佛期待着旋转。就在那个黄昏，一个声音向我飘来，一种从黄昏中升腾起来的广东普通话很温柔地来到我耳边。我抬起头来，那个男人今天没有穿咖啡色的西装，而是穿了一身银灰色的西装。他低声说已经有很长时间没有见到我了，我支支吾吾地点头，就想绕开他而去，他挡住我说："你害怕了，对吗？你是不是害怕同我一起跳华尔兹舞了，可我们是一对多么好的舞伴啊。"他一语道破了我被县城的流言压抑着的那种期待，而且他的声音中有一种召唤感，它使我那被妥协的身心重新得到了一种新的震荡。

这就是那个黄昏中的我：为了期待跳一曲华尔兹，我再一次跟着这个陌生男人进了舞厅，仿佛在那一刹那，我的勇气正在上升，我的力量可以战胜一座县城的流言。也就是说我逃离了流言，我的身心不再被流言所困了，一曲美妙无比的华尔兹舞是我生命中一种舞曲，为了及时地旋转出这种舞步，我是不会错过这个黄昏的。

我没有想到这曲华尔兹舞比以往任何一个时刻都跳得自由自在，它激起了小小舞厅中一阵雷鸣般的掌声。当我们走出舞厅时，陌生男人说他想请我到旅馆里坐一坐，因为时间还不是太晚。那个晚上我并不知道总有人在盯着我，并窥视我的生活。所以，有人看见我跟这个陌生男人一块进了旅馆，他给我倒了一杯咖啡，告诉我说他是做咖啡生意的，他在广东就发现了我们这个地区适宜种植热带咖啡，他把我们这个地方的咖啡称为北回归线的美妙和神话。所以，他想把这个地区的咖啡推销到全国，乃至世界。

一边喝咖啡一边聊天，时间过很快，我辞别了他，他将我送到门口，并约我下个星期六继续在舞厅跳华尔兹。我点了点头，朝着回家的路走去。我看见了李路，他站在路口等我已经好长时间了，他一靠近我就对我说："你身上有男人的烟味，你是不是又到了舞厅去了……"我垂下头来，李路突然说："我想了想，我们还是快点结婚吧，有人告诉我，女人一结婚就不会到舞厅去了。"他笑了笑，我却摇了摇头，我说："我还不想结婚。"我们分手后的第三天，李路骑着自行车载着我到了郊外的护城河边，他知道我最喜欢这个地方，他从来没有对我如此暴躁过，他说有人已经看见我又进了舞厅陪那个广东商人跳舞去了；有人还看见我陪那个广东商人进了旅馆，他问我到旅馆去干什么，然后他把手轻轻地伸进我的胸部，低声而厌恶地说道："你是不是卖淫去了？"我挣脱了他，我一边挣脱一边落在护城河的水里，我躺在并不深的河底，我在河底看着站在岸上的李路。

就在这一刻，我做出了一个极端的决定，我永远也不会嫁给李路了。我从河底上岸，全身潮湿，我压住内心的愤怒对李路说："不错，我到了旅馆就是去卖淫，你要怎么样，从现在开始，我们永远分手吧，从现在开始，我们永远没有任何关系了。"我说完就沿着护城河朝前走去，我听见李路大声在我身后叫嚷："你尽可以到旅馆去找那个无耻下流的嫖客，我永远不会娶你了。"

就这样，我和李路的关系在护城河边彻底结束了。我们离开时，彼此都带着创伤，语言伤害了我们的身体，我那落入河底的湿湿的肉体。两个多月以后，李路结婚了，新娘是客运站的修理工，有人私下告诉我说李路是为了赌气才跟那个长相平平的修理工结婚的。而两个多月以后，我已经做了咖啡商人的情人，这一切都是为了赌气。离开李路以后，我就去找了住在旅馆里的广东商人，就这样，我的初恋结束了。

16

我辞了职，我不得不辞职，辞职之前领导找我谈话了，他脚上那双洗得发白的旧胶鞋神奇地不翼而飞了。我盯着领导的足尖想：领导也有脱胎换骨的时候呀，毕竟那一双洗得发白的旧胶鞋已经不太适应时代的特征了。所以，领导换了旧鞋，穿上一双黄色的皮鞋，那种黄色太亮了。穿在领导脚上显得有些不伦不类，那种黄色也许在我看来更适合县城里的年轻人穿。他见我盯着他的鞋就说："看什么，我的脚有什么好看的，我今天找你谈话是因为你的生活已经越轨，单位的人乃至县城的人都在纷纷扬扬地说你经常到舞厅去伴舞，不仅仅如此，你好像还到旅馆去……你到旅馆干什么呀，你能说清楚吗？"他突然伸过手来拉了拉我的手说："当然，我也会保护你的，但你必须跟我说清楚，如果说清楚就没事了，如果说不清当然会有事……"我突然在领导眼里看到一种奇怪的神情，一种让我感到害怕或恶心的神情，他离我已经很远，他好像在盯着我的乳沟，我绕开了他。他的神色变了："罗修，如果你不跟我说清楚，你在单位是无法再待下去的……"我拉开门走出了领导的办公室，自从我与李路分手以后，有关我的种种谣传已经不再是一条橘红色喇叭裤和一双高跟鞋的谣传，这时性质完全变了，在谣传中我变成了一个舞女。总之，一旦我出现在舞厅，我就是舞女；而我一旦出现在旅馆，我就是妓女。当然种种谣传都只可能在私下传播，为此，我希望咖啡商人能带上我离开县城。

　　然而，他还是先离开了，他要回一趟广东，然后再来接我离开，我和他已经有很长时间没有去舞厅了。也许我们再也不用去舞厅跳优美的华尔兹舞了，也许旅馆已经成了我们约会的地点。我记得很清楚，我是在李路与那个修理工结婚的那天成为咖啡商人的情人的。那个时刻，我就是想寻找到一个影子来代替李路，我后来才发现，我与李路在他单身的油毛毡房间里一边听邓丽君的歌，一边谈恋爱的时光，也许是我一生中最快乐的时光。

李路结婚的那天晚上明月高悬着，因为离中秋节已经很近了。所以明月就像一轮圆盘高高地悬挂在天空中。咖啡商人走近我，我嗅到了气息，男人们的气息各不相同，总之，我再也嗅不到李路工装衣裤上的油渍味了。咖啡商人身上有一种香烟味道，他吸烟好像很厉害，他孤独的时候就会吸烟，他说他已经离家很长时间，他走近我慢慢地解开了我的衣扣，他说他在舞厅中跳舞时就知道会有这样一个时刻降临的。他说他刚开始邀请我去跳舞时并没有幻想过我的肉体，然而时间长了，当他一次又一次和我跳着华尔兹时，他就开始想要我了。

　　明月悬挂在窗口，我初恋男友和一个修理工结婚了，那个夜晚，也正是我将身体献给另一个男人的时刻，这种对抗是我的青春期犯下的一个严重的错误，还是我青春期开出的另一种伤怀之花？总之，当我脱光衣服躺在咖啡商人的旁边闭上双眼的时候，我总是会看见李路开着时髦的波兰大货车从城郊之路带我第一次去省城的场景；我会想起并浮现出李路穿着三角短裤，站在客运站单身宿舍外的一排水龙头下面冲凉时的情境，每当他冲凉回来的时候，我就会从空气中嗅到一个男人的体味，它使我肉体的欲望一点点地、无法抗拒地升起，犹如磁铁发出的磁力。我想起了独自一个人躺在离缅甸很近的那座小镇堕胎的场景，那时，我不知道为什么对自由如此的渴望；我还想起了那个水果商人，当我奔向省城时，甚至想见到他，而他为什么那么快就忘记了我。

县城旅馆朝南的客房里，我呈现出了肉体，我呈现出了迷惘和青春期的错误。从那个时刻开始，我知道，我再也不可能乘着时髦的波兰大货车跟随那个皮肤黝黑的李路去省城了；我知道李路的婚房再也不会属于我了，我再也不会趁着黄昏的朦胧前去与李路约会了。

所有人都用一种异样的目光包围着我。每当我从他们身边走过时，他们总要议论我。因而，有一天上午，我把一份已经写好的辞职书呈现在领导面前，这个穿着黄色皮鞋的男人，头发在这么快的时光之中全部秃顶，他似笑非笑地对我说："你想好了，你真要离开吗？我说过，我可以保护你的……"我看见了他淫欲的目光，我走出了办公室，走出防疫站，我奔向旅馆，他正在等我，他曾经答应我要带我离开县城的，所以我辞职了。

香烟在他手指之间正在燃烧，他显得很困惑地看着我，告诉我一个意想不到的决定：他不想在这一次带我离开县城了，因为他还是想先回家，家里有老婆和一个孩子。虽然他跟老婆已经没有多少感情，他还是不想让我出现在他老婆的面前。他这样一说，我的头顿时失去了平衡，我的身体仿佛成了一只嗡嗡转动的蜂箱，无数的蜜蜂正在蜇痛我的身体。我低声说："你怎么能把这样重大的事，把你有老婆的事情在事先隐瞒？你怎么能隐瞒住这样的事实……"我的泪水像晶莹的露珠顺着他的领带流下来。

我跑出了旅馆，一个强有力的现实需要我去纠正和猛力地抓住，我拼命地奔跑，用我一生最快的速度。因为我已经预感到防疫站的领导的手仍然在抓住我的那份辞职书。我一定要收回那份辞职书，我的那双高跟鞋就在我跑进县防疫站的大门口时突然折断了，然而，我已经到达了终点站。我进了领导的办公室，正像我预感的一样，我在一个半小时前呈现的辞职书正放在他的面前。

我气喘吁吁地走近书桌，用手抓住那份辞职书说道："我不想辞职了。"我看到领导在笑，在别的任何场所都看不见的笑。我也对他笑了笑，我终于收回了辞职书，因为我在那一刻需要它，我知道如果咖啡商人不带我离开县城的话，我必须收回我的辞职书。

　　从一个极端进入另一个极端。我的人生在县城的围栏之中，在护城河水的清澈流动之中开始经历一切生命中必须历经的过程。咖啡商人离开我的时候，我仍然带着一种隐隐的期待，我希望他不久之后返回县城时，凭着一个可靠的理由就可以带上我离开县城。

　　沉浸在县城丝丝缕缕的气息中，咖啡商人离开以后，在谣传之中我似乎被一个男人抛弃了。有关我的谣传进入了高潮之后必将落下去。我终于被抛在一片没有波浪的平地上，就在这个时刻，有关我姐姐的故事又开始了。自从姐姐成婚以后，她仿佛嫁到了一个遥远的世界。当她回到娘家时，往往是我出门约会的时候，这种时间差使得我和姐姐已经很长时间没有见面和交流。

　　姐姐已经做了母亲，当孩子牙牙学语的时候，她发现自己的婚姻生活开始出现了问题。我是在一个黄昏匆忙与姐姐相遇的，当时，我无聊地散步，而姐姐呢，却正巧在寻找着姐夫张羊的痕迹。在如此短的时间里，县城的歌舞厅已经倍增，姐姐对我说张羊经常到舞厅，她正在出入着县城的每一家舞厅想把张羊叫回家。

我截住了姐姐对她说："张羊进舞厅并没有什么错误。"张羊已经从那个小镇调到了工商局当了一个小科长，这正是姐姐很多年前的愿望，她总希望张羊离她近一些，远和近完全是两回事，就像朦胧和清澈是两回事一样。张羊终于调回了县城，近距离可以让姐姐看张羊更为清晰一些。姐姐埋怨着舞厅，她把一切怒气都发泄在舞厅上。她说："一个男人进了舞厅就变坏了，在舞厅里的坏女人又那么多。"我的姐姐大概没有听说我的谣传，也许她是故意这样说的，以此嘲弄我。

不管怎么样，那天黄昏，我还是阻止了她去找张羊，在我看来，舞厅并不会教男人变坏。然而，我却怎么也解释不清这个道理。我姐姐在我的劝阻下回家了，我隐隐约约地感觉到姐姐再一次面临着一个女人和一个男人的危机。而在我回家的路上，在一条胡同里，我看见了一个男人的背影，他就是张羊，他正背靠着墙壁，而他的面前，站着一个看不清楚面孔的女人。我屏住呼吸，绕开了这个场景。

17

县城郊外的一家歌舞厅早就开业了。娱乐对于一座县城来说无疑是一种麻醉剂，我们从看电影开始，后来又迷恋上了录音机和邓丽君的歌曲。当舞厅来到县城时，它似乎唤醒了我们身体的一些沉睡已久的细胞。首先，它让我们感受到了旋律以及身体可以在旋律中舞动的另一种可能性。我想，在二十世纪的八十年代，我们之所以迷恋电影，是因为我们迷恋发生在我们世界中的被忽视了的悲剧和喜剧；我们之所以迷恋邓丽君的歌曲，是因为它使我们产生了抒情的幻想；我们之所迷恋舞厅，则是因为我们沉闷已久的小县城生活需要旋律与身体结合在一起。

咖啡商人教会了我跳华尔兹舞，自他离开之后，我已经有很长时间没有到舞厅了。郊外的歌舞厅开业已有半个多月，我听说歌舞厅很热闹，很多守旧的县城人都跳舞去了。我的姐姐就在这个时期对张羊疑窦丛生的情绪越来越深，以至于她在一个黄昏找到我，让我一定要陪她到歌舞厅去。我问她上哪一家歌舞厅，她迷惘地说："我听说张羊不断地换舞厅，我也弄不清楚他到底在哪一家舞厅跳舞。"

我劝姐姐说，用不着去歌舞厅找张羊，可以直接与他谈一谈，姐姐垂下眼皮说："张羊本性难改，我真后悔没能拍下张羊与那个女人通奸的场景……"我突然想起了姐姐和张羊在桃花丛中的幸福合影。

我对姐姐说："你不是跟张羊合拍了一组很幸福的照片吗？"她苦笑了一下说："幸福？那是一场骗局，他怕我跟他吵闹，所以，及时地制造了一场骗局，带着我到桃花林中拍了一组照片……当时我确实沉浸在这种幸福之中了……"我突然明白了这是怎么一回事：当姐姐在小镇捉到张羊和一个女人通奸时的场景，张羊作为一个男人拥抱住了姐姐，我亲眼看见他们的拥抱。这也体现了张羊作为一个男人的狡黠，因为只有拥抱住姐姐，才可以制止姐姐的叫喊，只有与姐姐深入到桃花丛中去留影，才能显现他和姐姐恋爱是幸福的。

那幅图片中的张羊和姐姐微笑着，又甜蜜又幸福，这很快就奠定了他们婚姻的道路。目前，姐姐的婚姻生活又失去了平衡。所以，她正在寻找张羊跳舞的旋律。我想，姐姐那无奈的目光实在可怜；如果不到舞厅去寻找张羊，姐姐也许长时期都会焦虑不安地生活着。凭着我对舞厅的了解，我可以带领姐姐到舞厅去，与我相比，姐姐的生活就太沉滞了。她除了喜欢打扮之外，从来不进舞厅，她根本对舞厅不感兴趣。因为当舞厅来到县城时，我的姐姐罗果已经成了张羊的妻子。已经怀孕、生孩子，已经在小县城的旧模式中跳着属于她自己的舞蹈。她根本不知道什么叫华尔兹，也不知道什么叫慢三步，更不知道激情燃烧的探戈了。

此刻，我已经决定带她到歌舞厅去，我想像张羊那样喜欢女人的男人，准确地说，像张羊这样好色的男人如果到歌舞厅去跳舞的话，一定会有自己的舞伴。姐姐问我需不需要到哥哥的照相馆取照相机？我说用得着吗？姐姐说如果没有证据，你姐夫是不肯承认的。

姐姐一定要拉上我到照相馆去取照相机，我不断地说用不着，我说道："如果你的婚姻有问题的话，照相机是无法拯救你的婚姻的。"姐姐愣了一下说："没有照相机，就没有证据。"我没有想到姐姐在这样一个时刻是如此固执。我们来到了照相馆，哥哥现在不住在家里，已经搬到照相馆的单身宿舍去住了。

我们敲开了哥哥的门，一个女人坐在哥哥的单人床上望着我们，那个女人满脸泪水。哥哥脸上好像也是一脸乌云，很显然在我们敲门之前，房间里发生了什么。我知道这个女子就是照相馆对面开发廊的小姐。我们带走了照相机，姐姐问我这个女子是谁？我摇了摇头。我不能十分准确地回答姐姐，就像我不知道我到底是谁一样。

姐姐把照相机藏在包里，不知道为什么我又想起了很久以前我们奔赴的那座小镇，那时候的姐姐怀着一种母狮般的激情扑向前，似乎在她体内洋溢着仇恨又洋溢着爱。两种感情交织在一起，使姐姐充满了勇往直前的力量。而被这力量所掩饰的是一种虚弱。

我们都竭尽全力地掩饰住虚弱，因为我们不敢暴露我们身体中最真实的情感。我的姐姐包里挎着照相机，又重复了很久以前的场景，想把她幸福的图像紧紧抓住，想否定那些不幸福的理由。我带她来到了城郊的那个歌舞厅，我们坐在一个角隅，姐姐面对着墙壁，她好像很害怕别人会看见她的脸，她很害怕自己的脸暴露在人们的面前，在她的意识深处好像进歌舞厅的人都是灵魂不正常的人。

我们在守候。我陪同我的姐姐坐在一个不引人注意的角落守候着，不是守候自己灵魂的出口和入口，我们只是守候一个男人，我姐夫的灵魂会不会到歌舞厅来游荡。四十分钟过去了，我看见张羊走进了歌舞厅，那正是歌舞厅的灯光变得越来越暗淡的时候，我当然熟悉这种暗淡，它是一种商业的需要，在这种灯光的掩饰下，更多的人不害怕别人的目光盯着自身，所以，有更多的人来往于歌舞厅之间。不仅仅需要它的旋律，也需要在这些旋律之间越来越暗淡的灯光。

于是，坐着观看的人们开始走向舞池，我一直盯着张羊，他终于邀请一个女人跳舞了。我知道这位小姐，她好像才是真正的伴舞者，她操着四川口音，白天睡觉，晚上到各家歌舞厅伴舞。所以，她穿得很露，领口敞开着，我看见了她白皙的肌肤。

我用手臂碰了碰姐姐，姐姐回转身来顺着我的目光看上去，她显然已经看见了我所看见的场景：张羊正用全部身心搂着他的舞伴，在舞厅中旋转着。姐姐正悄然地从包里掏出照相机，当张羊搂着那个女人旋转到我们视线之内时，我能感觉到我姐姐全身的颤抖，她终于达到了目的：证据就活生生地在眼前，难道这就是我姐姐在对婚姻的抗争中寻找到的结果吗？

照相机咔嚓一声，闪光灯闪烁了一下，尽管如此，周围的人们好像并没有注意到姐姐手中那个照相机，所以，姐姐又连续按响了一阵快门，然后把相机装进包里，拉上我出了歌舞厅。当我们站在夜色弥漫的郊外时，姐姐绝望地说："我终于寻找到了证据，张羊一直说我根本就没有证据，我今天就让他看一看我们的证据。"

姐姐一定要连夜让哥哥把照片冲出来。所以，我们又来到了照相馆。此刻夜已经深了，哥哥的房间里的女人已经走了。那天晚上，我们守候在洗相室里，我依稀又嗅到了不久之前嗅到的那种肉欲的味道。而此刻，那味道已荡然无存，哥哥的私奔失败的那个有夫之妇已经跟她丈夫过着正常的生活。很多东西都像味道一样忽儿飘来，忽儿又被风吹走。

在下半夜，当我开始打困时，照片冲洗出来了。张羊正搂着一个女子在旋转。好几张照片都重复了同样的场景。姐姐抓住那些照片，靠近灯光，似乎想在这些照片上寻找到语词。而她的喉咙却被噎住了，发不出任何声音。猛然间，我看见了两行清亮的泪水沿着姐姐的面孔往下滴。

我劝姐姐说："让我们销毁这些照片吧？"姐姐猛然地把照片收进了包里说："难道你不知道这些照片对我有多重要吗？"

天已近拂晓，我们在照相馆楼下分了手，我注视着姐姐的背影离去，她突然间又变成了一头愤怒的狮子，她想干什么？我猛然追上她，我对她说："男人在歌舞厅跟女人跳舞并不能说明什么的。"姐姐的脸上一阵扭曲，她嘲笑着说："你们都是一样的货色……"她说完就像一头狮子朝前扑去。

货色，同类货色意味着什么呢？第二天，我姐姐同我姐夫张羊发生了一场婚姻的战争。我姐姐把那些照片摊开在张羊面前，并威胁他说："如果照此下去，我就到单位告发你。"张羊从姐姐手中夺过那些照片低声哀求道："快，你必须尽快撕碎它，如果你不撕碎它，我们就到法院去离婚……"这是一种选择。我姐姐不得不撕碎了那些照片，那些证据消失了，姐姐对我说张羊已保证不再到歌舞厅去跳舞。她好像胜利了，把这些细节告诉了我。

18

哥哥决定跟开发廊的小姐结婚。母亲却执意要让哥哥
多了解这个从四川来的小姐。哥哥说他已经了解得够多了,
恋爱已经谈了很长时间了。母亲却让我陪同她在一个黄昏
潜入了四川小姐开的发廊,那正是发廊最忙碌的时候,发
廊里站着三个小姐正在帮三个男人理发。我和母亲就坐在
一则,母亲低声问我哥哥相中的女孩到底是谁?我摇了摇
头,因为我只是很朦胧地见过哥哥的女朋友,而且是背影,
长发披在肩上的背影。对,现在我想起来了,我肯定哥哥
的女朋友肩上披着一头长发,而三个女孩子都剪着短发,
并没有一个肩披长发的女孩子。

从里屋的帘子里突然走出来一个女人,她并不像我想
象中的那样年轻,脸上布满了沧桑,我看见了她肩上披着
长发,她手里夹着一根香烟,打了一个懒洋洋的哈欠。我
想,她可能就是哥哥的女朋友了吧。我走上前去介绍了哥
哥和我的关系,她顿然笑了笑说:"哦,你就是罗修啊。"
我又把母亲介绍给她,她热情地把我们邀请到里屋,帘子
被她用手掀开的那一刹那我嗅到了一股呛人的烟味。我还

看见烟灰缸里塞满了不下十个烟蒂。

我完全想象不到我哥哥的女朋友会吸烟，这在县城是先例，我还是头一次看见女人的手指间夹着香烟。我发现母亲顿然变了脸色，她显然比我更强烈地感受到了这种与众不同的形象。我知道母亲无法容忍一个年轻女子手里夹着香烟，母亲更无法容忍的是这个手里夹着香烟的女人竟然是她儿子的女朋友。

母亲拉起我的手说："罗修，我们离开吧。"我说："再坐一会儿，既然来了，我们就坐一坐吧。"女子给我们沏了两杯果茶，她很健谈，她来自四川一座贫困的小县城。她离开县城已经有很多年了。她在好几座县城开过发廊，最后辗转到了我们这座县城开发廊，然后认识了我哥哥。所以，她已经决定就在这座县城永远地居住下来，她一边说一边将烟灰弹在烟灰缸里，姿态熟稔，像男人吸烟一样，看得出来，她已经有很长的吸烟史了。

母亲不吭声，看着她的手指，又看了看她的大腿，她穿了一条迷人的短裙，修长的大腿暴露着。也许因为感觉到了母亲的目光，她很巧妙地拉了拉短裙的下摆。在这个短暂的时间里，我似乎已经了解了她的一些历史，我想，母亲好像不高兴，那就告辞好了。

她站在门口目送着我们，母亲生硬地拉着我的手头也不回地离开了。到家以后，母亲说："你哥哥怎么会交了这么一个女朋友，你哥哥就是德行不好，第一次交女友是一个有夫之妇，还要带着那个女人私奔，幸好那个女人的丈夫截住了他们，不过这件事情已经弄得满城风雨了。所以，再也没有别的女人会看上你哥哥了，你哥哥才去找这样的外地女人……你瞧她那个模样，不知道廉耻，也不知道天高地厚……"听了这一番话后，我就知道母亲是不会同意哥哥跟这个女人结婚的。果然哥哥回家以后，母亲就耐心地劝诫哥哥一定要果断地离开这个女人。母亲说从她看到这个女人的第一眼就不喜欢她，她从心理上根本就无法让我哥哥和这个女人结婚。

哥哥沉默地反抗着，我哥哥从来不大声地反抗，他就像县城的沉闷气息一样，总是一声不吭地反抗着。哥哥私下对我说："如果母亲真的要反对他的婚姻的话，他就不举行婚宴了。"我明白哥哥的意思，他永远都是一个固执的人，从某种意义上讲是一个充满自己世界观的男人，他似乎从不驯服于别人的笼罩，母亲试图笼罩着哥哥，但根本没有用。

不久之后的一个晚上，母亲给哥哥带回来一个印刷厂的女子，她好像只有十八岁的样子，脸就像苹果一样圆，也像苹果般粉红。那天晚上恰好哥哥回家很早，他上楼去了，哥哥虽然住到照相馆里了，但是他的房间还为他保留着。

母亲让我上楼把哥哥叫下来，起初我也不知道是怎么一回事就上楼了。哥哥被我叫下来，母亲就笑吟吟地把哥哥介绍给了那个女工人，并把女子也介绍给哥哥。哥哥待了不到三分钟就回楼上去了。半个小时以后，母亲把那个女工人送走了，然后站在哥哥门口敲门。

哥哥还是把门打开了，母亲问哥哥那个女子怎么样？哥哥摇了摇头说，不怎么样。母亲说她是正规人家的女子，父母是印刷厂的老工人了，本分老实，父亲还是老党员。哥哥说他不感兴趣。母亲说你可以慢慢地跟她交往交往，哥哥哼了一声，不知道是同意还是抵触。

一个多月以后，哥哥通知我到一家小餐馆去，他让我不要告诉任何人，我从哥哥的语气中感觉到一些事情即将发生。我一到小餐馆，哥哥穿着一身西装，典型的上海裁缝缝制的西装，目前已经开始在县城流行开去，哥哥的女朋友坐在对面，她今天穿一套红色的套裙，还化了妆。

就在这家小餐馆，我成了哥哥和她女朋友的秘密证婚人。这一年我二十二岁，从哥哥宣布他与女朋友结婚的那一刻开始，我就身不由己地成了他们唯一的证婚人。并把他们从餐馆送到他们照相馆的单身宿舍的婚房中去。那间只有十平方米的小房间里洋溢着一种新婚之夜的喜悦，我们刚进婚房，新娘就点燃了一支香烟，在餐桌上她就不停地吸着香烟，她好像已经离不开手里夹着的香烟，而且哥哥早已接受了她的香烟。

哥哥私下成婚的事情使母亲大吃一惊，她突然头晕目眩，倒在地上，我和弟弟不得不把母亲送到县医院病房里。哥哥带着她的新娘来了，他们守护在医院的病房里，一步不离地守护着母亲。母亲睁开眼睛看见了他们，就这样，她不得不接受了她儿子的婚姻，尽管她不愿意。

咖啡商人从广东回来的那一天，我正在办公室取出一支香烟，我从对面的杂货铺买回了一盒香烟，这似乎是另一种时髦。自从看见我哥哥的女友吸香烟的那一刻，我同母亲看到的完全不一样：我看到的是一种与众不同的时髦，而我母亲看到的却像瘟疫般的烟雾。所以，我可以接受吸香烟的姿态，而我母亲却不可能接受。这是两种不同的世界观认知的世界。不久以后，我就隐隐约约地感觉到，我想模拟这种时髦，我看着柜台上的一包包香烟。终于，我买回一盒香烟，我刚刚启开烟盒，一个男人就从办公室突然走了进来。

咖啡商人，微笑着站在我的旁边，他走上前来轻轻地搂住了我。此刻，恰好从办公室门口走过一个人，所以，我闪开了他的手臂，尽管如此，这个拥抱还是被别人看见了，并且很快成了一个谣传：我，一个防疫站的打字员，竟然恬不知耻地在上班时间与男人在办公室里公开拥抱。

我不知道从办公室门口经过的那个人是谁？只有这个人会编织这种谣言。当单位领导再一次找我谈话时，我知道一定与谣传有关系。我敲开了领导的门，领导让我把门关上，我就掩上了门，站在门后。领导说："罗修，你怎么离我那么远，走近一点吧！我今天是想核对一个谣传，你有没有在办公室和一个男人拥抱过。如果没有的话，我会为你辟谣的，我答应过要保护你的……"他一边说一边走上前来，用手拍了拍我的肩膀继续说："罗修，你必须讲真话，我需要你坦诚地面对我，我并不相信谣传，因为我不相信你竟然会有那么大的胆量与男人在办公室拥抱……"

领导的话说完了，现在，他已经跷起二郎腿等待着我回答。我突然低声说："不错，那是真的，我的男朋友回来了，我们好久不见面了，所以，我们就那样轻轻地拥抱了一下……"领导睁大双眼看着我说："这可能吗？这是你罗修应该做的事情吗，你真是太不像话了，你让我如何去保护你？"传来了敲门声，一个同事前来汇报工作，所以，我可以趁机离开了。

不管怎样，我在县城等待的男人回到了我身边。在旅馆里一切又像从前一样发生了，咖啡商人好像从不跟我讲述他离开我回老家的事情。当然，他给我带来了一包衣服，他好像对我吸上香烟并不感到诧异，当我们坐在旅馆里吸着香烟时，烟雾弥漫着我们的视线……我好像已经隐隐约约地感觉到一种不可预测的东西。当我在办公室听见领导要我写一份检查时，我没有吭声。然而，三天以后我却呈上了一份辞职书，还没等领导开口说话，我已经离开了防疫站。

19

启开了一盒香烟之后，我才发现我并不喜欢这种气息，尤其是香烟让我不停地咳嗽，这种赶时髦让我得了一次短暂的肺炎，不过很快就得到了控制。吸烟并不适合我，我从医院治愈好肺炎以后，很快就戒烟了。在很长时间里，我成了一个失业人员，我曾渴望咖啡商人带我离开县城。然而，每当他离开县城时，他总有充分的理由说服我要留下来，人应该首先学会等待时机。我好像很听话，没有违抗他的意志，在失业的日子里，我闲游了一些日子，很短暂，我就无法忍受别人歧视我的目光：在他们眼里，包括在我母亲眼里，我都变成了一个游手好闲者，而且这是我自甘堕落的结果，我应该受到惩罚。因为在很长的一段时间里，对我的诋毁比任何一次谣传都更激烈一些：谁让我在办公室与一个外省男人敞开门公开地拥抱呢？我无法解释那次短暂的拥抱，而且我也不想解释我为什么这样做。在谣传中，我是被单位开除公职的，谁都不知道是我自己辞职的。而这种念头已经在我生活中蓄谋已久了，它就像一场阴谋一样等待了我很长时间。

咖啡商人离开以后，我又经历了漫长的等待期，我选择了写作，有一段时间，我藏在卧室，它突然变成了我尝试另一种生命旅程的方式。我拉上窗帘，不知道为什么，我渴望写作大概已经有很长时间了，认真地追忆起来，有这样三个阶段我都在渴望着写作：第一个阶段是我和李路约会的时刻，在散发着油毛毡简易房的热气中，我坐在录音机旁边，倾听着邓丽君的歌曲，而当我偶然间把头探出窗外时，我会看见李路穿着三角短裤的身躯，当他站在高高的自来水笼头下面时，我听见了水声哗哗流淌在他身上，我产生了情欲，而我又抑制住了它，情欲之花是灿烂的。在以后的某一个时刻，我想写出这种情欲的压抑感。第二个阶段是我的哥哥罗华带着那个有夫之妇私奔失败之后的那些日子，走到县城的任何一个地方，都可以听到这种谣传，它从栅栏和风化的腌肉串中向我逼来。后来，它就是谣传中活生生的现实。所以，在这个时刻，我渴望着写作。第三个阶段就是此刻，当我百无聊赖地像幽灵般穿梭于县城时，当与我有关的谣传终于经历了时间开始平息下去以后，我开始渴望写作。

我在客运站的门口看见了开着波兰大货车的李路，他的肌肤依然是那样的黝黑，他的目光依然是那样专注地看了我一眼，随即就游移开了。我还看见了成为他妻子的修理工，她很快就怀孕了，看见她挺立着腹部时，我想起了不久以前我前往一座小镇堕胎的场景，我想起了那种果断和坚决，那是我一生中最为残忍的时刻：唯一支配我的理念就是尽快地让我的身体获得自由。当这种自由来到我体内时，我的第一次怀孕生活结束了。我就像一个埋葬了胚芽的人，自私地把双手护在小腹部，那种胚芽从此以后不会再回到我体内发芽了，这是一个残忍的结局。

父亲回来了，他好像瘦了，他是突然回来的，比以往任何一次都回来得快。然而，从我见到他的第一个时刻到现在，半年时间已经过去了，令我费解的是父亲这次回家的时间很长。当我在阳光下仔细地端详着我的父亲时，我才突然发现父亲的脸突然变成了快要收获的玉米秆被一场风暴所袭击的萎靡，一种活生生的，映现在眼前的萎靡。不久以后，父亲就住进了医院，当主治医生把我和母亲、哥哥、弟弟叫进一间办公室谈论父亲的病情时。我听见母亲的嗓子好像折断了的弦："这是真的吗？我丈夫真的患了癌症，这可能吗？"从这一刻，我就什么都知道了，这个世界上什么事情都可能发生，比如，我的哥哥可以燃烧起他青春期的乌托邦幻想，不顾一切地用一辆有链条的自行车带着那个有夫之妇私奔；比如，我竟然为了一种身体的自由，独自一个人搭上一辆货车来到一座靠近缅甸的小镇，独自完成了人生中第一次堕胎；比如，我的姐姐在抓住了婚姻证书以后，在拍摄了那些桃花丛中显现幸福的一系列照片中之后，依然会感受到一场婚姻的骗局。所以，她竟然总是想带着一台海鸥照相机在黑漆漆的夜幕之下寻找着张羊背叛婚姻的证据……

我现在突然在刹那间悲哀地明白了：所有猛然间向我们的肉身袭来的幸福的证据、悲哀的战栗、灾难的震撼都是贯穿在我们生命中难以逃离的时间之镜，它像一面镜子在照着我们的卑微和我们伪装在脸上的自尊。

当来自省城的张阿姨突然出现在父亲病房时，谁都不知道她是谁。简言之，除我之外，谁都不知道这个从遥远的省城而来的女人，为什么会在父亲病危的时刻坐在父亲的床边，满怀眷恋的目光周转在父亲的身上，仿佛想用她无限妩媚的目光周转在父亲的灵魂之上。

张阿姨住在县城的小旅馆里，她每天都到父亲的病房去陪父亲坐一会儿。在父亲生命的最后时刻，我看见了两个女人之间的冲突。这场冲突当然来自母亲，当张阿姨第一次出现在父亲的病房，急切地不顾在场的家人疑问，奔向父亲的床边，呼唤出父亲的名字时，我就意识到了我母亲的人生正经历一场意想不到的熔炼。

我母亲在县城生活了半辈子，从未看见过如此妩媚的女人，张阿姨穿着一双黑色的高跟鞋，穿一身黑色的素装，她的发型、气质、声音区别了所有县城的妇女，这是让我母亲身体受到熔炼的第一个时刻；紧接着而来的是张阿姨环顾着我父亲的那种女人特有的眷恋的目光，这目光是我母亲身体受到熔炼的第二个时刻；接下来是另一种熔炼，这个来自省城的女人竟然住在了旁边的旅馆里，每天到病房来陪伴着父亲。

熔炼在母亲身心中的激荡，我知道她在悄悄地问自己，这个来自省城的女人到底是父亲的什么人。我知道这种沉重的、焦虑不堪的考问已经使我母亲承担着两种不同的形式的熔炼。

很显然，父亲的生命时间已经越来越短了，医生早就宣布了这一消息，并让我们全家人做好了准备。那个午夜，显得无限的虚无，我站在病房中望着父亲，我知道那焰火就要离父亲而去了，我知道父亲生命中燃烧的一场焰火很快就要熄灭了……突然，张阿姨走进房间来，母亲也走了进来，就这样，父亲生命中的焰火慢慢地变弱，变成了灰烬。

捧着这灰烬的除了我们全家人，还有张阿姨，她自始至终地参加完了父亲的葬礼。然后突然从我们眼前消失而去，再也看不见她的影子。而就在完成父亲的葬礼之后，母亲的更年期综合征开始隐隐约约地暴发了。第一个感受到妇女的更年期综合征在母亲身上呈现出来的是我，因为我是一个无业人员，我每天守候在家里，准确地说是生活在卧室中，它已经变成了我的秘密写作空间。

没有任何人知道我在写作。有一天黄昏，母亲的更年期综合征暴发了，她一个人在房间里砸东西。当我进去时，她压低声音说，所有人都背叛她，包括我父亲也在背叛她。我知道，在父亲生命的最后时刻，张阿姨的出现在母亲身心中熔炼出了一种阴影，一种被欺骗的阴影，我走上前去解释说张阿姨和父亲只是朋友关系。于是，母亲砸碎了一只闹钟说："这么说，你早就知道张阿姨是谁了，你早就已经知道张阿姨和你父亲的关系了？"

关系。从那一刻开始，我的写作也好，我的现实生活也好，都纠缠在这种无法解释的关系之中去了。终于，我不再犹豫了，我知道写作在等候着我，因此，我可以倾听着母亲一阵又一阵更年期综合征暴发时的叫嚷之声在写作，也可以一边倾听从县城角隅散发出来的阵阵谣传之声在写作……总之，我已经在写作。

在我旁边是县城，我生活在县城中央：我既不是幽灵，然而我却类似于幽灵般在周转不息地生活着。当我独自一个人在八十年代的末期跑到父亲的墓地时，我捧着一束红色的山茶花献在了父亲的墓地。而就在这时，我听见了九十年代的钟声，它在爆竹声中敲响，我回过头去，一块盆地上的县城在明媚的阳光下矗立着，我看见了那些屋顶上的鸽子正在飞翔着。

中部：二十世纪九十年代

我和县城的故事已经进入了九十年代。首先，城门敞开时，新事物涌进了县城，散布谣传的舌尖依然在圆滑地滚动着，从舌苔上我再一次感受到或倾听到了别人的故事。我和我家人的故事就这样熔炼在县城的日暮和拂晓之中去了。从九十年代开始，故事应该从我的弟弟罗敏开始讲起，或许应该从我哥哥的故事开始讲起。就这样，故事再一次像露珠般从树枝上融化开去，湿润了躯干和时间之谜。

1

罗敏是我们家第一个大学生，他终于毕业了。当他从省城回到县城时，他已经被分配到税务局工作，他是学经济的，所以，理所当然地把档案带到了县城税务局。我们全家人都为他高兴，他终于毕业了。他显得有些忧郁，从我发现他迷恋上邓丽君的歌曲时我就发现了他脸上的忧郁。在那段时间，他似乎是我们家庭事件唯一的局外人，总是逃进他的空中楼阁，日复一日地倾听着邓丽君的歌曲，似乎并没有耽误他的学业。所以，他成了我们家第一个大学生。

罗敏有一个很要好的同学，是一个无业游民，当年他和罗敏都考大学，然而，罗敏的同学却在发高烧中参加了高考，所以，他落榜了。他叫肖瘦田，就像他的名字一样，他确实很瘦，罗敏一回家，肖瘦田就来了。看见他，我很快就想起了当年邓丽君的歌曲流行的时代。罗敏曾经从肖瘦田那里借到了一台很时髦的录音机，摩登这些词语在九十年代似乎已经失去了魔力，因为县城的城门敞开了，省城有的东西，不出三天就会来到县城。所以，再也不会谣传一条喇叭裤、一双高跟鞋、一头染出来的金黄色的头发了。

谣传改变了口味，开始深入到人性之中去，在谣传中出现的更多的是人，似乎每个人，每个出入于县城的人都已经在谣传的档案中备了案卷。一旦这个人的生活超出了常规，谣传就会附在这个人身上，犹如妖术附在这个人身上一样。

在谣传中，我的弟弟罗敏的朋友肖瘦田是一名吸毒者，有人曾看见他一次又一次地与缅甸商人交往。因此，有人就怀疑他说从缅甸商人手中获取毒品。他确实很瘦，面颊偏黄。弟弟尚未回来时，我似乎对于这种谣传不以为然，当肖瘦田出现在我们庭院之中时，我突然想起了这个谣传，我咚咚咚地跑上楼去，站在罗敏的门前，他们两人正在聊天。我看见肖瘦田从包里掏出一盒香烟，他刚把一支香烟递给罗敏，我就把罗敏唤到楼下，我有意绕开前面的庭院，为了避开母亲的耳朵。此刻，我的母亲已经在厨房中忙碌着，她已经退休了，她有更多的时间在厨房中。

我把罗敏拉到了一个墙角，在那里碧绿的西番莲正在朝着墙角攀缘，形成了天然的屏障。我把罗敏拉进屏障，压低声音把县城有关肖瘦田的谣传告诉了他，他似乎丝毫不惊讶，抵抗地说："姐，难道像你这样的人也会相信那些谣传吗？"

还没等我再说话，罗敏已经转身离开了。我从那一刻开始就感到了罗敏的抵抗，他虽然回家来住，却时刻在用自己的身心抵抗着我们的声音。他已经不再是十五岁时那个坐在小小阁楼上倾听着邓丽君歌曲的那个目光游移不定的县城少年了。

县城的谣传阻碍不了他与好友肖瘦田的交往，尽管肖瘦田是一个无业游民。不仅如此，他还帮助肖瘦田在广场文化宫旁边开了一家小小的茶馆，所有证件都是罗敏亲自去办的。这是一家怀旧的茶馆，里面用镜框挂着邓丽君的影像，从这家茶馆开业的那天起，出入于茶馆的男女都是曾经倾听过邓丽君歌曲成长的一代人。

在这座茶馆，我见到了李路，他已经辞职出来了，买了一辆货车做木材生意。我见到他时，他正跟一个很年轻的小姐坐在茶馆一角喝茶。"小姐"这个称呼在八十年代末期就已经开始在县城流行，县城人已经很自然地把年轻女孩子称为小姐。李路见到我后就走到我身边，我到茶馆去只是去看一看怀旧茶馆的经营情况，我后来才知道这座怀旧茶馆是罗敏与肖瘦田合伙经营的。他们从银行贷款，抵押财产是两家的房屋。所以，它牵及了我们家的房屋，这座房屋虽然已经很旧，却是爷爷留给父亲和母亲的遗产，很多年前，这座房屋曾经翻修过。

李路走到我身边问我写什么书没有。我说正在写，不知不觉地我已经变成了小县城谣传中的一个写作的女人。也许有些杂志刊发了我作品的缘故，引起了县城读书人的注意。正因为如此，我的母亲终于可以接受我失业的状况，可以让我在家里把写作当成一种职业。

李路的目光显得有些暧昧，我回避着他的目光，他就低声说："你总是想离我的生活远去……是吗？你总是想避开我，这是为什么？"茶馆的音箱中正在反复地放着邓丽君的老歌曲，李路的目光突然变得有些湿润，他告诉我说他这一生中最珍贵和幸福的时光，就是在他从前的油毛毡宿舍里同我共同听邓丽君的歌曲的时刻。他的回忆正在很恍惚地飘荡而起的时候，一个身穿蓝色工作服的女人突然站在他身边冷笑了一下说："李路，我终于找到你了，别人说我还不相信，今天你还想抵赖吗？"李路回过头看了穿工装衣的女人一眼说："你想要怎么样，你到底想要我怎么样？""跟我回家，否则，我会在这里大喊大叫……"女人走近我身边冷笑道："你就是李路的初恋情人，我知道，你就是他的老情人，直到如今，李路死活也要保存你送给他的照片……你为什么这么大年龄还不嫁人……总是想方设法地缠住我们李路呢？"我刚想解释，李路就说："别理她，你用不着向她这种女人解释什么……"李路的话还没说完，女人就一屁股坐在地上开始号叫起来，难道这就是李路当年娶的那名修理工吗？难道李路现在就跟这样的女人生活在一起吗？

在李路的暗示下我先离开了。第二天，第三天，乃至以后的整整一个多月，县城都在谣传着在怀旧茶馆我和李路约会被他妻子发现的事情。在谣传中，我，罗修变成了一名第三者，在很多年前，因为我太追求时髦、摩登，看不起货车驾驶员李路，而现在，我又成了第三者，正在破坏着李路的婚姻生活。

幸好我的母亲没有听见这种谣传，自从她退休之后，她的世界变小了，所以，谣传很不容易像风一样吹到她耳朵里。我的姐姐听到了这种谣传，她把我叫到门外去，问我到底是怎么一回事。我知道我的姐姐罗果最讨厌破坏别人婚姻生活的第三者，所以，她想纠正我的生活。她劝诫我说："第三者是世界上最不道德的人，你为什么偏要做第三者呢？我一直不明白，当年你为什么不愿意嫁给李路，而现在又去纠缠别人……"

所有这一切都需要用嘴去解释，而我为什么非要去解释呢？有些时候，沉默的力量就像石头，县城山冈上的那些坚硬的石头，它遍布在县城的公墓一侧，我的父亲如今就埋葬在公众的墓地上。直到如今，父亲临终前出现在病房里的张阿姨依然对于母亲来说是一个谜，也许对我也同样是一个谜。而这些都仿佛被坚硬的石头所覆盖了。

我知道，谣传终究会平息下去的，任何或大或小的谣传都会像干枯的枝叶一样融进河流和泥土之中去，腐烂以后就会消失，使我担心的不是谣传，而是我初恋情人李路的婚姻生活现状。在怀旧茶馆的那一幕使我感觉到了李路婚姻生活的不幸福。那个修理工，怎么会如此粗俗不堪。

我看得出，李路已经不能忍受这种生活了，所以，他跑到怀旧茶馆聆听邓丽君的歌曲，旁边还坐着一个年轻女孩，从这种迹象可以看出，李路已经开始在背叛他的婚姻生活。

婚姻，这种解决男女之间殊途同归的形式，一次又一次地展现出它存在的问题。然而，尽管如此，每年县城都有许多人举行婚宴，我想起了咖啡商人，他总是神秘地出现，又奇妙地消失。他出现时，总是我恍惚的时候，而他消失时，却是我回到自我的时刻。除了李路，好像别人没有向我求过婚，所以，我的生活似乎离婚姻很遥远。

2

哥哥罗华和发廊小姐潘丽娟结婚之后，一直没有孩子，没想到多年过去了，这同样也成了谣传的对象。如果一个女人在结婚两年以后还没有怀上孩子的话，那么，议论就开始了；如果在三年以后还没有怀上孩子的话，谣传就开始传播了。如今，我们已经从八十年代进入了九十年代，然而，潘丽娟还是没有怀上孩子。

母亲开始涉及哥哥的婚姻生活了，当母亲把潘丽娟私自唤回家时，我从窗口上看见了潘丽娟。她从进院子时就从包里掏出香烟，她大概已经知道母亲找她回家的用意，所以，她已经做好了充分的准备前来面对母亲。

她扣动着一只金黄色的打火机，很长时间过去了，潘丽娟依然保持着她吸烟的习惯和姿态，而且这种姿态影响过县城一批追求时尚的年轻妇女。我曾经仿效过她的姿态，然而，香烟却吸进肺里去了，它呛得我开始咳嗽，从而让我知道，有些时髦是需要付出代价的。尽管如此，另外一些年轻妇女却坚持下来了，她们像潘丽娟一样把香烟装进心爱的小提包里，同镜子、口红、脂粉一样拥有它们的位置。

我很想偷听母亲跟潘丽娟到底谈了些什么，当然，我预感到了问题的核心，母亲已经从妇女们的谣传中听到了什么。最近她变得有些反复无常，虽然她的更年期综合征在九十年代降临的时候已经平息下去了。然而，母亲的神经质依然在围绕着整座县城和我们一家人的生活转动。

这就是女人，她们的心灵就像蜘蛛编织的线条，她们能想象出生活中尚未发生的一切，在某种意义上说，每个女人都具有女巫的特性：她们从生下来的那一刻，就用呼吸和神经质预测一切生活的前因后果，预测生活中可能发生的善恶。所以，当我的母亲坐在潘丽娟的对面时，我感觉到了我母亲的特质，她的目光正穿透潘丽娟的身体，她仿佛在潘丽娟的胸部和屁股上研究怀孕的问题，以及为什么还没有怀上孕的问题。

而在母亲的对面，坐着另一个女人，她手里夹着香烟。母亲研究她的身体结构时，她有意地显得满不在乎。从那时起，我就预感到了，潘丽娟绝不可能是一般的女人，她不会在母亲的目光下妥协，她正在违抗母亲的声音和目光。

母亲说话的声音很低，以至于我靠近窗口也同样无法倾听到其中的内容。四十分钟过去了，潘丽娟把烟蒂掐灭在花坛下面，我清晰地看见了那个白色的烟蒂，我知道像潘丽娟这样的女人是不可能戒烟的，香烟已经陪伴了她的生活。我咚咚地奔下楼去，询问母亲到底跟潘丽娟说了些什么，她白了我一眼说："潘丽娟已经患上不孕症，从进入这座县城时她就患上了不孕症，当时，她只是想用开发廊来维持生活，并没有想到要结婚。然而，婚姻降临了，所以，她现在已经想好了，她主动提出来要与你哥哥离婚……"

我的惊讶程度不亚于猛然间听见雷鸣从耳旁穿梭而过，我质问母亲说："难道因为潘丽娟患上了不孕症就应该让她提出离婚吗？"母亲说："女人不生育是不正常的，女人必须生孩子才能维系婚姻生活。"这些话，我想，母亲一定已经告诉给了潘丽娟。不到三个月，潘丽娟就和哥哥罗华解除了婚姻关系。我想，在解除婚姻关系之前，潘丽娟一定很颓废地坐在罗敏开的茶馆里，她仿佛老了许多，从那个时刻起我就预感到了哥哥正在下决心解决一件麻烦事，我们生命中的意外事件和麻烦事情已经够多了。它总是在前面，耐心地等待着我们，无论怎么样，它都不会与我们错过，犹如每个人的死亡从未错过一样，这就是生命的意义吗？

生命的意义在于充满了事件中的喜或乐，当我看见哥哥把夜晚的时光消耗在怀旧茶馆时，我知道他的婚姻生活已经到了终结的时刻。最终的结果是这样的：我的哥哥罗华面对潘丽娟患有不孕症的现实时，还是妥协了，他在潘丽娟写好的离婚申请上签了字。婚姻就这样解体了。为此，当我的母亲知道这个消息时，她十分松弛地伸了伸手臂，她最终还是左右了哥哥的婚姻生活，她抓住了问题的核心，那像一枚翻卷着浪花的核心，像是在母亲的操纵之下平息下去了。

潘丽娟是不会再生活在县城了，我预感到了这一切，我仿佛在一场梦境中看见了用手指夹着香烟的潘丽娟开始了迁移。我知道，这始终是潘丽娟的本性，她会离开县城的，她一定会尽快离开县城的。然而，她会到哪里去呢？

在偶然之中，我看见了潘丽娟，像梦境中出现的一样，她手里夹着一支雪白的香烟，另一只手拉着箱子，她显得很简约，好像整个生活都装在那只箱子里去了。她已经三十五岁了，同别的女人不一样的是她可以把繁芜的生活简化成一只箱子，这就是潘丽娟，她穿着高跟拖鞋，坦然地穿越出了县城。我在她身后目送着她，当我回过头去时，我很想看见我哥哥罗华也在不远处悄然地目送着她。然而，我却看不到我哥哥的影子，这令我感到失望。因而，我来到了照相馆哥哥的家，不久以前，这里是他和潘丽娟共同生活的地方。哥哥正站在椅子上取出挂在镜框中的结婚照片，我已经从窗口的一角看到了这一场景，听到我敲门时，哥哥已经从椅子上下来了。我走进屋，看到了那个镜框，它已经挂在墙上多年了，我对哥哥说："潘丽娟已经走了，如果你还想送她的话，就尽快到客运站去，也许还可能和她见上一面。"

哥哥摇了摇头。当着我的面，他正在清理婚姻留下的佐证。我问哥哥对生活的计划时，他摇了摇头。他似乎变了许多，许多生活的原初激情正在从他的心灵中慢悠悠地消失。看着现在的他，无法想象在多年以前，哥哥罗华会有那么大的激情用自行车带着一个有夫之妇私奔，试想一下，如果那场私奔成功了呢？

很显然，这样的图像我曾经试着想象过，如果那场私奔成功了，那么，我的哥哥已经同那个有夫之妇生活在他乡。他们私奔的目的就是想生活在异地，因为唯有异地可以使世界变得陌生，只有在一个陌生的异地，他们的私奔生活才可能继续下去。如果那次私奔成功了，哥哥就不可能遇上潘丽娟了，也不会离婚了。

所有的生活都是必须发生的。当哥哥正在清理他的婚姻佐证时，潘丽娟已经推着她简易的箱子，远离了这座小镇。从此以后，我们再也不会看见潘丽娟；从此以后，她将在我们的生活中消失。我有时想：哥哥罗华难道就很在乎潘丽娟所患的不孕症吗？难道怀孕生孩子的女人对哥哥来说真的很重要吗？生活的世俗意义不由自主地让哥哥为之妥协了，所以，我想，我会理解这种妥协的。

哥哥解除婚姻的谣传再度在整座县城掀起了高潮，妇女们津津乐道这种谣传，而且那些繁殖能力很强的女人更是卷动着舌尖。我想，幸好潘丽娟离开得早，否则她会在这些谣传中窒息一段时间的。然而，哥哥却无法撒手离去，不过，在谣传中，哥哥好像是受害者，对哥哥的诋毁相对来说少了许多。

潘丽娟走了，哥哥变成了单身汉，他又经常回家吃晚饭了。母亲对此很高兴，她帮助哥哥摆脱了那个身患不孕症的女人，虽然父亲已经离世，然而，母亲依然具备一切力量改变她想改变的东西。很快，母亲就开始给哥哥介绍对象，哥哥好像不再违抗母亲的意志了，母亲让他会见任何一个女人，他都力图去会见。母亲带来的女人看上去都很健康，胸部硕大，臀部丰满，这符合小县城的审美标准，似乎这样的女人生殖能力才强。

我总是把头探出窗外，在下面，在庭院深处，我母亲满怀激情地想改变她儿子的命运。可笑的是我哥哥已经妥协，看不出从前的任何锐气。在他那张显得颓废和麻木的脸上，再也找不到多年前私奔的激情。因此，我无限悲哀地把头从窗外收回来。我听到弟弟上楼的声音，我警觉地倾听着，除了哥哥的问题，弟弟的问题已经呈现出来：我发现，他的阁楼上的小房间已经上了锁，只要他出门，就会上锁。

3

很显然，阁楼上的那间小房间里一定有弟弟罗敏的一些小秘密。锁，那把锃亮的锁总是吊在门上，这种好奇心驱动着我想打开看一看。有一个周末，弟弟罗敏又到茶馆去了，每到周末，他总是会泡在茶馆里，与他的好友肖瘦田经营着那家茶馆。我上了楼，我总存在一种侥幸，罗敏也会有不给门上锁的时候，我很想到弟弟的房间中去看一看，到底存在着多大的秘密让他每天出门时给门上锁。

锁吊在门上，竟然没有锁上，也许是弟弟出门时忘记了上锁，这对于罗敏来说实在是少有的现象。就这样，上午十点半钟，我上了楼，就像一名侦探悄然上了楼，打开门，一支乳白色的注射器突然出现在我面前，弟弟把注射器带到房间里来干什么？难道弟弟病了吗？可弟弟并不会给自己注射针水呀，而且，我从没见过弟弟服药，去看过医生，他的身体看上去并不强健，却显得很结实。我正纳闷，罗敏回来了，看见我待在他房间里，他很愤怒，责问我为什么私自跑到他房间里来，并说我不尊重他的私人生活，不道德。可他是我弟弟呀，难道我打开门就错了吗？令我感觉到惊讶的是弟弟走过去很快把裸露的注射器抓在手中对我说："你快出去吧，你站在这里干什么？"

这异常的现象使我感到困惑，罗敏一直以漫不经心的形象占据着我们的家庭，他好像从来都不失态，刚才却失态了。而且他对那支注射器显示出的态度看上去很紧张。我下了楼，回到房间，在这透不过气来的现象之中，我不知道发生了什么事情，直到一天半夜，我听见一阵呻吟声，母亲住在一楼，我住在二楼，只有我离弟弟最近。自从发生那件事以后，我就异常敏感地观察到时态的变化，我知道弟弟不会轻易失态的，房间里一定还有别的秘密，所以，一阵呻吟声让我上了楼。门紧锁着，任我怎么敲门都没有打开。我突然听到一阵滚动之声，好像是身体在地板上滚动，我想，弟弟是不是病了，而且病得很严重，已经到了在地板上滚动的程度。所以，我从侧面的窗户攀缘到了弟弟的窗户口，小时候，燕子们在弟弟的窗户外屋檐下面筑巢，我曾经攀缘过，并把手伸进温暖的巢穴里，捉到了几只刚分娩不久的小燕子。

我从窗口跳进了罗敏的房间时，他的身体还在地上滚动，地板上是那只注射器，难道弟弟刚刚在给自己注射针水吗？这有可能吗？直到很久以后，我才知道弟弟是一个吸毒已经上瘾的人，他成了一个瘾君子。这到底是从什么时候开始的，难道是从他大学毕业分到县城的那些日子吗？可这样的日子并不长久呀，我有一个医生朋友，当我想请他给弟弟诊断一下病情时，我把弟弟的特殊情况告诉了他，他在电话中告诉我说："毫无疑问，你弟弟已经染上毒瘾了。"我反驳他道："这可能吗，凭着一只注射器就能证明我弟弟吸毒了吗？"医生说："我的判断千真万确，你需要做的事情就是尽快地弄清楚你弟弟的毒品来源，终止他吸毒的过程。"

我相信了医生，并为自己的无知而感到可笑，为什么当我在弟弟的房间里看到注射器时就想不到一种危险的生活已经降临了呢？医生提醒得很对，目前，我所需要做的事就是要了解弟弟的毒品来源，所有的源头对于我们的现实生活来说都很重要。在这一刹那，我想起了每个人生存的源头，它也许是河湾，也许是泉眼，也许是群星灿烂的夜空……通过回到源头，我们才可以发现我们是从什么地点、什么时间、什么样的环境出发的。这是形而上的问题，很多人忽视了我们出发以后的源头，很多人都遗忘了任何事件都有它自身存在的源头。

所以，我决定独自一个人承担寻找弟弟的吸毒源头的事端。我不想让刚刚结束了更年期的母亲知道他的小儿子吸毒。这对母亲太残酷了，比哥哥离婚的事件要残酷十倍，所以，我知道我有力量进入弟弟的吸毒源头去。

首先，我必须学会技巧，我知道弟弟已经在抵抗我们任何人，他给自己的门上锁是一种抵抗的标志。因为他是瘾君子，他已经无法自控，所以，他不想让我们任何人知道他的现实生活。我首先想到了弟弟的好朋友肖瘦田——它就是源头，弟弟与他的友谊就是吸毒的源头。我把肖瘦田约到郊外，我已经有很长时间没有到郊外去了，没有特殊的心灵碰撞的事端时，我不会出现在郊外的河流边。一直以来，我一直很喜欢县城郊外的这条护城河，从某种意义上说它是县城灵魂之泉。

我也记不清楚有多少次站在护城河边，每当我看见河底的鱼虾轻巧地游动在碧绿色的青苔之下时，我的身心就会静止下来，仿佛过去和将来都不存在，只有现在陪伴在我身边。

在我的等候中，肖瘦田来了，他很瘦弱，好像比我印象中的肖瘦田更瘦了一样，他显然不明白我为什么约他在护城河见面。他手里夹着香烟，从河岸边走来时，一边吸烟一边弹去烟灰，而且，我还看见他打了好几个哈欠。

话题很明显，当我将目光从清澈见底的河底游移出来时，我知道这种游移意味着我从虚无返回到现实：肖瘦田已经站在我面前，他一脸困惑地站着，他头发变了色泽，也许刚染过，变成了金褐色。我挑明了事端，问罗敏是在什么时候开始吸毒的？他不以为然地笑了笑，又摇了摇头说："我怎么知道，罗敏没告诉你吗？你是罗敏的姐姐，你为什么不去问罗敏呢？"他说得对极了，然而，这是技巧，因为我知道让我直接去面对罗敏是艰难的，罗敏的性格好像变了，眼神出现了阴郁的东西。我害怕去面对这种阴郁，就像我害怕去面对罗敏的注射器一样。

　　肖瘦田坚决不回答我想知道的事情，我拿他似乎一点办法也没有，所以，我不得不让他离开。我注视着他的背影，作为罗敏的好友，肖瘦田自始至终不想背叛罗敏。我目送着他的背影，在罗敏回县城之前，我已经听说过肖瘦田吸毒的谣传，这就是源头，在我看来只有阻止罗敏与肖瘦田交往才可能阻止罗敏吸毒的现实。我的目光重又深入到护城河的水底，如此清澈的水流以及碧绿色的青苔之上，是我的县城，我和许多人生活的县城。

　　然而，忧伤却环绕着我，我已经到了与弟弟罗敏对峙的时刻，所以，我不顾罗敏的抵抗，在他外出的时候我私自从窗口爬到了他的房间里。现在，我面临着做一件事，我要在罗敏的私人空间里捣毁那些注射器和瘾君子的秘密，我启开神秘的抽屉，没想到罗敏这个时候开门进来了。

　　我们两个人的对峙使现实变得突然残酷起来，罗敏从这一刻开始就意识到他失去了什么，也许是失去了尊严，也许是失去了私人空间，也许是失去了自由……总之，看得出他浑身颤抖。从这一刻开始，他就已经无地自容，他在我的目光注视下仿佛内心和身体已经瓦解了，他走近衣柜把他的衣物装进一只拉开了拉链的包里，不到几分钟，罗敏就这样离家出走了。

当然，罗敏不可能离县城而去，他只是离家而已。他搬到了离茶馆最近的一间出租屋里去住。我意识到我失败了，从我与罗敏面对面地在房间里对峙的那一个瞬间，我就感觉到了我的失败，这是使罗敏离家出走的原因。

面对母亲，我不得不安抚她道："罗敏已经是小伙子了，他搬出去住是很自然的一件事，用不着指责他。"母亲很理解，这与我隐瞒罗敏吸毒的手段有关。我将继续隐瞒下去，直到我拯救罗敏回到岸边。

我敢肯定，我能将罗敏从吸毒的陷阱中拯救出来，所以，我保守了全部的秘密。因为我已经知道，罗敏有很强的自尊心，他是不可能再接受别人与他对峙的场景的。我远远地注视着罗敏租的那间小屋，它在半夜时总发出灯光，一种很刺激的灯光，我能够想象出罗敏把注射器扎进自己的血管中去的情景。终于，在一个暴雨之夜，我全身淋湿了，我再也无法面对这种现实，我决心敲开罗敏的出租房，与罗敏面对面地谈一谈。

当我站在门外时，我的手还没有放在门上，我就听见一阵令人窒息的滚动声，罗敏的身体滑向一片崖底，那深不可测的崖底，那使我的弟弟已经丧失了清醒和理智的崖底深处，是可怕的死亡吗？而我却想伸出手去，用尽可能的力量将他拉上岸来。

4

终于把罗敏送到了戒毒所，同他前往戒毒所的还有肖瘦田。当我推开门，出现在罗敏出租屋的小房中时，在地上翻滚的罗敏毒瘾已经发作，所以，他失控的身体滑向一片崖底深处，那也就是我想象中的地狱。随同毒瘾消失以后，我跟罗敏认真地长谈了一次，并联系好了一家戒毒所，罗敏痛悔不堪地垂下头来，愿意到戒毒所去戒毒。只是让我替他保守秘密，不要告诉母亲。

这是一家西南地区最大的戒毒所，我们乘坐着一辆大客车走了一天一夜才到达戒毒所。在绿树掩映的山冈上出现了戒毒所的围墙，从此以后，我的弟弟罗敏将和他的好友肖瘦田在戒毒所里生活上半年时间。他们两人合开的怀旧茶馆只好暂时关闭。当我回到县城时，已经暮色四散的时刻，全家人都在有准备似的等着我，其原因是谣传。我出门时，曾经骗母亲说我送罗敏到外地培训半年时间，两天以后就归回。当时，看上去，母亲眼里好像并没有流露出质疑。而一旦我们离开县城，有人开始散布谣言，很长时间以来，每次谣传到来时，我都想知道第一个散布谣言的那个人到底是谁？然而，谁也无法知道，首次散布谣言的那个人到底在哪里？

　　哥哥、姐姐已经陪同母亲坐在家里，他们从强大的谣传中获悉了罗敏吸毒的现实。在谣传中每一次事件似乎都有时间和地点。比如弟弟罗敏和肖瘦田曾在一条阴暗的小巷道深处吸毒，当时，他们害怕面对别人，害怕被家人发现，所以他们具备了瘾君子的许多特性：藏匿在一切阴郁的角落开始吸毒生涯。所以，母亲以为她被骗了，她活了这么长时间，再一次被骗了。当我推门进来，我就在第一眼中看见了母亲那绝望的眼神。家里出现了一个瘾君子，无疑让我们掉进了无底的深渊，最为绝望和急躁的仍然是我的母亲，在猝不及防的谣传中，她的身心仿佛全部分裂出去，她开始诅咒命运，难以预测的命运。当然，她还在这不测的命运中抓住了一个人在诅咒，他就是弟弟的好友肖瘦田。

母亲说："朋友如一面镜子，你弟弟一生的灾难源自肖瘦田……"母亲这么一说，我就看见了她嘴角的颤抖，眼神中充满一直以来抵抗着命运变幻莫测的那种臆想症，我母亲充满强力的臆想症，而且包含着比喻的力量。比如，在父亲患癌症之前，她告诉我一个梦，在梦中她看见了父亲被装进了一只黑匣子，她惊异地看见父亲的身体萎缩得像一只小小的虫子。当母亲把这个梦告诉我时，她忧虑地说了一句话："你父亲也许太累了，他想休息了。"再比如，当我去小镇堕胎之前，母亲又做了一个梦，她把这个梦告诉了我：在梦里我的身上挂满了荆棘，母亲在梦中被那些荆棘刺痛了我的叫喊声惊醒了，母亲提醒我说："你要注意身体，如果生病了，一定要去看医生。"

不管怎么样，罗敏进戒毒所了，这是绝望之中的一种宽慰。我不知道在母亲的臆想症中有没有出现过弟弟成为瘾君子的梦境。然而，母亲说得很多，朋友是一面镜子，既然弟弟这一生与好友肖瘦田联系在一起了，他就无法逃脱命定的因素：他将付出代价，用他的友谊之手伸向肖瘦田。当他把手伸向肖瘦田时，在谣传中，我听说过肖瘦田已经是一名瘾君子了，当时我似乎并不在意。这足以说明我的天真。我不介意一个又一个谣传，因为我们就是在谣传中成长的。除此之外，我不介意弟弟同一个瘾君子做朋友的关系，因为我的想象力也好，我的世界观也好，都难以让我想象出我弟弟罗敏会用注射器吸毒。

终于，我把弟弟亲自送到了戒毒所去了。我把我在戒毒所看见的高高的围墙以及戒毒所像花园般的美景告诉了家人。我深信，我弟弟在戒毒所里一定会磨炼自己。我寻找到了磨炼这个词，我把它的隐喻告诉给了家人。不过，当我说出这种隐喻时，它已经变得简约和世俗化了。我说，弟弟会在戒毒所生活上半年时间，他会同戒毒所的年轻人一起共渡黑夜。我在戒毒所看到的戒毒者百分之九十八都是年轻人。这引起了我的另一种隐喻：年轻是坠入无底深渊的基础，因为年轻的双翼承担着探索生命过程的幻想。所有坠入深渊的人都是幻想家。戒毒所里大量的年轻人也是如此，他们幻想着吸毒像传说中那样能够产生仙境般的世界，他们并不知道深渊在等待着他们。

家里所有的人在绝望中都在等待着宽慰，而此刻，我们唯一的宽慰来自将来：半年过去了以后，我们希望罗敏能够彻底摆脱瘾君子的生活，很正常地恢复他身体的故事，而身体的所有故事都需要他的理性来讲述。因为人一旦失去了理性，是可怕的，在一个已经失去正常理性的人身上，悲剧的旋转比任何事都频繁地在降临。

　　有关我弟弟罗敏的故事和忧愁宣告一个段落。咖啡商人回来了，他来县城是为了接我走。他告诉我在省城他开了家咖啡屋，让我去经营，这个消息并没有像想象中的那样令我兴奋不已，其原因也许是发生在我身边的事情太多了。然而，我还是想到省城去看一看，去试一试。为此，咖啡商人去见了我的母亲，在我母亲看来，这个频繁地出现在我生活中的男人一定是我的未婚夫。他们并不知道咖啡商人的任何历史，对那种来路不明的历史，她似乎也不想去探究。

　　只有我想去探究历史，所以，我站在县城旅馆的客房中同意跟咖啡商人到省城去时，我把头探出了窗外：我看见了乔芳，她竟然在暮色深处仰起头来，朝上看着。她是在寻找我吗？我咚咚奔下楼去，乔芳诧异地看了我一眼说：

"你怎么会在这里？"看上去，她好像不是在找我，那么她一定是在寻找别的人。乔芳把我拉到一棵紫薇树下，那是旅馆门口一棵很硕大的紫薇树，她背倚着树身对我说："我离婚了。"我对她说别开玩笑，什么玩笑都可以开，可就是不能开这样的玩笑。她一本正经地说："谁跟你开玩笑，我昨天刚离婚。"

我不吭声，这消息太突然了，在我的意识深处，乔芳是最不可能离婚的人，即使所有的人都离婚了，她也是恪守着婚姻法则的女人。她告诉我，县粮食局已经在全面改革，她很快就面临着失业，实际上这种残酷性已经不可避免地降临了。在之前，她的婚姻已经全面地瓦解。其原因是她和她丈夫都在外面有了外遇。

外遇这个词语，竟然从乔芬的嘴里说出来，而不是从别人的嘴里说出来。有些时候，我们就这样不得不改变我们旧有的意识，在我的意识深处，像乔芬这样的女人，是可以抓住世俗意义上的最为幸福时光的女人，因为在我对她所有的认识深处，她都缺乏叛逆，像她这样的女人怎么会跟外遇这个词语联系在一起呢？

乔芬的外遇很久以前就开始了：首先是她丈夫有了外

遇，那个粮食局的小会计，竟然跟一个做辣椒生意的女人跑了，而且是一声不吭地跑了。后来乔芬也有了外遇，她外遇的对象是长期住在县城旅馆采购本县土特产的外省人。直到昨天，她才找回了丈夫把婚离了。她此刻守候在旅馆外，是在等待，她仰起头来所看到的客房，那间黑漆漆的客房就是采购本县土特产品的外省人住的地方。

我完全没有想到，我正在尝试的生活，也正是乔芬所尝试的生活。她说孩子大了，有她母亲为她带孩子，她也就没有后顾之忧。言下之意是在告诉我：一个人新的生活方式已经可以出笼，就像困在笼子里的鸟儿可以越过笼子，到达飞翔的路上去了。我和她为什么都会有同样的命运，因为它来自我们的幻想：一座小县城太沉闷的原因，使我们的目光与旅馆相遇，也许只有住在旅馆里的男人对于我们来说是陌生的。

对陌生产生的幻想不总是对一个男人的幻想，而是一个男人给我们带来的对外面世界的幻想。由此，我已经决定跟咖啡商人到省城去走一走，我不能断定我会在省城生活下去，我也不能断定那座咖啡馆会适合我去守候。经历了如此杂芜的事件的我，不仅仅是对于情感的饥渴，更重要的是我期待着，从小县城到省城去，这条道路对于长久地生活在县城的我来说无疑是织满了梦境的蓝色地毯。

5

从县城到省城简直是一次飞跃：首先，是父亲的职业让我对省城充满了幻想，它让我在已经过去的年代里产生了一条线，即从县城到省城，再从省城到县城。这条路线长久地影响了我的想象力。由想象力所产生的一系列意象附加在我的人生旅途上，世界是多么大又多么的小啊。在许多年之间，对我来说世界上最远最神秘的地方就是省城，而最小的世界就是县城。

在县城到省城的路上我碰到了一个人，他就是李路，我在前面已经交代过李路，李路已经辞职了，他不再开着那辆波兰大货车在省城的公路上了。事情很偶然，我们有成百成千个偶然，它就是劫数，它就是圆圈，它就是幸福，它就是命运。

在偶然之中，我乘坐的客车突然出现了故障，我和二十多位乘客不得不走出车厢。这是一座盘山公路，客车很费力地朝着山腰喘息而上时，我就预感到车太累了。我能感觉到车身的那种疲倦，就像人的身体一样，付出太多的体力，就显得力不从心了。我曾在我的父亲和母亲身上看到过这种疲惫不堪的状态，他们为我们付出的代价实在太多了。他们从把我们生下来的那一刻开始，就每分每秒地付出代价，直到把我们培养成人以后仍然在付出代价。车猛然刹住了，司机让我们下车。

我坐在公路旁边的一块大石头上，咖啡商人已经在省城等待我，我的心仿佛已经插上了翅膀，却无奈地被阻隔在这里。两个钟头过去了，客车司机仍然躺在车身下面耐心地修车。当一辆货车突然之间停在路边时，也停在了我身边。从货车里跳下来一个男人，他就像是暗影中的暗影，占据了我时光中的一部分，然而脱离出去，现在又晃动着出现在我身边。就这样，我又搭上了李路的货车，他恰好要去省城，这正符合我的心意，坐在车上时，我感到很幸运，如果没有李路，不知道客车要修到什么时候呢。

然而，好梦不长，不远处出现了泥石流，漫长的停滞正在前面等待着我们。滞留的车辆仿佛长龙一样停放着。

李路说，如果你感到困你就躺一躺吧。我明白他的意思，天已经黑得看不见指缝，这是一个月黑风高的晚上，我们就这样滞留在车厢里，不知不觉我就睡着了。醒来时，我感觉到什么东西在轻抚我的面颊。

它不是芦苇秆，也不是草棵和树叶，它是一个男人的手指尖，它在轻柔地摩挲着我的面颊。我佯装入睡，我已经不是小女孩了，我可以接受这只手的抚摸。所以，我不抗争，我害怕抗争会让这手指震颤。因为我知道，这男人的手指尖决不会长久地在我的面颊上流连不息，它会停留一个刹那，一个片刻，这就是我们生命的温谧，像树枝碰着树林似的一阵温谧，像青苔碰撞青苔时的一阵阵温谧。人如果可以忍受这种温谧，就已经获知了人世间的一种思想：我们在人生中遇到了一阵阵短暂旅途之中的温谧，就再次分手了。我们之所以产生了温谧，只是为了在另一个地方分手而已。

事情的结局就是这样，滞留期过去之后，就是省城。我和李路就是在省城的城郊车站分手的，他去下货，而我要去找一个人，我们有着不同的现实，我们直奔现实：在我的现实之中出现了一座小小的咖啡屋，我的男友咖啡商人已经在那里等候着我。许久以来，在这部文本中，我一直称呼他为咖啡商人，我不愿意披露他的真实姓名。也许我从认识他的那一刻开始，他的职业就是他的名字；也许，他只不过是我生命中的另一个插曲而已，与他相识留下的种种记忆，不过是一杯杯咖啡的影子而已。而在那一刻，他终于把我呼唤到了他身边，直奔他的目的，带有世俗的力量：我想摆脱县城的生活，我想寻找到一个男人和一种支撑我活下去的影子而已。

我开始经营这家咖啡屋了，咖啡商人和我生活了三天就回北回归线的西南方向收购咖啡去了。我怎么也没有想到咖啡商人的老婆是一个广东人，操着广东普通话出现在我的面前。她紧紧地盯着我的乳沟，天气太热了，我不得不穿很薄，很低领口的上衣。当时，我正独自一人坐在咖啡屋里，这是上午九点半钟，我正清理着昨夜留下的咖啡屋全部残留的垃圾时，一个身体纤细的女人朝着我的目光走了进来。女人一进屋就盯着我的乳沟，继而翻翻眼皮说："你就是罗修吧？"我点了点头。她继续说道："自我介绍一下吧，我是咖啡商人的老婆，我没见过你，但我已经认识你很长时间了……从我第一次听见咖啡商人提到你的时候，我就开始幻想你……咖啡商人一次又一次地说服我让我接受你，现在，我终于可以接受你了，最重要的是你要接受我却并不容易，不是吗？多长时间以来，我男人力图让我与你和谐相处，这对于我来说并不容易。然而，为了不失去他，我同意接受你的存在，也就是我男人让我们共同来经营这家咖啡屋的目的，是为了让我们都不离他而去……你明白我的意思了吗，你愿意同你的情敌一起经营这家咖啡屋吗？"

　　她说的话太多了，声音太密集的时候，往往是一个人满怀仇恨和幸福的时刻，我能够在这个女人表面上温和的声音中感受到一种荡漾在水一样涟漪中的仇恨，我能够感受到等待我的是一个圈套。所以，我在她逼视我回答的一刹那就彻底否定了我想留下来的念头。在这个时刻，我的现实意义已经被这个表面温柔的女人逼到了墙角，她的声音里藏着刀子，似乎想割断我的血管，因而我大声说："我不会留下来的，我马上就离开，咖啡屋已经属于你了。"她笑了，依然是那么温柔地一笑说："我并没有逼你，所有这一切都是你自己决定的，要知道，我已经准备好了与你生活，然而，你却要离开吗？"

我肯定地说："不错，我马上就离开。"我突然想起了咖啡商人匆匆离开我的一个简单理由：当我们的拥抱结束在一个吻的时候，他对我说："有些东西是不得已的，所以，我要离开；你要学会忍让和接受别人，这是我们可以生活下去的基础。"当时，我并不介意他说的话，因为我一点思想准备也没有，我怎么也没有想到一个广东男人的广东老婆看上去身体并不圆润，却抛出了一个圆滑的圈套。等待我的结局是离开，我现在明白咖啡商人的用意了：他既无法割断过去的历史，也无法割舍现在的历史，所以，他想出了一个办法，让他的老婆接受我并与我生活在一起。唯其这样，他才实现了把我接出县城的愿望。

离开了咖啡屋，我在远远的一家冷饮店里，窥视着一直送我出门的那个女人。她好像显得骨瘦如柴，然而，她却有巨大的力量驾驭她的命运。在面对他男人的背叛婚姻时，她既不诅咒，也不离婚，她用温柔的声音和力量走近我，几十分钟时间悄然地过去了，她就这样让我自动地离开了咖啡馆。我已经欲哭无泪，这种骗局使我陷入了困境，然而，我已经做出了决定：我决不可能同我情人的老婆共同经营这家咖啡屋。

从省城返回县城的路上，我途经了弟弟所在的那家西南最大的戒毒所。我下了车，走进了戒毒所的大门，当我的弟弟罗敏前来见我时，我对他的希望远远超过了对我自身的希望。我和他在戒毒所里共用午餐，他的神态显得有些阴郁，却充满了幻想：他告诉我，他想尽快结束戒毒生活，并且彻底地戒毒，回到县城以后，他想找一个女孩子结婚。也许对爱情的幻想会让他越过这次遭遇的痛苦，他说他在县城里默默地爱过一个女孩，她是他中学时期的女同学。还没有来得及走近这个女孩子，他却成了瘾君子。我看着戒毒所树枝上的雨滴落在地上，融化进潮湿的尘埃之中去，我离开了戒毒所。

仿佛像对省城失去了幻想，我回到县城时已近半夜。当我走出车厢时，我却没有即刻回家，我不知不觉已经走近咖啡商人经常住的那家旅馆。在很长时间里，它是我通向咖啡商人的幽居之所，它给我带来了一首首华尔兹的同时，也给我带来了解释不清的谣传。我想，我已经决定了，离开咖啡商人，让这段插曲成为我的记忆。从我面对咖啡商人的老婆时，我就已经决定了，我愿意回到县城去，我愿意生活在县城那编织着种种蜘蛛特色的网中，经历别的事件。

6

哥哥罗华频繁地与母亲带来的女子见面，但他好像总是显得心不在焉，以至于见了几个女人，问他有什么印象，他回答说："没印象。"当母亲发出叹息声时，哥哥提高了嗓音说："母亲你别费劲了，从此以后，我的事情你们就别管了。"母亲烦躁地埋怨道："都见了好几个女人了，你怎么会没印象呢？印象到底是什么东西？"

我想告诉母亲，哥哥对他们没印象也就是没感觉，可感觉又是什么东西呢？苏芮的歌曲《跟着感觉走》曾经风靡县城的大街小巷，仿佛在人们的风衣和脚后跟后面旋起了一种"跟着感觉走"的浪潮。有一阵子，年轻人的嘴里都念着感觉，所以，我总能理解哥哥的生活，从此以后，他拒绝母亲安排他和女子见面。他想方设法地跑。有一次逃得特别狼狈，哥哥已经回家了，而且母亲大约也知道哥哥已经回家了，就把一个姿色不错的女人带回家来。这个从师范学校刚刚毕业的女人，是哥哥相亲中最年轻的女人，好像一朵粉红色的蓓蕾摇曳在我们的眼前。母亲让我到楼上叫哥哥下楼，我就上楼了。

我想，按照一般男人的审美，这个女人给人留下的第一眼强烈的印象就是青春。她的青春好像没有被污染过，而且在她的青春里看不出任何波纹，这显然是一个极其单纯的女孩子。如果哥哥肯下楼来的话，他也许会心动的。像哥哥这样的男人经历了与一个女人私奔的失败，又经历了与一个女人婚姻的离散，这双重失败使他似乎对女人丧失了热情和想象力。从某种意义上讲，哥哥目前特别适合寻找一个单纯的女人谈恋爱。如果我的哥哥罗华肯下楼来的话，他那双阴郁的双眼也许会开始燃烧起一种火花来。然而，当我敲开门让哥哥到楼下见女孩子时，他却忙乱地让我帮助他藏在衣柜里去，并且让我告诉母亲他不在家。还没等我回过神来，哥哥已经打开了他的衣柜门钻了进去。由于他的衣柜门太矮小了，哥哥不得不蜷曲着身体，以半蹲式的姿态勉强地把身体藏起来。我就是在这一刻感觉到了一种悲哀，我不得不返回楼下，告诉母亲说哥哥不在楼上，也许之前就出去了。

母亲脸上出现了一丝质疑，转而又微笑着对那个女孩子说："这次见不到，就下次吧，反正你们总要见面的。"

女孩的脸上荡漾着青苹果似的幻想的色彩。我和母亲都愣了一下，现在，我仔细地端详着女孩，她穿一条发白的牛仔裤，头像马尾巴似的束在脑间，上身穿一件玫瑰色的T恤，与哥哥之前见过面的任何女人都不雷同，除了她拥有青春之外，她好像很热烈。

因为哥哥曾经有过婚史，所以，母亲以往带回家的女人看上去或多或少都拥有她们已经流逝过的历史，唯独这个女孩，她眼里闪烁着的热烈使我预感到哥哥已经成为这个女孩追求的目标。当我在女孩离开之后回到哥哥的房间时，我的哥哥还在可怜地蜷曲着膝盖，蹲在矮小的衣柜里面。我把哥哥从衣柜里拉了出来，然后把我对女孩的那种感觉告诉给他。

哥哥眼睛亮了一下说："你真对她产生了感觉吗？"我点了点头，几个星期以后，哥哥便把那个女孩带了回来。我知道，目光像烈火般燃烧的女孩终于亲自跑到照相馆去见哥哥了，看上去，哥哥曾经有过婚史好像对她并不重要。有很长时间，哥哥总是和她骑着自行车到风景很好的地方拍照，哥哥说他认识的女人中，只有这个刚刚从师范学校毕业的女孩子最喜欢拍照片。

哥哥把女孩子的照片一张张放大，放在镜框里，这还不够，女孩子对哥哥说："如果你把我的照片放大后挂在照相馆的橱窗里面，那就太好了。"哥哥愣了一下，很多女人都不愿意把照片挂在橱窗里，这个女孩例外。不过，他为了让女孩高兴，还是把放大的照片呈现在橱窗里。有一天，一个男人站在外面久久地盯着这幅照片，后来又跑进相馆打听这幅照片的女孩在哪里。哥哥恰好离开了照相馆，另一个工作人员把女孩子上班的县城二小告诉了陌生男人。陌生男人问女孩子愿不愿意到省城去做时装模特，女孩子睁大双眼不敢相信这是现实，她点了点头质疑似的说道："我行吗，我可以吗？"男人点了点头说："你可以，如果你同意的话，你可以辞去职务，跟我到省城去。"

女孩子跑到我们家来找哥哥，当着我们的面把这个在她看来是特大的好事一一讲给我们听，并征询我们的意见。母亲第一个发表了意见，她坚决地说："你别相信那个陌生男人，你了解他从哪里来吗？他凭什么要带你离开县城，他凭什么能带你去做广告模特……"女孩子就解释说她已经看了他的证件，他有独立的广告公司，他好像代理着许多广告。母亲仍然坚决地说："等到你受骗的时候已经来不

180

及了，再说，你走了，我们家罗华怎么办，你不是已经跟罗华交朋友了吗？我正考虑让你们尽快结婚，你不能走。"第二个发表意见的是罗华，他的意见有保守的一面也有开放的一面，他说："如果你真的想去省城做广告女模特，那也是一种机遇，人生的机遇是很少的。然而，正如母亲所想的一样，我们生活中受骗的事例已经太多了，总之，你自己决定吧。"现在，他们都在看着我，等待着我发表意见，我说："这件事情应该由你来决定，我们之间任何人都不可能取代你，只有你是你命运的主宰者。"

女孩杨琼飞眼里掠过了一种想象，那是女孩生命中的一种意象，我似乎可以捉摸到置身在这个浮光掠影中的意象，它似乎是一种未知的生活的召唤。不管怎么样，母亲坚决的措辞也好，哥哥自尊的声音也好，都不能取代杨琼飞的选择。一个星期已经足够让这个像花蕾、像青苹果的县城女孩子选择自己的命运。后来的事情只有哥哥罗华比较清楚，因为在这短暂的一个星期时间里，杨琼飞经常跟哥哥会面。不过，最后的定局是这样，哥哥还是把杨琼飞送走了，哥哥说让她去试一试吧，他可以经常去省城看他。

杨琼飞走了，这不是一种意象，而是一种生活。许多女孩子在这期间都受到各种各样的诱惑和召唤相继离开县城，杨琼飞只是她们中的一员。她有什么错呢，每个人都有自己缤纷的梦想，都充满了奔赴梦想的冒险精神，谁都无法真正地说服谁。母亲、哥哥还有我，乃至杨琼飞的家人都代替不了杨琼飞自己的选择。

　　哥哥自杨琼飞离开县城之后，依然到照相馆上班，他的现实生活似乎已经固定。杨琼飞已经给哥来过电话了，她告诉哥哥，带走她的男人确实不是骗子，在省城，他有一家很大的广告公司。她还告诉哥哥，她已经被送进职业广告模特培训班，不久之后，她就要改换另一种职业了。杨琼飞离开县城之前已经辞了职，她变成了一个为梦想而离开县城，到省城的又一个女孩子。

　　我把这种人性的故事一次又一次地写进我的书中，自我离开省城以后，我就再也没有与咖啡商人联系过，他也没有来过电话。也许，他已经被他的现实中的广东老婆的降临严密地控制住了，我知道，女人一旦施展魔法，足可以让一个男人捆住手脚。我的心境渐渐地归于平静，当弟弟罗敏要归回县城的消息从电话里传来时，我欠起身，从窗口我看见一棵摇曳的石榴树花蕾已经绽开。弟弟所经历过的一场噩梦以及带给我们的噩梦终于可以结束了。

我老早就守候在县城客运站，我没告诉母亲，我想让母亲有一个惊喜：让我弟弟出现在母亲的身边。当弟弟和他的好友肖瘦田从客车上走下来时，我看见弟弟的脸，他好像显得有些阴郁，头戴一顶帽子，帽檐压得很低，瘾君子的历史给他的身心带来了负担，所以，他似乎有意避开别人的目光。然而，我们的目光却相遇在一起，无论过去怎么样，在我们的现实生活里，我们一旦活在人世间，目光都要相互碰撞，以此触摸到我们来到人世间所经历的一系列秘密。总之，在这些秘密里，我们感知到了罪恶和沉重，也同时感受到了秘密所震颤下来的泪水和伤怀时的悲哀。不管怎么样，我弟弟已经从戒毒所重新回到了他的县城。

7

姐姐突然对我说想离婚了，经历了一系列的婚姻生活之后，姐姐认为她一直生活在欺骗之中。与此同时，县供销社下岗了一批职工。三分之二的职工不得不撤离县供销社，这也许是一种局面，谁也无法改变这种局面。姐姐不得不悄然地撕碎了协议书，她的理由很简单：她已经没有工作了，如果一旦离婚，她会陷入一种难以想象的困境，所以，她必须暂时保存她的婚姻生活。

已经习惯站在供销社的柜台前卖货物的姐姐，脸上一片迷惘，她失去了方向。很难想象她的名字已经从供销社的工资花名册上消失了，甚至连她的档案也消失了。她拎着从供销社提出的档案在县城街头走了一圈一又圈。最后前来面对我，让我给她出主意，应该怎么办。姐姐问我当年主动从县防疫站辞职时，为什么那么有勇气，勇气从何而来，是不是在我身边站着咖啡商人？姐姐一脸的绝望和无助的神态，在之前，她已经悄然写好了离婚协议书，并让我帮助她看了遍，问我离婚协议书有没有什么问题。那时候的姐姐好像已经胸有成竹，只等走进离婚的世界里去了。她完全没有想到自己会失去工作。

我安慰她说："很多人都失去了工作，这并不可怕，最可怕的是映现在你脸上的绝望……"姐姐走到镜子前自言自语地说道："我绝望了吗？我真的已经走到绝望的路上去了吗？"就在这一刻，张羊正四处寻找着姐姐，他刚刚知道姐姐失业的事情，他给家里打来电话，并在电话里对我说："你一定在安慰你姐姐，失业算什么呢？"我把这话转述给姐姐，姐姐的脸上似乎渐渐地变得晴朗起来了。她自言自语地告慰自己："不错，难道失业就能让我绝望吗？我是那种让失业难倒的女人吗？"

张羊在下班后把姐姐接走了。我想，张羊除了有些好色爱女人之外，对婚姻还是负责的。半个多月以后，他帮助姐姐在县城街道上开了一家卖服装的铺子，所有经营手续都是张羊去办的。张羊对姐姐说，他早就盼望姐姐失业了，也就是说他早就策划着让姐姐开一家服装店了。张羊从工商局调到县财政局，职务突然一下晋升，他现在已经是财政局的副局长了。

姐姐突然稳定下来了，不再提失业和离婚的事情，她整天守候在铺子里，就连晚上也不回家，孩子已经大了，由张羊的母亲带着，所以无须他们操心。为了开服装铺子，姐姐每个月必须搭上长途客车到省城的批发市场批发服装。一直生活在封闭世界的姐姐，突然敞开了对外的大门，几个月过去了，姐姐告诉我说，她现在收入是原来站柜台的四倍到六倍，我并不惊讶地点点头。因为姐姐的服装铺子开得早，大部分的年轻人都到姐姐铺子中去买衣服。

很长时间没有听见姐姐谈论她和张羊的关系了，有一天，姐姐突然对我说她怀疑张羊跟财政局的一个女人有纠缠不清的关系。我问有何证据，姐姐笑了笑说："我已经不会背着照相机去偷拍张羊的照片了。那是一种愚蠢的行为，并不能改变你姐夫的生活。过后，他虽然不去舞厅了，却改成了另外一种方式……他一定有另外的方式跟别的女人在一起……"

谣言就在这一刻纷纷扬扬地传过来，这是与舞厅的谣传不一样的语言：张羊开着财政局的轿车经常带着财政局也是县城的一朵花出差到外地去，他们用这种方式偷情的同时，也避开了小县城的眼睛。然而，尽管如此，仍然有人看见县城的一朵花秘密地上了他开的轿车；依然有人看见他们除了在轿车里偷情之外，也在出差的异地偷情。

这个论据传到我耳里时，我的姐姐还没有听到这个谣传。当我来到她的服装铺子时，一个中年男人正在她的铺子里试穿一件衬衣。我对这个中年男人很熟悉，他是一个离婚的男人，住在县文化馆的单身宿舍里。他能拉一手小提琴，而且长得很英俊。

姐姐正站在他的身后，为他整理着衣领并赞美他穿上这件衣服很时髦，姐姐已经在不知不觉之中学会了营销的手段。看得出来，姐姐并没听到县城里沸沸扬扬的谣传。但这只是暂时的，不出明天，或者后天，谣传就会进入这间服装铺子里。果然不出我所料，三天以后，姐姐让我到她的铺子里去一下，有重要的事情要问我。

我已经做了充分的准备：第一，我必须做好充分的准备迎接姐姐的考问，她一定会问我知不知道沸沸扬扬的谣传到底出自哪一张嘴巴。如果她明确了出售谣传的第一张嘴，她一定会亲自走上前。如果这谣传是无中生有的话，她就要使用剪刀了，姐姐在之前已经开始讨厌县城的第一张出售谣传的嘴巴了。在她看来，那张嘴一定很脏，所以，她要使用剪刀了。在这个世界上，只有剪刀的魔力可以剪去散布谣传的舌头。第二，我必须做好准备去迎接姐姐的疯狂，她的疯狂我一次次地目睹过。如果她一旦被疯狂占据着，我潜在的力量能平息这种疯狂吗？尽管如此，我仿佛已经为我的内心准备好了一根绳子，如果我姐姐因为沸沸扬扬的谣传很疯狂的话，我就采用我内心的这根绳子把她的身心彻头彻尾地捆绑起来。

　　我仿佛看见了活跃在我身体中的那根绳子，当弟弟罗敏在地上发毒瘾时，那根绳子已经在我身体中像蛇身一样扭动，像波浪一样漂荡而来了……如果我依然无法使弟弟罗敏戒毒的话，我一定会从我的身体中猛然间把那根绳子哗啦一声抽出来，我会借助于人类的任何经验，用绳子来捆绑一个人疯狂无助的状态。

　　所以，我慢慢地走进了姐姐的铺子，那根人类的绳子，代表征服的绳子，可以捆绑并奴役一切罪恶和善良的绳子，已经在我身体中沉重地穿越着。我从来没有用过这根绳子，然而，今天，也许那绳子就要穿越我的身体，即将来捆绑这现实生活中的另一个人的身体了。

　　然而，我的姐姐却显得出奇地平静，根本就是另外一个女人，与我想象中的完全不一样。她穿得很漂亮，开了服装店以后，姐姐就一直穿得很漂亮，这也是吸引别人进服装铺子的原因之一。而且姐姐也开始上妆了，她的眉毛变得很纤细，嘴唇涂了口红，我刚进屋不到几分钟就有好几个人进屋来买走了姐姐的服装。

　　姐姐在没有人时问我有没有听见谣传。我说听到了。

姐姐说让我陪她到县财政局去一趟。我问去干什么。姐姐说："我想去看一眼那个所谓的县城一朵花，到底怎么样。""这有必要吗？""我只是好奇，你姐夫为什么可以私自开着轿车，带着女人到外地出差时偷情。"

我劝诫姐姐说，让我们站在张羊的角度来考虑问题，如果我们出现在县财政局，必会引起一系列的谣传，这对张羊不利。如果你想看那朵花，我们可以寻找别的方式，因为那个女人并非时时刻刻生活在财政局，她还会回到她的宿舍睡觉。听说她好像是外地分来的大学生，她有自己的宿舍……姐姐开了窍，同意了我的建议。

我虽然阻止了姐姐去财政局，然而却无法阻止她采取另外一种方式，她还是要让我陪同她一块前往那个女人的宿舍区，探测她厌恶的现实生活。选择黄昏绝对不是我的主意，而是姐姐的主意，她好像对黄昏很着迷，在过去的日子里，她总是能预感到张羊背叛她的时间，这就是黄昏到来后的时间。

黄昏也是让我着迷的色彩，只不过我所着迷的是它给我们带来了朦胧。我跟姐姐的意识形态最大的区别在于我们对现实产生的不同的态度，比如，对黄昏的态度，我姐姐对待黄昏的态度是因为张羊一次又一次在黄昏中犯下了错误；而我认为，黄昏之所以让我着迷，是因为每当黄昏把一座县城笼罩的时刻，就是人人可以趁机做梦的时刻。

不管怎么样，我们也在迷失着方向，就像我们已经走在黄昏中一样，我们将去面对一个女人，她是我姐姐目前的情敌，她是县城传说中的一朵花；她已经使我姐姐在黄昏提前关上了铺子，我们迎接着黄昏，扑动着我们的翅膀。姐姐显得很平静，好像并不需要我使用身体中的那根绳子去捆绑她那疯狂的肉身了。

8

表面上的平静掩藏住的是更猛烈的风暴。潜入黄昏，似乎人什么都不怕，因为黄昏是屏障，挡住了人们真实的面目。我姐姐走在前面，我走在后面，　我们走遍了县城的主街道才到达那个叫姚雪兰的女人的住址。当我们站在宿舍不远的护城河边时，我后悔了，我为什么建议让姐姐到姚雪兰的单身宿舍来找姚雪兰呢？

我盯着朦胧的，甚至已变成暗道的河流，我怎么也找不到河流游动着的鱼虾和漂荡的青苔了。人，面对冉冉上升的黄昏，视线就会变得越来越模糊。这模糊甚至让我看不清楚姐姐的那张脸。

脸很重要吗？在更多时候，我们都是在面对人的脸交流，每个人的脸仿佛像一面绘制出河流、沟壑和山脉的地图，它平铺在我们面前，也就是说人的脸就是一张地图，它充满了河流般的流动声，沟壑般的曲线，山脉般的莫测高深。当我突然看不清楚姐姐的脸时，姐姐走在了我的前面，在这样的好几个时刻，她总是走在前面，仿佛一个历险者，正在不顾一切地探测自己的生活。

在一道门的影子边缘，姐姐离门很近，她已经把手放在门上。门开了，里面走出一个女人，很年轻，穿着轻松的浴装，也许刚从公共浴室回来。门是半掩着的，实际上当姐姐把手放在门上时，门就开了。她就是姚雪兰吗？

姐姐看了她一眼，迟疑了一下问道："你就是县城一朵花姚雪兰吗？"女人点了点头。姐姐的目光直视着姚雪兰："我就是罗果，你知道我是谁？我就是张羊的老婆，现在你明白了吧，我为什么要站在你家门口敲门，我就站在门外警告你，作为女人，你太不检点自己的行为了……"
我把姐姐拉进屋，我感觉到好像有人在背后看着我们，有人已经听到了姐姐的声音，我怕影响，一个人的影响太重要了。何况姐姐的声音突然变得又硬又冷，足可以穿破别人的墙壁，让别人听见，随即产生的就是沸沸扬扬的谣传。

然而，姐姐好像固执得很，她怎么也不进屋。不过，她的话已经说完了，她感觉到别人的存在，四周的暗影离我们不远不近。我预感到用不了三天，姐姐寻找丈夫情人的故事很快就会在县城传布。我已经感到这件事的严重性，我即刻把姐姐拉走，当我们顺着护城河边散步时，姐姐一遍又一遍地问我："你看见她的脸了吗？你说这个女人漂亮吗？"我既不点头也不否定，说实话，我根本就没看清这个女人的脸。当姐姐开始说话时，我的头一下子晕了，我感应到的是四周，也就是我们置身的这个环境：它与我们原来是如此息息相关。我现在明白了，为什么谣传如此之快地传播，因为我们的言行总是会受到别人的监视，总有一些人站在我们看不见的地方，研究我们的生活。

当我说我没有看清那个女人的脸时，姐姐笑了一声说："女人的脸是看不清楚的。"我把姐姐送到她的服装铺子，她已经有很长时间没有回家过夜了，从某种意义上说她已经跟张羊分居了。

三天三夜后，谣传和一个女人的坏消息传入了我的耳朵。这个被我已预感到的谣传如此快地准确降临，它把姐姐那天黄昏站在姚雪兰单身宿舍门口的叫嚷声夸张地演绎了一遍又一遍。紧随而来的坏消息与那个女人有关，姚雪兰忍受不了我姐姐的辱骂，割腕自杀了。因为发现得快，才被及时送往医院。

我奔向姐姐的服装铺子，张羊恰好站在里面，在一间十五平方米的服装铺子里，两个人仇恨地对峙着。因为我的到来，张羊仿佛寻找到了契机，他让我多劝劝姐姐，不要让我姐姐发疯，否则的话他将把她送到疯人院去。他说话的声音虽然很低，却激怒了站在一角的姐姐，她扑上前来，用仇恨的声音质问张羊："你凭什么要把我送到疯人院去？"张羊再一次压低声音说："我看你是疯了，迟早要进疯人院去。我告诉你，如果姚雪兰在医院出现了意外，她的生死问题你要负全部责任。"张羊一说完，挥了挥他的西装袖子便离开了。

姐姐愣了一下，随即问我道："你说姚雪兰会死吗？"

我摇了摇头说："不会死。"姐姐显得很畏惧地反省自己说："我那天晚上是不是变成了泼妇，如果姚雪兰真的出了问题，那怎么办？"姐姐突然让我陪她到医院去看看姚雪兰。这个提议让我感到惊讶：人总是如此美妙而又充满了悲伤，它暗藏着悬念，等待我们前去解决。

我决定陪姐姐到县医院去看姚雪兰，我知道姐姐最害怕的是姚雪兰出现意外。如果姚雪兰一旦出现意外，姐姐现在变得很脆弱的神经是无法承受的。我们买了一束鲜花，姐姐一定要让我为她抱着那束鲜花。

在突如其来的黄昏中，我怀抱着鲜花，试问，难道这束无与伦比的鲜花就可以平息姐姐内心世界的那种慌乱吗？我和姐姐来到了县医院，同许多场景一样，我依然能够感觉到有人在窥视着我们。因为窥视者或被窥视者都有殊途同归的命运：我们在这短暂的迷惘旅途上，竭尽全力地相遇，然后探测着我们身体中发出的勾引和迷津。因为我们要么生，要么死，这两种途径，让我们可以变成鬼，也可以变成仙女。世上的途径不外乎与生者在一起玩游戏，与死者在一起变成灰烬。

因此，谣传是由生者传播的。如果没有谣传，故事如何讲下去呢？我慢慢地移动着目光，看着那些窥视者，我明白他们的用意了：在这人生苦短的任何一个时刻，制造声音也是一种喜怒哀乐者的创造。

姚雪兰独自一个人躺在病室中，她闭着双眼，不知道是昏迷还是睡着了。我们悄然走进去时，竟然没有让她醒来，她正在输液，一只硕大的吊瓶悬在空中，犹如悬念难以破解。在姚雪兰的右手腕上包扎着雪白的绷带，那正是姚雪兰割脉的地方吗？病室中有一种透不过气来的气息，我们便离开了。从局势来看，姚雪兰已经脱离了危险。这似乎让姐姐喘了一口气。当我们离开医院时，我和姐姐都不由自主地同时看见了一个男人，他走得很匆忙，以至于顾不上环视四周，他好像很着急地朝前走，他就是张羊。

我和姐姐再一次验证了一个真实：张羊就是那扑朔迷离的谣传中的主角。面对这种真实，姐姐好像变得平静了，姚雪兰脱离了危险，似乎已经让她松弛了一些，她看上去显得累了，她已经无力去搏斗。当我的姐姐在几个月之后呈上一份离婚协议书给张羊时，却出乎意料，张羊当着我姐姐的面撕碎了那份离婚协议书说道："我什么时候说要离婚，你为什么非要在这个特殊的时刻与我离婚呢？"

我不知道张羊所谓的特殊时刻到底是什么？他们仍然维系着婚姻，姚雪兰出院后就调到地区财政局去了，谣传平息下来了，姐姐又回到家里过夜。有一段时间，姐姐的神态显得眉飞色舞，她告诉我一个消息说，张羊有可能调到地区财政局当副局长。现在，我可以揭开张羊的那个特殊时刻了。当一个男人忙于晋升时，是不会离婚的，也就是说离婚在一个男人奔忙于仕途生涯时，会损坏这个男人的形象。

　　我姐姐开始做着一个梦：如果张羊调到地区财政局，她会跟随而去，她要把县城的服装铺子搬到地区去。当姐姐对我述说这个梦时，我看到了她渐入佳境的神态。我却有一种不祥的预感：张羊不会让姐姐到地区去开服装铺子，他会让姐姐留在县城。有些人用一辈子的时间纠缠着距离，而有些人活在世上却用一辈子的时间扩展着距离。

　　张羊属于后者。他扩展着距离，让他生活在两条线之间，他不会让姐姐到地区去，因为那只会离他很近，所以，姐姐的愿望不会实现。通过时间，我似乎越来越了解张羊了。他总是在竭尽全力地捍卫着他的仕途之梦，同时在竭尽全力地写着自己偷情的历史，又不瓦解婚姻。因为婚姻可以是他的保护神，依此下去，姐姐拥有的是一份名存实亡的婚姻。

9

弟弟罗敏开始追求他中学时代的女同学时，他事先跟我商量过。那时候弟弟刚从戒毒所回来不久，他终于感觉活着的另外一种滋味了。首先，让弟弟感觉到尴尬的事情是从他和肖瘦田从县客运站走出来的一刹那，当时，我接到弟弟，带着他们出了客运站。走在他们身边的我也能明显地感觉到别人在盯着他们，议论你的目光。仿佛马蜂窝被捅毁了，一只只褐色的蜂子正扑打着翅膀发出刺耳的声音。

弟弟罗敏小声地问我："姐姐，我们有那么可怕吗，为什么有那么多人在盯着我们？"我没有解释，也没有宽慰他们。肖瘦田家里没有人来客运站接他，听说肖瘦田的父母早离世了，肖瘦田只有一个姐姐，而且在许多年前出嫁了。

弟弟和肖瘦田戒毒归来的谣传升起了一轮又降落下去了。就像那些震动着褐黄色翅翼的蜂子不知不觉飞离了我们的事件。弟弟又去上班了，税务局的领导单独找他谈了一次，无非是鼓励他摆脱毒瘾重新做人的谆谆之语。他们的怀旧茶馆已经不存在了，房东收回了房子，不愿意把铺面租给两个瘾君子。从前的怀旧茶馆里，如今成了放录像的地方，过去回荡着邓丽君的歌曲的茶馆如今正被一些平庸的三级片所代替。

罗敏虽然又回到了小县城，像每个人一样开始了正常的生活，然而，我总感觉到他的灵魂并没有附在他身上。当我们有时候外出时，我总感觉到他的目光会盯着女孩子看，我主动问他说有没有追求她中学时代的同学。这下子，罗敏好像产生了灵感：他问我，像他这样的人有没有资格去追求他梦想中的爱情？他还问我如果他去追求那个女同学，会不会遇到冷遇？很显然，罗敏已经陷入了脆弱的时刻，总有一种阴影笼罩着他。所以，罗敏在我的鼓励下决心去追求那个女孩子之前，我还是亲自去面见了那个女孩。

在县邮电所的柜台前，我就可以看见罗敏梦想中的那个女孩：她正盖着邮戳，已经是下午四点半钟了，她面前堆积着各种颜色的信封，她正耐心地往一只摊开的信封上盖章。因为我经常到邮局来寄稿件已经熟悉她了。可她并不知道我是罗敏的姐姐，而之前，我也并不知道这个叫丁兰的女孩子就是罗敏的梦中情人。

丁兰抬起头来看见了我，问我是不是要邮寄稿件。我笑了笑问她今晚有没有空，我请她吃饭。她显得很诧异，很不明白我为什么要请她一块吃饭。我笑了笑没有解释。她好像同意了，让我等她一会儿，于是，我就坐在邮电所一排椅子上，当我偶尔向外望去时，我看见了下班的人，有的步行，有的骑着自行车。在这里，我需要申述一点现实，八十年代很稀罕的自行车现在已经不需要走后门就可以买到了。不仅如此，县城里已经有人骑着摩托车了，它是一道风景线，当然，只有少数的人骑着摩托车。

突然间，我看见了弟弟的影子，他骑着自行车在邮电所的门外来回地绕着圈。不停地重复着绕圈的弟弟仿佛患上了真正的相思病，我从那一刻就决定了要帮助我弟弟牵线搭桥，一定要让弟弟寻找到他灵魂中的另一半。我似乎肩负着一种职责。

丁兰终于完成了最后一个邮戳，她抱歉地对我一笑，带着谜一样的青春跟着我来到了邮电所不远处的一家小餐馆，她显然带着疑问，不明白我为什么要请她吃饭。丁兰是一个像紫薇花朵般摇曳的女孩子，当我看见她跟着我走出邮电所时，我感受到了紫薇花般的摇曳。在我家庭院中有一棵紫薇花，每当风轻扬而来时，它的树身就会摇曳着，花瓣也在摇曳着。

摇曳中的淡淡的花香散发出一种紫色的忧郁，就像坐在小餐馆对面的女孩，当她盖着邮戳时举止就显得有些忧郁，像紫薇树上的花瓣。我们要了几道简单的菜，现在，时机到了，我向女孩提到一个青年，女孩愣了一下问我："罗敏不是到戒毒所去了吗？"我介绍了我和罗敏的关系。

女孩子丁兰用一种只有她那种年龄所具有的明澈的目光看着我说道："没想到，原来你就是罗敏的姐姐啊。"接下来的话题才是重要的，我肩负着一个姐姐的使命：我想让我的弟弟罗敏寻找到他梦想中的爱情，从某种意义上讲，我希望他由一个瘾君子变为爱情的奴隶。

我告诉丁兰罗敏特别迷恋她后，她惊讶地说："不可能，瘾君子是不可救药的，我是不可能做你弟弟的女朋友的。"我说弟弟已经全面地戒毒了，他是初犯，戒毒很容易，我保证，决不会再让罗敏做瘾君子。我是他姐姐，我一定会保护罗敏不会重蹈覆辙的。

我感觉到眼角一阵潮湿，它不雷同于爱情的潮湿，也不雷同于我父亲去世时的潮湿，它是一种爱，我爱弟弟，从我把他亲自送到戒毒所的那一刻起，这种爱就强烈地上升着：为了罗敏摆脱瘾君子的困境，我可以为他去做任何一件事。丁兰大约是被我的声音所感染了，到最后离开的时候她告诉我说："我可以试一试，目前我还没有男朋友，我想我应该试一试……如果罗敏真的像你所说的那样能摆脱瘾君子的过去，我想，我们会做朋友的……"

　　丁兰的声音让我感觉到一阵兴奋，仿佛我已经寻找到支撑弟弟生命的又一种枝干。它是碧绿的树枝间的明媚的阳光，也是从一阵忧郁的紫薇树上发出的一阵青春芳香。

　　当丁兰的声音犹如花瓣撒落在我面前时，我从内心感谢这个年仅二十岁的女孩子，并从内心希望促成我弟弟和她的爱情之花。当我回到家把这个消息告诉罗敏时，在那一刹那，我突然感觉到罗敏的灵魂回来了，附在他体内。

　　很显然，我得安排罗敏和丁兰的第一次约会，它很重要。我知道县城南边有一家茶馆，它很小又很肃静，是一个刚刚从美术中专学校毕业的青年开的，听说很有情调，我就在这座茶馆安排了罗敏和丁兰的见面。

然而，我却没有想到，我认识了一个男人，他叫简，一个与任何别的男人不雷同的名字。当我看见他时，第一眼看见的不是他的脸，而是他脸上的伤疤，看见这个男人后，不知道为什么我会浮现出英国黑白电影《简·爱》的一些镜头，我仿佛又在镜头中看见了简·爱和罗切斯特的爱情。在很长一段时间里，罗切斯特的形象占据了我的生活，以至于我最后终于弄清楚了：如果我是简·爱的话，我也同样会发疯似的爱上罗切斯特的眼睛，甚至会爱上后来已经失明的罗切斯特。

　　当我进茶馆时，我并不知道，那个脸上有伤疤的男人正在翻一本杂志，而杂志上有我的小说，而且配上了我的一幅照片。所以，当我走进餐馆时，简就朝我看了看，最后他走上来说："如果我没有认错的话，你就是照片上的这位作者，不是吗？"

　　当写作成了我在县城的全部生活之后，爱情同时也离我远去，咖啡商人早就不存在了。我想，有了咖啡商人那位很厉害的广东老婆，咖啡商人必定会与我告别。而此刻，简让我想起了罗切斯特，我们生活中会有真的罗切斯特存在吗？

这种迷失其实是一种期待，我真的没有想到：当罗敏与丁兰第一次会面时，我已经开始与一个男人会面，他就是简吗？接下来，我很快就忘记了这件事情，半个多月以后，简给我来了电话，他从邮电所的电话手册上终于查询到了我家的电话。当他打来电话时，恰好又是我接到了电话。

简问我有没有想起他来，我记不清了，简就提醒我说："我是你忠实的读者，我脸上有一道伤疤，我曾在你们县城朝南的一家茶馆里见过你……"除了李路之外，难道只有游离在县城之外的外地人才会给我的生活带来谜一样的现状吗？

谁会是电影中真正的罗切斯特呢？怀着一种两性之间的幻想我去赴约了。需要说明的是罗敏已经跟邮电所的丁兰交上了朋友。在我的牵线之下，罗敏已经大胆地前去追求他初恋的对象了。那么，我是谁？我抵达了县城南边的一个小茶馆，简就在那里等我。这是一种陷阱，任何我们出入的时间和地点都潜藏着陷阱等待着我们，这就是人的美妙意义吗？为了寻找到一个罗切斯特似的男人，难道我就可以前去与陌生的男人会面吗？我不能违抗内心的召唤，哪怕这是陷阱的召唤。

10

　　第三次在茶馆结束了约会之后，简突然说："你为什么不离开县城。如果你愿意可以跟我走，你可以到省城去生活、写作……"我说我可以考虑，但绝不可能在这种情况下离开。简明天就要离开县城了，当我与他站在茶馆告别时，我才明白了他的身份：简是一名摄影师，一名职业摄影师，总是生活在外地，每年生活在外地的时间有三分之二，在省城生活的时间有三分之一。而当我注视着他的伤疤时，他则告诉我，这是前妻给他留下的一道裂纹。为什么，我所认识的人都带着历史前来与我会面、相遇呢？简邀请我到旅馆里去坐坐，哪怕坐半个小时。很显然，我和简，因为某种吸引力，这吸引力是一种磁场，我拒绝不了去旅馆，为什么我和男人的故事都与旅馆有关系呢？为什么旅馆总是我和男人约会的地方。在旅馆里，简给我看了一些他的摄影作品，他喜欢拍摄风景照片，那些流水、草地、山林以及宁静的图像出现在我的眼前。就在这时，简把他的手臂搭在了我肩上。很显然，我再一次陷入了与肉欲的搏斗之中，男人可以给你带来肉欲，与此带来的还有搏斗。

之后，简说："你不可能永远住在一座小县城，你是作家，你应该学会漫游。"我把简送走了，他给我留下了具体的电话号码，具体的地点，具体的地址中的马路，他还告诉我，他一个人住在一座很宽敞的房子里，里面挂满了他的摄影作品。他还说他生活中最重要的是作品和办展览。

他说话时，我会凝视着他的伤疤。他告诉我说，他的前妻是一名药剂师，就是因为无法进入他的生活，从而嫉妒他太自由的生活，然后，给他留下了一道伤疤，婚姻就这样结束了。我看着人的伤疤，难道这就是我想象中的罗切斯特吗？我的心往下沉着，犹如一些叶片在涡流中沉下去，然后又浮上来。

我暂时无法离开县城，是因为弟弟罗敏，否则我想跟简到省城看一看。我已有很长时间没去省城了，它好像已经离我越来遥远了。值得宽慰的事情出现了：罗敏已经和丁兰公开在县城小世界里约会了。时间一长，罗敏那段历史似乎已经被遗忘，我又看见罗敏恢复了朝气，这朝气是一个青年人脸上的目光和举止。然而，好景不长，有一天午夜，丁兰突然敲开我们家的门，她慌乱地站在我们家院子里，因为母亲在场，她又把我拉到门外。与我们家交往密切的人都知道，我母亲是一个历经了许多沧桑的女人，同时也是一个脆弱的女人，所以大家有事的话都想尽量地瞒过我的母亲。

丁兰拉着我来到了门外，当我们回过头去看时，母亲就站在门口，母亲大声地说："丁兰，到底出了什么事……"母亲已经走近了我们，从夜色中靠近我们的母亲显得像一个幽灵，并且有幽灵般的力量，她强行拉住了丁兰的手一定要丁兰讲实话。我看见了丁兰的两行泪水从面颊上涌了下来，她一说话，我就感觉到世界变暗了，这时刻提心吊胆的事情再次重演了，尽管如此，我还是否定道："不可能，你有没有看错啊……"

丁兰好像已经顾不上什么了，而且在我看上去，母亲比想象中的要镇静得多，她猛然抓住丁兰的手说："我想看看，我的儿子到底有没有在吸毒，你说的那个地方在哪里？"丁兰带着我们来到了肖瘦田的住处，我们所有的人都不知道肖瘦田住在什么地方，包括我，我忽视了这个地址，因为我忽视了世界的复杂性。在黑夜中，丁兰走在前面，母亲走在中间，我走在后面，我们就这样一前一后地朝前奔走着，不知道为什么，世界怎么会变得如此黑暗。我们已经来到了肖瘦田的老房子，这是他母亲留下来的老房子，也是他唯一的姐姐出嫁后留下的老房子。

丁兰带着我们靠近了一道窗户，里面挂着一盏灰暗的白炽灯泡，当我看见那盏灯泡的时候，我看见的好像不是明亮，而是更深的无边无际的黑暗。风使灯泡晃动着，仿佛战栗已经穿过我们的身体，在最下面，在一盏白炽灯泡的最下面是两个男人，两个瘾君子，躺在潮湿的地上毒瘾发作的情景。

我后来才知道，丁兰经常感觉到罗敏的消失，不久之前，罗敏已经搬到税务局分配的单身宿舍，那同时也是罗敏和丁兰谈恋爱的小屋子。起初，那间小屋稳固地扎根在大地上，迎接着丁兰的降临，慢慢慢地丁兰感觉到了小屋的不稳定性，它经常会发出一些让丁兰感觉到恐惧的疑问。有一次，在垃圾桶里，丁兰竟然发现了一只注射器，她发出的疑问却让罗敏显得面色苍白，丁兰问罗敏是不是生病了，罗敏却浑身颤抖地说："我想要，我想要……"丁兰靠近他，拥抱着他，他却推开丁兰说："我想要注射器，我想要注射器。"

跟一个瘾君子恋爱的丁兰，并不知道注射器对一个瘾君子来说意味着什么。她是一个单纯的女孩子，她的原初只保留了这样的记忆：罗敏吸毒去了戒毒所，在戒毒所里戒清了毒源之后已经彻底与毒品划清了界线，所以，她并不了解瘾君子需要注射器意味着什么。在那一刻，她还是以为罗敏病了，是不是想到医院去打针，然而，罗敏推开了丁兰，从抽屉里寻找到了另一个注射器，于是，令丁兰感觉到可怕的事情出现了：当着丁兰的面，罗敏挥动着注射器扎进了自己的手臂，随即嘶叫一声，好像已经从注射器的推动之下感受到了一种满足。

丁兰呆滞地目睹了这一切，她那单纯的心灵突然变得比以往任何一个时刻都复杂起来。她开始研究那个注射器，当她无意之中听见别人告诉她瘾君子与注射器有关时，她绝望地前去寻找罗敏。罗敏正坐在办公室里，有许多人在办公室，她又走了出来。

晚上她去找罗敏时，罗敏已经骑着自行车朝着远处奔驰而去。丁兰骑着自行车与罗敏保持着一定距离。她想在这段距离里跟踪罗敏，因为她终于发现了，与罗敏恋爱已经很长时间了，她实际上并不了解罗敏。

然而，她已经陷入了恋爱之中，不久之前，她和罗敏还谈到了结婚的问题。就这样，肖瘦田的住址出现在她的眼前，秘密也同时出现在她的眼前，她恐怖极了，只好赶来叫我们。此刻在那灰暗的灯光下面，是两个人痉挛的肉身，他们仿佛行尸走肉般活在他们最黑暗的世界里。我终于明白了，我的弟弟罗敏又一次陷入了沼泽，我在电影中看见过草原上大片大片的沼泽地。人如果一旦陷入了沼泽地，挣扎时就会显示出一种徒劳，而且挣扎越厉害掉下去的可能性就越大。

因此，我和我母亲在绝望的情况下迅速地通知了哥哥，我们让哥哥带绳子来。哦，我心灵和肉体激荡着的那根绳子，我曾经试图用这根绳子来捆绑让我认为已经发疯了的姐姐，然而，当我即将想抽出那根绳子时，我姐姐却恢复了正常。

绳子依然在我灵肉身中扭动着，我给哥哥打电话告诉他尽快找到一根麻绳，尽快地赶到我们身边，哥哥住在照相馆里，他好像已经进入了午夜的好梦中去了。他接电话时很恼怒我们为什么在半夜唤醒了他，当他听见要让他带上一根麻绳时他说道："罗修，你疯了吗，要让我带上绳子干什么？"我大声说："你没有时间问为什么，你就带上绳子来见我们吧……"

绳子从黑暗中呈现出来，它虽然是哥哥带来的，却仿佛是从我肉身中抽出来的。我们几个人同时闯进了肖瘦田的老房子，把我的弟弟罗敏捆了起来，之后我们及时把他带回了家。为了避免弟弟叫喊，我们封住了他的嘴巴。母亲不停地环顾四周，看有没有什么人看见了我们，我知道母亲内心的恐惧，她惧怕谣传，尤其从黑夜深处发出的谣传更可怕。然而，我们已经来不及顾忌了，而且我们速度很快，快得就像黑夜中的鼠群迅速地用身体游荡完了一圈漫长的长夜。

我们将弟弟捆绑在他原来的阁楼上，然后上了锁。当我寻找丁兰时，已经看不见她的影子了。我不知道她是什么时候离开的，好像当我们用绳子捆绑罗敏时就已经看不见她的影子了。我抬起头来，天快要亮了，这是曙色即将来临的时刻。我知道，曙色既可以给我们带来新的一天，也同时会给我们的生活带来无限的忧虑。我抬起头来看弟弟住的小阁楼，仿佛听见了他的挣扎声。

11

捆绑一个人的时刻真正开始了。绳子不停地在我母亲和我的手中交替地穿行着，也许，这是迫不得已的选择了：除此之外，我们似乎已经不会再有别的选择了。只过了一个星期，县城中三分之二的人都知道了，或者说通过种种谣传验证了弟弟罗敏被他家人强行捆绑的场景。

首先是罗敏所在的单位，税务局派了两个搞行政的人来家里，表面是慰问，实际是在试探罗敏的情况。其次是熟人，一旦熟人碰到我们家的任何人都会主动地走上前来询问最真实的现状。尽管这件事很丢人，然而，它跟别的事件不一样，在之前，有关我们家的任何谣传都不会有人肯走上前来核对，其原因是什么我不知道。

我害怕出门，我不出门似乎很简单，然而，别的人要出门，尤其是母亲，每天到菜市场去，那里是一个人口流动较大的地方，也是小市民味道比较浓郁的地方。有很长时间，母亲碰到的最大难题就是陈述。这在菜市场很明显，总是会有人走近母亲，开口就问罗敏的情况，是不是真的被捆绑了在家的现实。面对这一切，母亲都坦诚地一一做了回答。有很长时间，母亲每天往返于菜市场，仿佛往返于一座巨大的审判庭，审判母亲灵魂的是拎着土豆、白菜的小市民。

当我发现我母亲比过去已经变得坚强起来时，是我们用绳子捆绑弟弟的那一刻，你很难想象过去那个神经质经常暴发的母亲。那个容易被气味焦虑，突发事件弄得眩晕的母亲，却毫不犹豫地使用着绳子，在那个漆黑的午夜强行地，甚至是秘密地把弟弟捆绑回了家。

母亲已经被一桩现实熔炼成钢铁了吗？谁都知道我们家出了一个瘾君子，谁都知道我们正在用世上最为原始的办法来解决这个残酷的问题。尤其是当我们单独面对弟弟时，那真是另外的一种考验：很显然，绳子激起了弟弟的一种仇恨和反抗，以至于当我们试图捆绑他时，非得有哥哥在场才行。没有男人，单凭母亲和我是无法将弟弟反抗的肉身捆绑起来的。

一旦弟弟的毒瘾发作，即使把他捆绑在一根柱子上，他的身体依然在挣扎，坚硬的绳子经常被弟弟的挣扎折断。他的衣服被磨破了，然后，绳子开始磨破了他的手臂。一阵可怕的毒瘾消失之后，是平静，那死寂一样的平静，让我感到弟弟有没有存在。于是，我会轻轻地打开门，我看看罗敏闭着双眼面对着阁楼的天花板，这就是他的世界吗？因此，一阵扑面而来的忧伤，使我靠近弟弟，他睁开双眼很颓废地看了我一眼，对我说，能不能让他见丁兰一面。这个时候，我似乎才想起了丁兰，想起那个午夜，我们跟着身材瘦小的丁兰前去肖瘦田家里的场景。

那个晚上，丁兰走得很快，她娇小的身影总给我留下了比以往任何一个时刻更强烈的印象：她走在前面，仿佛带领我们来穿越黑暗的地方，召唤已经迷失了方向的罗敏回家。那天晚上，一切都猝不及防，一切都像想象中的那样可怕。现在，我已经记不清丁兰在那天晚上是在什么时候消失的了。

现在，已经很长时间了，如果罗敏不提到丁兰，我都想不起来他的女友了。也许，罗敏的事件搅乱了我们一家人正常的生活状态，搅乱了时空，搅乱了现实中的人和事。我从罗敏的眼里看见了一种思念。当一个瘾君子的毒瘾被压制下去，他的人性又回到现实之中。这墙壁，这微暗灯光，这绳索下的呻吟都无法扑灭那种思念，我升起了一种美好的念头：也许除了绳子之外，弟弟对丁兰的爱情可以治疗他的疾病。于是，我出门了，带着那种湿漉漉的幻想，犹如我在干燥的河丘上发现了一棵碧绿的青苹果树，我站在丁兰上班的邮电所门外，我徘徊了很长时间，决定还是走进去面对丁兰，为了弟弟，我什么事都愿意做。

刚走进邮电所，一阵淡淡的紫薇花的香味仿佛从一把已经打开的扇面中弥漫而来：我小心地靠近柜台，我选择下班前是因为我知道这段时间，只有丁兰一个人在邮电所盖着邮戳。我要尽量避开别人，尽量减少来自外界的压力。

我耐心地倾听着盖邮戳的声音，这样悦耳的重复的声音如此美妙，它暗喻着神秘的信件上的交流所施展的另外一种时光，它是时光之手伸出去的另外一种抚摸，是语言所激荡出的另外一种倾诉。

丁兰刹那间抬起头来发现了我，她的神色战栗了一下，避开了我的目光。我告诉她说罗敏想见她，如果可能的话，让她抽空去看看罗敏。她低声说："我家里所有的人都反对我跟罗敏好下去，他们不让我出门，已经很长时间了。除了上班时间，我已经完全被监视起来了……"她说着，两行泪水已经流了出来。她说她会抽空去看罗敏的，我在她忧伤的眼神中已经感觉到了罗敏给她带去的痛苦。

　　三天后的黄昏，丁兰来了。她对我说，父母去亲戚家了，所以她跑了出来，她待的时间不长。我很欣慰，她来得正好，这正是罗敏毒瘾没发作的时刻。我带她上了阁楼，打开了罗敏所在的房门，让她进去，又掩上了门。这是希望的开端：从某种意义上说，我相信爱情可以产生魔力。这魔力可以融入罗敏的灵魂中去吗？

　　我在楼下的庭院中静静地散步，不断地抬起头来看着小阁楼，就在这时，简给我来了电话。简问我在干什么，我说正在散步。简又问我跟什么人散步，我说一个人散步。简说他正在准备展览的事情，简说他一定要让这次展览成功。并问我什么时候到省城去，我迷惘地说不知道。

　　丁兰下楼来了，她的香味飘到我身边，弟弟跟她下楼来了，这是弟弟头一次下楼来。看上去，弟弟好像已经换了一张面孔：他站在门前，默默地目送着丁兰的消失。从此以后，丁兰经常出现在黄昏，她会顺着楼梯上去，她的忧郁的眼神来临时，我总会寻找到一种希望的解脱。有一次她来得不是时候，她刚进庭院时，也正是罗敏的毒瘾发作时，我和母亲急速地奔向楼梯，丁兰也随同我们上楼，推开房门，罗敏正在地上打滚，我和母亲拿起了绳子，捆绑起了罗敏。

在我们捆绑着罗敏的过程中，丁兰就站在门口，她绝望的眼神看着这一残酷的现实，当我们将罗敏捆绑起来后，丁兰就跑了。她消失得很快，我怎么也无法追上她。从此以后，丁兰就再也没有出现过。我依然想把丁兰找回来，我的目的充满了人性的秘密：凭着我对罗敏的了解，自丁兰回到他身边以后，他毒瘾发作的次数明显地减少了。如果照此下去，我深信，爱情的力量一定会拯救罗敏。

当我再一次来到邮电所，散发出紫薇树香味的女孩丁兰一如往常。正在盖邮戳，然而当她一旦抬起头发现我时，却坚决地拒绝说道："你不可能再让我回到罗敏身边去了，那太可怕了，我已经想好了，我不想再跟罗敏好下去了。"这声音柔软而坚定，我说："罗敏需要你，没有你，罗敏就没有希望了……"她否定道："你别再逼我好不好，我不想再回到那个噩梦中去了。"

不错，这是我们彼此间的噩梦，可我为什么非要让这个女孩回到噩梦中去呢？我走出了邮电所，我知道罗敏失去了一种情感，一种维系他的生命的情感。我沮丧地前去面对罗敏，他正站在阁楼一面，站在窗口往下看去，在这样一个黄昏，他正在等待丁兰。

然而，在我看来，丁兰不会再出现在黄昏，怀着对罗敏最后的爱情，急速地奔向楼梯了。丁兰再也不会出现了。毫无疑问，罗敏陷得更深，他不知不觉地失去了爱情，而他的思念将变成虚无，所以，弟弟毒瘾又再次发作了，在楼下就可听见那种呻吟和困兽般的号叫。我和母亲还有哥哥急速奔向楼梯，每个人都习惯了用这种方式解决令我们棘手的问题，我们展开绳索，世上创造绳索的那个人到底会是谁呢？

绳索强行地抑制了发疯的身体，这就是捆绑，我们一次又一次地学会了捆绑并重复着捆绑。这种上苍交给我们的技艺使我们获得了一次喘息的安心，然而，那渺茫的希望在哪里呢？弟弟有一次对我说，他不知道丁兰到哪里去了，他很想看见丁兰，让我约她出去一次，就一次。我同意了， 在母亲去姐姐家的一个黄昏，趁机把弟弟放出了家门，然而，我不放心，我在他的身后跟踪。

12

松绑后的罗敏第一次走出家门，看上去他显得虚弱，他站在门口呼吸了一下弥漫过来的黄昏，在它的气味中一定飘来了丁兰的味道。罗敏没有骑自行车，而是步行，他太想活动一下四肢，捆绑过的身体长长地置身在阁楼。它不是监狱，却类似监狱，因而它让罗敏长时间失去了自由。

所以，罗敏知道来之不易的自由对他来说无比珍贵，把他送走之前，我已经嘱咐过他，只允许他有两个多小时的时间。因为母亲在两个小时以后一定会回来，罗敏很理解这一切，就像理解我们全家人用绳子捆绑他的肉身一样。

半个多小时以后，罗敏已经站在一幢楼下面，清风吹拂他的面颊，不时有雷声越过我们的肩膀，甚至是轻擦我们的耳朵而过，也许今晚会有一场大雨。我跟在罗敏身后，我既然是他的姐姐，也是一个心灵感应者，我感应着一个瘾君子罗敏的世界里，对爱情的期待会超越对毒品的期待。从某种意义上讲，我希望爱情能产生解毒的奇迹。

这是一幢两层楼的小院子，县城的大部分人都住在这样宽敞的庭院中，丁兰无疑也是如此，同她的家人住在一起。我听见弟弟把手放在唇边打了一个忧伤的呼哨，难道这就是罗敏与女孩子丁兰相约见面的暗号吗？但并没有听见什么动静，罗敏脖子伸得很长，仿佛想变成一枝树枝伸进丁兰所住的房间里。我想，罗敏之所以把自己的头伸得很高，是因为丁兰住在楼上。罗敏又把手放到嘴边打了一串呼哨。

丁兰的脑袋就这样从一道窗口探了出来，她能看得见站在围墙之外的罗敏吗？她会出来见罗敏吗？我藏在不远处的一棵紫藤树下，我嗅到了香味，仿佛女孩子丁兰的味道。慢慢地，我看见一个女孩子出门来了，罗敏急促地上前去抓住了丁兰的手，我听见了他战栗的声音："丁兰，你能原谅我吗？你会给我一段时间吗？你相信我能彻底地戒毒吗？"丁兰很有理性地把手从罗敏的手中抽出来，告诉了他一个出乎意料的现实："不可能，永远不可能，你不要再找我了，我求求你好吗？我的父母说如果我再跟你，他们就去死……我不久就会结婚了……我已经有了男朋友。"罗敏突然又一次抓住丁兰的手说道："这怎么可能，我们不是说好要结婚的吗？"丁兰猛然抽出自己手说："罗敏，请你放开我，请你别再纠缠我，好吗？"她说完这句话就想转身离去，然而，我看见罗敏却伸出双臂抱住了丁兰，罗敏那窒息般的拥抱使女孩子丁兰突然间不再反抗了。我看着他们两个手牵手慢慢地顺着黑暗走去，天已经在不知不觉中暗下来了。

我依然跟在他们的身后，然而，我却越来越看不清楚他们的影子在何处，直到我再也看不见他们的影子。这是徒劳的跟踪，我想，既然丁兰已经跟罗敏消失在黑夜里，那么，罗敏对丁兰的爱情一定充满了希望。所以，我只好回到家，我想，两个多小时后，罗敏一定会准时回家的。母亲突然提前回来了，她告诉我姐姐的婚姻有可能瓦解，张羊已经很长时间不回家了……母亲突然说要让我陪她到弟弟的阁楼上看看。我安慰母亲说，弟弟好像在房间里看书，我们最好不要去打扰他，让他安静一下吧。

我让母亲先去睡觉，其实我想让母亲避开今夜。我已经预感到了：在这个雷声不时呼啸而去又呼啸而来的夜晚，似乎潜藏着什么事。我站在房间里，旁边是铺开了的稿纸，我总是在夜深人静的时刻不时地把头探出窗外，这是我的小县城，我是在这座小县城出生、成长的。因而，我已经融进了县城的黑夜深处去，今夜，我似乎不可能再写什么了，我在等待我的弟弟回家。

随着一阵阵再次呼啸而来的雷声，是呼啸而来的一阵暴雨，我想暴雨敲打着世界，罗敏回家时是不会惊动母亲的世界了。很长时间以来，我一直尽量地避开让母亲承担我们生活的重荷，尽管如此，因为我们贴得太近，母亲却一次又一次地承担着姐姐婚姻的问题，渺茫的人生，以及弟弟的瘾君子生活。对于我，母亲总是私下劝我道："女人在应该结婚的年龄不结婚的话总有一天会后悔的。"

眼下，最让母亲忧虑的问题显然是弟弟的问题，它是与毒相系的问题。毒，在我们的世界中可怕地入侵着弟弟的身体，很长时间以来，母亲用全部的时间和精力投入一件事，那就是让我和哥哥协助她用绳索来捆绑弟弟。只有捆绑才可能让我的母亲安心，每一次捆绑结束，母亲总是汗淋淋地站在一侧，这是她唯一的希望。我发现，每当我母亲抓住绳子，双手总是战栗着，这是一种无助的希望吗？

我想象着我的弟弟此刻正牵着女孩子丁兰的手穿过呼啸而来的雨和呼啸而来的雷声，这样的爱情难道不可以拯救瘾君子罗敏的心灵吗？怀着对这个故事的期待，我把头探出窗外，我希望看见我的弟弟罗敏，此刻沉浸在爱情之中，沉浸在手牵手的时光之中；我希望我的弟弟不要回到残酷的现实之中，在他的那个乌托邦世界里，一定有比现实更美妙的事情，比如，拥抱。我看见了那个拥抱，为什么当罗敏拥抱住丁兰时，丁兰就不再挣扎了呢？因为，每个人都充满着一个属于自己的乌托邦。

已经午夜十二点钟了，摇曳的雨点变小了，我听见了门被推开的声音，我探头出去，看见我弟弟的身影，他潜进了深深的庭院，他潜进了除了乌托邦之外的世界，他轻快的脚步正在上楼梯。弟弟经过我房门时，我拉开了门，我看见了一个浑身湿漉漉的弟弟。他有些羞涩地对我笑了笑，从这个单纯的微笑之中，我已经感受到了他那消失的爱情世界又回来了。

确实，弟弟的爱情挽救了他。罗敏开始很节制地配合我们戒毒，当他毒瘾发作时，他会大声叫唤着："绳子，绳子在哪里？快来救我啊，快用绳子捆绑起我……"这显然是一种积极的戒毒姿态，罗敏意识到了绳索伟大了吗？经历了一次又一次的捆绑，终于平息了罗敏身体毒瘾发作。这样，有很长时间，他没有发作毒瘾了，我们全家人商量了一下，终于做出了一个人性化的决定：让罗敏回单位上班去，让他开始作为一个人的正常生活。

　　我把罗敏亲自送到单位，在罗敏的办公室里，领导来了，他拍了拍罗敏的肩膀，祝贺他戒毒再次成功。我因此放下了一种忧虑，我应该回到我的生活中去了吗？我给简打了一个电话，简说你上省城来吧！在简的声音里，仿佛潜藏着无限的意味，它驱使我去省城，去会见我心灵上另一种形象：我想象中的罗切斯特，他会是简吗？搭上客车，把这种幻想付诸实现，这就是我的生活。因此，我并没有告诉简我正在路上，我怀着一个秘密：这就是在简没有意料的情况下出现在他身边，这就是我的小秘密。人制造的秘密源自快乐，这快乐虽然显得遥不可及，却已经在路上。当我站在简约我留下的地址门口时，是一个黎明，我是搭夜班车上省城的，所以，在车厢睡了一觉，第二天黎明我就到省城了。

　　搭上一张出租车，不到二十分钟，我就找到简生活的地方了。我站在门口，清理了一下嗓音，把预演了许多遍的场景回味了一遍又了遍，才伸出手去敲门。一个穿着睡衣的女人懒洋洋地打开了门看我一眼说："你找谁？你是不是敲错门了。"还没等我说话，女人已经砰的一声把门掩上，我敲错门了吗？我再一次掏出纸条，核对地址的门牌号，可我并没有敲错门呀！我决定再一次敲门，门开了，我问简有没有住在这里。女人看了我一眼说："你是谁？这么早来找简，是简让你找他的吗？"我点了点头，女人让我进屋去，我就进了屋子。

女人的睡衣很露，乳房硕大，我能够感到她那两只硕大的乳房在房间晃动着，女人盯着我手上的旅行包，问我是不是刚刚下车。我环顾着四周，这是一套很宽敞的住房，墙壁上挂满了摄影图片，女人伸了一个懒腰说："简正在睡觉，需要我去叫醒他吗？"简正在睡觉吗？我的罗切斯特正在睡觉吗？他不是说已经和前妻离婚了吗？那么这个晃动着硕大乳房的女人到底是谁？

13

当幻想中的罗切斯特简睡眼惺忪地出现在我的眼前时，带来的无疑是失望。过了一会儿，那个身穿睡衣的女人已经换上了衣裙，拎着她的包走到简身边说了一声再见。看上去，她并非是简的妻子，简并不解释这个女人是谁。从他对这个女人的态度看上去，这个女人并不显得很重要。到我们喝咖啡聊天时，简才告诉我说刚才离去的这个女人是崇拜他摄影艺术作品的女人。简言之，因为崇拜他而做了他的情人，因崇拜他而留下来和他过夜。

我有一种不舒服的感觉，我很想到别处走走。于是，当我坐在他露台上喝咖啡时，我就在想象着在省城还可能出现的故事，还可能遇到的别的人和事。我想起来的第一个人是儿童医院的张阿姨，这久违了的形象，使我怀念起父亲在活着的任何一个时刻，给我留下过一些记忆犹新的时刻，我决定去见张阿姨。当我告诉简我想单独走走时，简说可以用车送我去。我拒绝了，简让我晚上一定回来，我点了点头。

第一次来到儿童医院，在呼吸科我见到了穿白大褂的张阿姨正在耐心地为一个孩子看病。我站在门口看着她的形象，她好像不会老去，不会因变化而衰老。她依然以妩媚的形象出现在我面前。她与父亲的关系对于我是个谜，我并不想解开这个谜，我只是想看看这个女人，在父亲已逝去的很长时间以后，我想看看人世间一切莫测的变化。

就像是简在县城突然出现让我想起了电影《简·爱》中的罗切斯特，因为这个形象代表着一种莫测的变化，也许只有莫测的爱，才会动人心弦。所以，在县城，我爱上了罗切斯特，同时也爱上了一个表面看上去类似于罗切斯特的男人简。莫测的爱也好，莫测的命运也好，都在继续着我们历尽时光之后的沧桑感：当我离开简的房间时，我正在思考着一个令我感到费解的问题：为什么简可以那么容易跟一个崇拜他的女人在一起过夜呢？

直到我见到张阿姨，一个看上去妩媚的女人，穿着洁白的大褂，端庄地坐在门诊，这是她的职业生涯，无论过去和现在，她都在恪守着她的职业，那么父亲呢？在她的生命之中，父亲又是她的谁？把一个已经变成尘埃的死者唤回来，能说明什么。我走了，我悄然离开了，在张阿姨尚未意识到我的影子时我已经离开了。

我想起了第二个人，咖啡商人和他的咖啡屋。如果没有来到省城，我也许已经忘记了他的存在，很显然，无论是已经缥缈的过去，还是置身在现实中的历史，都需要我把咖啡商人忘记。很长时间以来，世事如此莫测，当我和家人不停地用绳子捆绑弟弟的肉身时，仿佛另一种时光也同时在捆绑着我的肉身。

肉身到底是什么色彩？它也许在黑夜中会变得很深沉，像黑色，那墨汁泼落在身上的黑色，那涂鸦似的黑，由零乱到简洁，再由简洁变得混乱不堪；它也许在黑白来临时会变得轻盈起来，像晶体，像棉花，像水的色彩……

直到如今，我们依然不清楚肉身到底可以呈现出多少种色彩。当我站在记忆中的那间咖啡屋外时，我又看见了咖啡商人的妻子，她好像变年轻了，是打扮使她变得年轻起来吗？是这间咖啡屋让她变得年轻起来吗？一个男人从咖啡屋走了出来，他拿着手机正在讲电话。这个男人眉飞色舞，仿佛一边讲电话一边抵达什么地方，咖啡商人的妻子走近他身边，表面上看上去显得若无其事。然而，从我的目光看出去，她是在倾听咖啡商人讲电话。这个场景让我感到很好笑，仅仅这个场景就使我意识到在一个虚假的世界里，是无法寻找到真理和爱情的。这就是我和咖啡商人彼此忘记了的原因吗？

经过一家舞厅时，我突然想起了华尔兹，教会我跳华尔兹的第一个男人就是咖啡商人，很难想象眼前的这个男人就是很多年前教会我跳华尔兹的男人。这也是变化莫测的现实吗？我离开了。现在暮色已临，我要回到简的身边去。一路上我在想：如果说那个留在简身边过夜的女人是简的崇拜者的话，那么我又是简的什么人？当我奔赴省城时，身份很明确，我是简的恋人。而此刻，我怀疑我的身份已经变化了。我敲开了门，简已等候我很长时间了，简显得很有激情，见面后就开始拥抱我。简说："你可以永远生活在省城，为什么非要回到县城去……""我们用哪一种方式生活在一起呢？"我想起了婚姻，我想，如果简在此刻能够严肃地、真诚地向我求婚的话，我也许会留下来。

简说："我们可以同居在一起，这种方式是我喜欢的方式。我相信，像你这样的女人也会喜欢这种方式，不是吗？你在作品中一直在寻找着自由，同居就是男女间极为自由的方式。如果哪一天不愉快了，就可以分手。"

我明白了，这就是罗切斯特，我幻想中的罗切斯特，从他的那道伤疤我看见了婚姻的受挫，所以，一个婚姻受挫的男人再让他进入婚姻之中去是一件很难的事情。从这一刻，我就明白了，我不可能跟简这样的男人继续下去。因为我不是别人，所有人世间的一切我都注定要去经历，比如婚姻。

当简从衣柜中寻找到一件睡衣让我到沐浴间去时，我在无意之中看了衣柜中有好几件不同款式的女式睡衣，我突然感到一种捉弄：幻想在捉弄着我吗？为什么在简的衣柜中有好几件睡衣，难道有不同形象的女人经常与他过夜吗？简敏感地意识到了这一切，他开始解释那些睡衣是女人带来的，在我不在场的时刻，一个未婚男人跟未婚女人在一起也是件很正常的事。

我突然决定不在这里陪简过夜了，当简一边说话一边想送我进沐浴间时，我突然产生了一种距离：简的生活方式离我太远了。当我想离开时，简好像并不勉强我，他给予我自由，他把我送到一家附近的旅馆，他说："你可以想一想，什么时候想明白了，再回到我身边，无论如何，我对你是认真的。"他这样一说，好像已经显示了他对别的女人的不认真，我想起了游戏这个词语。

这个词语很中性，在这个词语之中我在省城的旅馆睡着了，第二天一早我想起了哥哥让我去见女友杨琼飞的事，我本来想，我会在省城住很长时间，我会慢慢去见她的，然而昨天晚上，我突然决定不去见简了。我的幻想中的罗切斯特那么快就已经消失了吗？

直到后来我才弄清楚，简和我的故事缺乏根基，虽然我们认识了，好像相互吸引了。然而，我们的相遇却像浮萍一样，我在省城依然感受到了一种不踏实。所以，我决定回县城去，在客运站买好了车票，我现在去会见杨琼飞。沿着哥哥提供给我的地址，我寻找到了杨琼飞所在的广告公司。

　　一个化着浓妆的女孩跃入我的眼帘，在广告公司门口悬挂着的那幅广告牌上，我已经看到了杨琼飞，她穿着一套内衣站在玫瑰花丛之中，好像对着全世界微笑着。恰好杨琼飞在外景地拍摄广告去了，不在公司。所以，我没有见到她，不过，我已经在广告牌上见到了杨琼飞，我在公司要了一张印刷出来的广告，我想把它带给远在小县城的哥哥去看。

　　然而，我站在公用电话旁给简打电话，简明显有些意外地说："你不能离开，我会给我幸福的。"简来到了客运站，我望着简脸上的那道伤疤，我明白了，简不可能是电影中的罗切斯特，我的幻想结束在客运站的候车室里，在人来人往的候车大厅里。我和简面对面地站着，我和简只是一首插曲而已。就这样，乘着大客车，我已经松开了简的手，在显得有些忧伤的细雨中，我再次看见了简脸上的伤疤，那段已经失败的婚姻总是让简看见过去。此刻，没有我在简身边，也许他会过得更自由一些：那些陈列在简衣柜中的睡衣足以说明简游戏生活的欢娱。我只是一个普通的女人，我不想进入简的衣柜中去，也不想把我的睡衣挂在简的衣柜里……我的梦醒了，黎明降临时，我又回到了县城。我突然产生了这样的现实感：如果我再恋爱的话，我一定跟一个土生土长的县城男人恋爱，我一定会嫁给一个县城男人，做他的老婆。

14

哥哥久久地盯着那张广告画，在里面有他的幻想吗？从那一刻开始，哥哥好像又变成了一个人，一个新鲜、活跃的男人。有一天他对我说他想把照相馆的工作辞了到省城去。我知道他到省城去是为了杨琼飞，我建议他先到省城走走看看，想好了再回来辞职也可以，辞职是一种简单的事，用不着事先辞职。哥哥同意了我的观点，请了半个多月的假到省城去了。在这半个多月的时间里，我似乎每天都会看到一个来自县照相馆的摄影师异常新鲜地在省城快乐地奔走着的场景。半个多月时间很快过去了，哥哥又回来了，他的脸色有些黯然，我问他跟杨琼飞的关系处得怎么样了。哥哥好像有许多心事，在我的再三追问下，他才透露出了在省城的失落：哥哥在省城的旅馆住了半个月，竟然只见了杨琼飞一面，而且见面只有半小时，其原因是杨琼飞在拍广告，无法脱身。这是一个理由吗？哥哥是杨琼飞的恋人，对于杨琼飞来说就显得很重要了。如果杨琼飞把哥哥看得很重的话，她就会寻找时间。

如果把一个男人看得很重的话，这个男人一定会是一块石头，覆盖在一个女人的身上。然而事实不是这样，哥哥并没有完全彻底地成为覆盖在杨琼飞身上的一块石头，所以，杨琼飞可以去拍广告，她只见了哥哥半个小时的时间。这是一个男人的故事，这个男人就是我哥哥罗华，他困守在省城的小旅馆里，只是为了见到从县城走出去的女友，他在省城住了半个多月，唯一想做的一件事就是见到杨琼飞，而这个昔日的女友只给了他半个小时的时间。

哥哥突然告诉我说他感觉到杨琼飞已经变了，他已经开始正视自己了吗？他已经意识到自己对于杨琼飞已经不重要了吗？这就是问题的核心，我们一生都在围绕着问题生活，所以，我们一生都难离开问题的折磨。从我哥哥罗华的眼神中看出，我有一预感：杨琼飞跟哥哥的故事不会再讲下去了，就像哥哥所感觉到的一样，杨琼飞变了。

变。我凝视着棉絮似的云块在浮动着，很多人都害怕预想中的事情在变化，然而，这是无法避免的。许多年以来，我们身边发生了多少事情，父亲死亡，姐姐婚姻一直不稳定，弟弟变成了瘾君子，如今，哥哥的故事又在变化之中。

变吧，该变的事情都变吧，这就是县城。哥哥又上了一趟省城，他似乎不甘心，我有一种预感：哥哥到省城去只是告别而已。我已经在他脸上看到了一串告别的符号在沉沦。它像河流在摆动，县城郊外的河湾总是在我眼前，用不同的方式摆动着。哥哥的脸变成了河湾，它在摆动着，直至两个星期以后，哥哥从省城回来了。

哥哥回来为了辞职，他说他不可能就这样失去杨琼飞。如果他再生活在县城，他就有可能真正地失去了杨琼飞。所以，他一定要到省城去，这与我的判断完全是两回事。

在我看来，哥哥已经与跟杨琼飞告别了，他会在县城安心地待下去了。然而，我还是不了解哥哥，也许是我还没有真正地了解人性。

谁都在这样的一个时刻无法劝诫哥哥，正像我所想象的一样，在这个人口众多的世界上，辞职是一件再简单不过的事情了。它的简单在于我们可以轻而易举地就毁灭了自己的人事档案。一纸辞职书就可以解决你的自由问题。哥哥从照相馆搬走了他的行李铺盖，当他回到家时，母亲诚惶诚恐地问道："你行吗，你到省城去能找到工作吗？"然而，杨琼飞的那幅广告画已经被母亲亲手贴在我们家的会客厅里了，母亲说这正是她最称心如意的事情，言下之意是在告诉我们：由她牵线的这桩姻缘是大有希望的。

于是，我又眼睁睁地、活灵活现地看见了或者说感觉到了哥哥的一种激情：这种激情在很多年前被我看见过，那时候哥哥从黑夜深处不顾一切地推着一辆破旧的自行车，想做唯一的事情，想创造唯一的事件，就是带着他心爱的女人私奔。那时候哥哥的激情从黑夜中洋溢出来，自行车的环行链条慌乱地向前奔驰而去，直到这种奔驰受挫的那一刻。

也许已经有许多年没有看见哥哥的这种激情了，如今，哥哥作为一个男人灵魂的激情又爆发出来：他终于辞了职，像我一样站在防疫站领导的办公室坚决地辞了职，像许多县城的青年一样怀着蜘蛛般的激情辞职，去外面寻找世界为何辽阔的真谛。

哥哥自由了吗，他身上恢复了一种追求：那就是不顾一切地奔赴世上那种未知的世界。很多人为这个世界付出了代价，哥哥也会为这个世界付出代价。辞职只是开端而已，终于，哥哥拎着一只箱子，他带走的只是他的几件换洗的衣物，他的一架照相机而已。

他不让我们送他到车站，他很快地从家门走了出去，此时此刻，我知道等待哥哥的那种未知的命运也许正是哥哥的人生。那个早晨，我们家第一个人离开县城，真正地脱离了县城的世俗生活，乘着普通的客运车到省城去了。三天以后，哥哥给家里打来一个电话，告诉我们他已经顺利地抵达了省城。除此之外的事情，他没有在电话中告诉我们。我站在客厅里，看着那张广告画，在里面，一个从县城走出去的女人用她的身躯尽可能地展现出身体可能具有的价值；在广告画里，这个女孩已经沦为物质生活的奴隶。然而，她是欢快的，她在为内衣做广告，她的身躯舞动着犹如一条水淋淋的水蛇一样，试图穿过整个世界。

从这幅广告画上，我似乎已经隐隐约约地看出了这个女孩子的朝气和野心。这正是我为哥哥未知的命运感到忧虑的地方，不过，所有应该发生的事情都左右不了我们的激情，正像我们无法前去左右哥哥离开一样。

很长时间，哥哥都不再打电话回家，这就是个谜。这个谜折磨着母亲，她总是一遍又一遍地追问：哥哥在省城会不会受骗上当？哥哥在省城有没有生病？哥哥在省城与杨琼飞关系怎么样？这是我们的母亲，她的心灵永远充满了悬念：从某种意义上讲，我们的母亲的心灵世界丰富得像一个地球，所有地球上编织的玄机都在她的心灵中上升着。

在这个暗藏着陷阱的世界上，我总是想方设法地宽慰着母亲，有很长时间，我们的家庭生活很平静地进行着。唯愿这种平静能长久进行下去。然而直到姐姐又一次将我拉进了她的世界，我才知道我们日复一日进行的世界之中回避不了的问题，姐姐的问题始终是来自婚姻。

把婚姻比喻为殿堂的人是在一刹那的圣洁中产生出了

一种无与伦比的感觉；把婚姻比喻为城堡的人，是在一刹那中在任何一条小径上迷了路，从而感觉到四处都是城堡；把婚姻比喻为监狱的人，是在一刹那间困入了一种绝望的牢狱，不能翻身，也不能越狱，所以时刻想获得自由。所有困境都源自我们的情绪，我们是在为情绪而活着的，因而，在前一刹那的情绪里，我们又有可能沦为痛苦的奴隶。

每当姐姐申诉着她婚姻的不幸时，我就感到：我的姐姐已经沦为了奴隶，生活在由她亲手筑起的城堡中，舞蹈着的身体渐渐地失去了旋律。很难想象，一个奴隶的身体会焕发出美妙的旋律来。

姐姐依然美丽，然而，为什么总是追求不到她生命中的幸福呢？此刻，我将陪同我的姐姐到地区去。当问题越来越复杂时，姐姐又一次出发了，让我成为她的同谋，这或许会给她一些勇气和力量。

我很少到比县城更大一些的地区，姐姐也一样，虽然张羊已经到了地区很长时间了，在车上，姐姐已经开始重复地说起姚雪兰这个名字。一个女人反复地说着另一个女人的名字，是因为这个女人已经变成了奴隶了吗？

问题在哪里？姐姐打开了张羊的房间，姐姐说："张羊绝对没有想到我们出其不意地降临。"这就是姐姐，她从这种意境中寻找到快乐并为自己设计了一个圈套。姐姐说："我们要在这房间里藏起来，今晚是周末，张羊一定会带姚雪兰回来过夜的。"

15

本性是难以改变的，在这里，姐姐的本性显形露相，它再一次显露出姐姐探测人性的隐蔽性。首先，姐姐寻找到了衣柜，这个女人藏满秘密的地方，它可以合拢，也可以张扬开去。姐姐久久地站在衣柜前，我不住地推翻她的本性说道："我们用不着这样，我们用不着如此可笑。"姐姐冷笑一声说道："可笑的不是我们，而是男人，而是张羊。如果我今天寻找到了证据，你知道这对我来说有多重要吗？"我不想听到她的回答，我很想溜走，做姐姐的同谋者实在太艰难了。

姐姐猛然抓住了我的手臂说："你不能溜走，你走了，我怎么办？"我无言以答，我既来之，就应该顺从姐姐的意志。在这里，姐姐的意志似乎已经取替了我的意志，它让我的本性被压抑下去，我的本性在哪里呢？如果换一个人，我变成了姐姐，置身在姐姐命运的跳板上，我会怎么做呢？我曾经亲眼看见哥哥罗华为了逃避母亲介绍对象，在无处藏身的情况下，藏进了他的衣柜。

我感到悲哀已经顺着四肢上升了，我们不得不藏进衣柜时，世界似乎突然变小了，稍微有一点响动，都会使我们变得惊恐：我为人性的不测性而感到悲哀，我为衣柜里拥挤不堪的角落而悲哀，我为等待之中的未知性而悲哀。

我藏在最里面，那里面挂满了张羊的男式衬衫，虽然肥皂已经洗干净了那一件件衬衫，我依然嗅到了一种味道：这味道我从别的男人那里也嗅到过，它有冲突，它有无法洗涤干净的气味。难道我们已经再也寻找不到解决婚姻问题的真理了吗？并将婚姻继续下去的意义了吗？

悲哀啊悲哀，我仿佛已经置身于姐姐的位置上，我仿佛已经替代了我姐姐，替代了那个毫无幸福感的姐姐，我仿佛已经替代了她的本性，蜷缩在这又窄小又沉滞的衣柜深处，等待的不是一场幸福的来临，而是一场耻辱的现实生活；我仿佛已经把我的肉身交出去，以此出卖我全部的尊严；我仿佛已经战栗过了，此刻，正在等待着一场人间的悲剧上演。

姐姐却不一样，她即使在衣柜中，依然把头挺立起来，她的本性像是坚硬的茎正在从窄小的世界里冒出来，决不妥协地上升着；她正在集中自己在这一刻全部的心智，倾听着动静，直至被水或火湮灭，也不战栗。这个时刻姐姐等待多久了，这个时刻她已经蓄谋有多长时间了？我能够感觉到姐姐的心慌意乱吗？她那微微仰起的头颈想看到的不是繁星和广阔的海洋，她那微微仰起的头颈，为此想验证的只是一场幸福或不幸福的遭遇，由此，我不得不变成了我姐姐的同谋者。

过了多长时间我不知道，总之，我已经开始打盹时，姐姐轻轻碰了一下我的手臂，如果姐姐不碰醒我的话，我已经开始做梦了。我只要一闭上双眼，进入微眠的状态，就会做梦，因而我患有严重的神经衰弱症。试图在打盹时进入一个梦境的我，会梦见别人吗？我依然缺乏爱情，因而我梦见的要么是一片荒漠，要么是一口水井，如果我能够梦到县城的那眼水井，如果我梦见我趴在水井的石栏上，从水井中看见我的影子的话，那么一定有什么人已经降临到了我身边。

现实中没有这样的意象：与此相反的意象的衣柜，它正在控制我血液的流畅，控制时间奔驰，以及我自由的姿态。我听见了门被打开、合拢时的声音，我仔细地倾听，除了姐姐之外，就是我的呼吸声，它正小心翼翼地喷出又敛回到了自己的胸膛。我听见了男人和女人说话的声音，我惊悚地想到了这样的世俗哲理：背叛一个人是简单的，只需另一个人加入，就可以背叛一个人，同时也背叛另一个人，这就是情感的背叛。

衣柜之外的轻柔的呼呼声仿佛撞击过来，我感到我的姐姐那喘不过气来的疯狂，我使劲抓住她的手掌，她那世俗的手掌，她那布满纹路的手掌，她那焦灼得仿佛想变成灰和火焰的手掌。我想抓住她的欲望，这可怕的欲望如果越过衣柜的话……结局是什么呢？我们每干一件事时，总是在奔向结局，这世上不外乎有两种结局：令人惬意的结局和让人痛苦不安的结局。

姐姐透过衣柜的门缝正往外看去，她会看到什么，在一个男人把一个女人带回家来的世界里，她能看到什么呢？而且从一道衣柜的缝隙之中她又能看到什么呢？我靠近姐姐，哦，原来缝隙并不小，它可以让我们往外看。

我从缝隙往外看只是为阻止姐姐的战栗而已。当我从缝隙中往外看时，一个男人一个女人正在接吻。这个场景足可以让姐姐击碎婚姻生活存在的现实。就这样，我的姐姐发疯似的撞开了衣柜。

作为姐姐的同谋，我也不得不从衣柜里逃出来，终于逃出来了，仿佛抖落了身上覆盖着的压抑和郁闷，我看见姐姐发疯似的奔向张羊。很显然，那个女人已经夺门而去，如果她是一个聪明的女人的话，一定会逃之夭夭的，以至于我和姐姐都没有看清楚那个女人是谁，她是不是姚雪兰。

一场闹剧就这样结束了。我趁机离开了现场，那天晚上我在这个小城市的马路上悠转，夜已经深了，我仍然在转悠，我想，我再也不会去做姐姐的同谋者了。我进了一家旅馆，睡了几小时，第二天一早，我回到了县城。半个多月过后，姐姐又回来了，姐姐又春风满面地回来了。

幸福或不幸福的婚姻在姐姐的脸上寻找不到答案。她给我归纳出了女人对待男人的真理：如果她不藏在衣柜中的话，张羊就会一次又一次地把女人带回家来。她从衣柜中夺门而出，吓坏了那个女人，她让那个女人感受到了她的存在，同时也让张羊感受到了她的存在。张羊告诉姐姐说，他今后不会再把女人带回家来了，让姐姐宽恕他，并且让姐姐别把这件事情讲出去。为此，姐姐很得意地告诉我说："张羊正在升职，在这个关键的时刻，他害怕我，在这个时刻，他要维护我和他的婚姻。总之，我是对的，在男人面前，一定要寻找到武器对付男人。"

在姐姐的服装铺子里，姐姐给我讲述了这个结局。我觉得很苦涩，像是喝了一杯很苦涩的咖啡，我很想把这种滋味告诉姐姐。然而，当我看见姐姐获得胜利的派头时，我感觉到已经无话可说，姐姐还告诉了我一个消息：姚雪兰已经结婚了，她不再做张羊的情人了。

从某种世俗意义上来说，姚雪兰是一个聪明的女人，她妥协了，经历了偷情的生活之后，她又回到现实的低处。在这里，寻找到一个男人结婚，可以帮助自己尽快地解脱出来，而在姐姐看来，是她的威力四射吓坏了姚雪兰。

又看见文化馆拉小提琴的单身男人，他正坐在外面的茶馆喝茶，表面上是在喝茶，实际上却是在守候着什么。凭着我的判断力，我预感到那个拉小提琴的男人和姐姐之间似乎会发生点什么，因为姐姐兴奋地总把眼睛往外面看去，那个男人的出现让姐姐感到兴奋吗？

姐姐越来越爱打扮，因为经常到省城进货，她的衣柜简直与省城的女人没有多少区别。我听到了一种谣言：在一辆去省城的大客车上，姐姐到省城进货，旁边坐着文化馆拉小提琴的单身男人。我想验证这个谣言，便问姐姐，姐姐笑着解释说，这是偶然而已，不知道为什么他们同在一辆车上相遇了，姐姐并不在乎别人如何传播她的私生活，她坦然地对我说："张羊可以有别的情人，难道我不可以试试吗？"

逐渐升起的谣言中有关姐姐和文化馆那个单身男人的故事有好几种说法。它们都在围绕着姐姐的身体开始轮番地讲述：在这个主题中有一个明显的特征：姐姐留在县城不走，是为了那个拉小提琴的男人，姐姐费尽心机地打扮自己也是为了那个男人，姐姐的搔首弄姿也是从身体中发出来的；姐姐已经开始觉醒了，在被男人背叛之后，也在背叛男人。所以，姐姐在那个时刻成了小县城最不安分守己的女人。对此，姐姐对我说："我只是想让张羊知道，除他之外，还有别的男人追求我。"

16

　　姐姐的声音充满了危险性，尝试着在危险中生活，是我们厌倦了原有生活的一种方式。我的姐姐当然也不例外，她厌倦了藏在衣柜中寻找证据的生活了吗？每天都是如此，总有一个男人坐在姐姐的铺子中聊天，这已经不是什么新鲜事了。所有的谣传忙于编织另外的新事物，对旧事物也有厌倦的时候。当谣传不在关注姐姐和文化馆的男人发生的故事时，谣传是在暗中等待实质性的时刻降临，这个时刻当然是隐蔽性的，只有靠想象才能猜测。当我们想象停留在表面的时刻，是无法进入实质。

　　实质性的一个时刻也正是一个危险的时刻。当我正在四处寻找着罗敏时，我已经走到了姐姐的铺子前，夜已经深了，我想敲开铺子门，让姐姐陪同我去寻找。罗敏已经有两个夜晚不归家了，这是第三夜，当我找到丁兰家里时，丁兰出差了，那个盖邮戳的女孩子也有出差的时候吗？所以，借助于丁兰来寻找罗敏是徒劳的，我隐瞒母亲说，罗敏住在单位宿舍，已经事先跟我说过，他这几天加班，就不回家住了。母亲已经过了用绳索来捆绑罗敏的紧张期，在母亲看来，绳索已经捆绑住了罗敏的灵魂，他再也不会失去理性了。

然而，只有我知道瘾君子的背景：他们总是把四肢伸及一片暗淡的地方，他们失去自控是因为总有人为他们提供毒品的来源，我隐隐约约地听说肖瘦田已经彻底废了，就像废物，像荒芜的景象。

我暂且不讲述肖瘦田的故事。先让我寻找到弟弟吧，我是趁母亲入睡以后溜出来的，这对我不容易，哥哥到省城再次追求理想和爱情去了，再也没有回来，家里就剩下我和弟弟了。很长时间以来，在我们家里，我一直是一个十分关键的人物，我的角色在于永远守候着家，既不把自己嫁出去，也不把男人带进来，这是一种十分乏味的生活。然而，正是这种生活可以让我变为守候者。

我的角色在于我参与家庭生活中的每一事件，我渗入了他们的生活。在我面前，所有秘密都会被我揭开，从某种意义上说，我是秘密的收藏者，无论是任何人的故事都可以收藏在我这里；我的角色在于我研究人性，我始终理解这种人性，并柔和地伸出手去触摸到人性之花的开放和凋零。所以，我是我们家庭中必不可少的成员。

此刻，已经离姐姐服装铺子不远了。县城太小，走几步就是一条街道，再走几步就走完了一条街道，这就是小县城，穿巡在我生命中的类似于秘密并把秘密收藏在我灵魂深处的小县城。远远地，我看见了一个人影，他让我想起了小提琴，因为他是这座县城小提琴拉得最好的人，也可以这样说，他是小县城唯一可以炫耀小提琴的男人。我早就听说过他的名声，因为小提琴，他有了名声，而他就是与姐姐发生故事的男人，他们的谣传曾经沸沸扬扬，现在好像又平息下去了。

因为小县城太丰富了，每个人都创造着属于自己的故事，也可以这样说每个人都可以成为别人的谣传。我已经渐渐地适应了这种谣传，因为我们已经在层出不穷的谣言中成长着，直到把自己磨炼成钢铁。然而，我们任何人都无法把自己变成钢铁，因为我们任何人都有十分脆弱的一面。

文化馆拉小提琴的男人曾经有过婚史，它夭折了，他是单身男人，他可以去追求任何女人，姐姐是他所追求的女人吗？现在，我看见他已抵达了姐姐的服装铺门口，他是来赴约的吗？可夜已经很深了，他刚把手放在门上，门就开了，随即门打开得很快，仿佛想迫不及待地拒绝门外的另一个世界。我犹豫了一下，我还是得去敲门，因为在这样一个半夜，让我前去寻找罗敏，实在是一件十分渺茫的事情，该寻找的地方我都找过了，我实在不知道应该到哪里去找了。

我还是站在小铺子门口，我犹豫了一下，把手放在门口，还未等我敲门，突然传来一阵狂热的呼吸声，不是一个人的呼吸，而是两个人交织在一块的呼吸声。随即灯光熄灭了，我站在铺子门外，刚才还从门缝中弥漫出的灯光消失了。在一个只剩下呼吸声的黑夜世界里，只剩下姐姐和拉小提琴的男人，这个世界不是姐姐称之为背叛的世界吗？在这一刻，我活生生地感觉到了姐姐开始背叛她的婚姻了，姐姐开始尝试危险的生活了。

就在这个夜晚，我还是没有伸出手去敲门，随着灯光的熄灭，我已经离开了铺子。当我回转身看一眼时，我似乎充满了两种不同的期待：在头一次期待里我试图希望看见灯光重又亮起来，那可以把小小的服装铺子照亮的灯光，似乎可以让姐姐的危险生活回到岸上去；在后一种期待里，我希望灯光熄灭，在这个散发出县城夜色之味的世界里，我希望姐姐的服装铺子就像一条船帆在他们的世界中漂游而去。

然而，两种结局都没有出现，另一种意想不到的结局却走进了我的灵魂。当我正穿越一条幽深的小巷道时，我想从这条小巷道中回家去，因为太徒劳了。现在我才发现，在夜色缥缈中寻找一个消失的人简直是在迷宫中行走。因为你根本就缺乏一个人走进迷宫的钥匙，所以，我决定放弃了。我太迷惘了，我决定回家了。

小巷深处的几个模糊的影子在飘动，让我吓了一跳。我以为是遇上鬼了，我听说过许多版本的鬼故事，在每一种版本中，鬼却出现在半夜，引诱鬼出场的是深沉的黑夜，是人在进入睡眠时刻的午夜。就在我奔跑时，我绊倒了，我绊倒在一个软乎乎的动物身上，这是鬼吗？

在一道炫目的光泽下，我不知道这道光泽是从哪里出现的，它帮助我在那一刻看见了一张脸，我弟弟模糊的脸。这张脸正变得像一张鬼的脸谱，尽管如此，我还是知道，他不是鬼，是我弟弟的脸。在这黑漆漆的小巷深处。我弟弟倚着墙壁在干什么呢？我看见小巷旁边的肖瘦田，还看到了另外两个我不熟悉的面孔。还没等我进入状态，我就听见谁，他们之中的谁打了一声呼哨，这是一声垂危病人般的呼哨，它不清脆，但沙哑，可以让我想象出那打出的呼哨来的沙哑的脖颈之间被什么东西卡住了。

还没等我再进入另外一种状态，几个人影已经像鬼一样从我眼前消失了。我惊魂未定，眨着眼睛，交织在我眼前的这个世界使我突然进入了现实：我的弟弟新一轮的瘾君子生活开始了。

这是残酷的一刻，是在今夜无法左右的，也是我左右不了的。我变成了鬼魂，我就是鬼魂，在这样一个夜里，不知道上哪里去，也不知道到哪里去寻找我弟弟罗敏。而就在这一刻，从姐姐的服装铺子里，从一道微微打开的门缝里走出来一个男人，他就是拉小提琴的男人。他好像在低头奔走，手里还夹着一根香烟，我知道，从一个世俗的窗口我知道一场偷情片断已经结束了。

我站在了姐姐的服装铺前，敲开了门后，姐姐披散着头发站在我面前警觉地问道：你是来监视我的吗？很显然，姐姐已经在我的眼睛里发现了什么。在我的眼里交织着两种色彩：它就是鬼魂，它就是鬼魂把我纠缠住的一个时刻，它就是追问，它在追问一个秘密，一个危险的秘密。

我走进铺子里，我嗅到了肉欲的味道，刚刚在这个小世界结束的事件，留下来的仅仅是一种味道而已。姐姐警觉地问我道：你看见他了吗？你是不是监视我，我为什么就不能有自己的生活，我为什么就不能背叛我的丈夫和婚姻？我说出了罗敏的事，在这样一个时刻，我突然对铺子里散发出的肉欲之味产生了一种说不清楚的厌恶，我大声说："你知不知道，我看见罗敏又在吸毒了。"姐姐扣紧了松开的衣扣紧张地问我道："这可能吗？他不是已经彻底戒了吗？"

在这个世界上什么事情都可能发生，像姐姐这样的保守派曾经仇恨过别人偷情的世界，而姐姐现在也开始偷情了；弟弟曾经在我们利用绳子捆绑的现实中被奴役，这是我们全家人的希望所在。而此刻，这个世界破灭了，难道我们要再一次使用绳索来捆绑他吗？然而，即使现在我手里有一根绳索，我也不知道到哪里去捆绑我的弟弟，这就是我的悲哀所在。

17

　　根本就寻找不到弟弟的踪迹，我去了单位，弟弟已经有半个多月未出现在单位了。突然有一天，弟弟跑回来了，宣布他要和丁兰举行婚礼，日子已经选好了，我吃了一惊，把弟弟拉进阁楼，问他吸毒的事情。他伸了伸舌头，告诉我，他曾经拒绝不了诱惑，因为肖瘦田又出现在他身边。有一阵子，肖瘦田似乎彻底消失了，也就是我们全家人用绳子捆绑住罗敏的那些日子里，肖瘦田莫名其妙地从县城消失了，有人说他是不是死了。这样推断不是没有先例，之前，出现过一个出了名的瘾君子，变卖了家里的全部家产，他是一个孤儿，后来死在阴沟里。

　　肖瘦田到底死了还是活着，这件事很快就被人忘记了。在这个世界上，我们可能会铭记一场动人心弦的爱情或一场动人心弦的告别。然而，我们却不会长久地铭记住一个瘾君子的未来在哪里。肖瘦田像死亡之谜一样消失了，从某种意义上讲，看不见他的存在，仿佛也就看不见弟弟罗敏的陷落；从某种心理上讲，我希望我的眼前可以出现落日前夕的模糊的身影，可以出现奸细和背叛。然而，我却害怕看见肖瘦田这样的瘾君子，这种畏惧渐渐消失的时刻，罗敏却告诉我肖瘦田又回来了。

罗敏对我发誓说他已经和肖瘦田彻底划清了界线。罗敏把界线这个词语说得铮铮有力，仿佛铁落在地上，仿佛镜子被灰尘蒙住，现在擦亮了。我想我还是应该去见肖瘦田一面，无论如何我都应该去面对肖瘦田。他的存在会使我以及我们全家人感到不安心。所以，悄然来到肖瘦田的家门口敲门，前来开门的人不是肖瘦田，而是一个温州妇女。她告诉我说她已经在半个多月前买下了肖瘦田的房子。我问她肖瘦田去哪里了，她说不知道。我把头往里面探了探，看见院子里堆满了鞋盒，我想起了这个温州妇女的面容来，她就是在县城开鞋店的那个女人。

肖瘦田已经出卖了父母留下的房屋，这太可怕了，我回到家把这个消息告诉了罗敏，他阴沉着脸告诉我说这件事他早就知道了，他突然绝望地对我说："所以，我害怕自己走到肖瘦田的绝路上去，所以，我必须尽快和丁兰结婚。我想，结婚以后，有了丁兰守住我的心，守住我的身体，一切都会好起来的。"

罗敏的眼睛里出现了希望，因而我的眼前也出现了希望。从而驱使我说服母亲帮助罗敏尽快地准备好结婚的新房和家具。我们请来了四川木匠，有一个多月家里堆满了木屑和木泡花，它们撒落得越多，似乎越能够让我们看到弟弟的前程。我每天踏在木屑上，我不住地宽慰自己道：弟弟就要结婚了，我的弟弟就要结婚了，谁也无法再把弟弟拉进瘾君子的行列中去，结婚会像一道墙壁牢牢地束缚住弟弟的身体。

我来到了邮电所，丁兰依然在平静地盖着邮戳。我很感激她在这样一个特殊的时刻决定把自己嫁出去，而且不在于弟弟曾经是瘾君子；我很感激爱情附在这个女孩子的身体上的魔力，我希望这种魔力能使弟弟罗敏真正寻找到属于他自己的生活。

这是弟弟的阁楼，通过四川木匠，我们打通了旁边一间过去的储藏室，因而房屋变宽变大了，有三十多个平方米，很宽敞。弟弟就要失去他单身阁楼的生活了吗？我有些不敢置信这样的事情，在我们一家人中，最让我感到不安和忧虑的就是弟弟的生活了。其他人的生活包括我自己的生活，尽管出现了危机，然而，任何危机都没有弟弟潜藏在身体中以及带给我们的危机这样恐怖。

我害怕这种恐怖，当我和母亲不得不用绳子舞起来的那一时刻，那恐怖就像吸血鬼一样咬噬着我的身体。此刻，我站在这间突然间变得宽敞和明亮的房间里，它将成为弟弟和丁兰的婚房。这个世俗问题会真正地改变我弟弟的命运吗？

丁兰来看新房了，弟弟罗敏牵着她的手上了楼。如果这一刻能够成为永远，那么我的弟弟就不会沉入地狱之中去了。我在楼上似乎已经听见了一阵阵窃窃私语，他们像县城许多即将举行婚姻的未婚夫妇之样，在这样一刻，怀着饱满的激情，这种饱满像土豆、像玉米粒，像脱离了树身的葵花粒，像日月递嬗的圆满。在这样一刻，捆绑罗敏的那根绳子已经消失了。从我们的生活中消失了吗？

新房落成了，从四川木匠手下脱颖而出的新家具散发出油漆和木味，全家人大都置身在这种快乐之中，连姐姐也来了，在这个时期，我的姐姐不再跟我谈论她丈夫的名字，我已经好久没有听见那个男人的名字了。而与此相反的是姐姐谈论得最多的是旋律，因为旋律代表着那个拉小提琴的男人吗？在这种微妙的关系中，姐姐的心灵好像起伏着。

在这个时期，所有人都在为弟弟的婚礼做准备。姐姐到省城批发服装，为弟弟和丁兰挑婚服。就在举办婚礼的前三天，弟弟牵着丁兰的手到街道办事处领结婚证书去了。丁兰让我去看她手里那本红色的结婚证书时，突然对我说她最不放心的还有一件事，这件事情是什么，还没等丁兰开口，我就保证道："不会的，我感觉到弟弟是真心地想与你永远生活下去。如果有你生活在他身边，他绝对不可能有别的陷阱降临……"丁兰急切地说："你能保证吗？你的感觉是正确的吗？"我点了点头。

若干年后以我才明白：我所保证的任何一件事都被时间推翻了。实际上，当我保证一件事时，是我生命最为虚弱的时刻。当我面对那个清澈的女孩子，那个永远盖着邮戳生活在一成不变的现实中的女孩面前时，我也是虚弱的。从某种意义上讲，我的虚弱产生了虚幻的骗术，我保证的话语隐藏着不可知。因而它是一种美妙和骗术。然而，不那样对女孩子说，女孩丁兰的心灵能够饱满地面对未来吗？而且，我的虚弱使我面对弟弟，我让弟弟面对着护城河水保证他永永远远不会再做瘾君子的时候，我望着迷人的河水流淌着，水底的小鱼虾依然像任何一个时刻一样自由舒畅地生活着。弟弟的声音听起来坚定，它是弟弟怀着梦想时的期待，我被这种声音笼罩，唯其如此，我们那颗虚弱的心灵才可能安静下来。

　　就这样，婚宴落下了幕布，当弟弟和丁兰送走了最后闹新房的年轻人时，我听见他们上了楼。姐姐临走时问我什么时候结婚。在姐姐看来，我的恋人在别处，在省城，不会在县城，因为我生活中出现过咖啡商人和简；在姐姐看来，我只是暂住在县城，总有一天我会离开的。

　　有一件事情我一直来不及讲，它就是我与简的故事。不久前，简开着一辆越野车来到了县城，他只是路过县城而已，简约我见上一面。我就来到了简从前待过的那家小茶馆，简已经坐在最里面，简说他结婚了，跟我见过的那个女人结婚了。然而，他忘记不了我，经过这座县城时他还是想见到我。

　　我把他想抓住我手的小小的期待破坏了。我挣脱出他的手心，对他说："我要结婚了。""跟谁结婚，这个人我认识吗？"你不会认识他的名字，当我这样说话时，虚幻产生了。简说他本来不想结婚的，他的目光盯着我说："我还是想把你带到省城去，我还有一套房子，你可以住在里面写书。"我拒绝了，我明白简的意思，他除了让我在他的房子里写书之外，还想让我继续做他的情人。

我送走了简，我想这一次我再一次坚定了我想永远留下来的决定。当简的那辆越野车在县城郊外扬起一阵灰尘时，一辆大货车突然停在我身边，李路从车上下来，站在我面前。我已经有很长时间没有见到李路了，他告诉我说他最近离婚了。我吃了一惊，问他为什么结婚又要离婚。我提出的问题好像显得有些愚蠢，我们站在路上，他并不知道我刚送走一个男人，他说能不能到河边坐一坐。于是我们就来到了河边。

我和我的初恋男友似乎又回到了从前：然而，那个时刻已经不见了。经历了许多难以言喻的历史，此刻，李路突然对我说，他还是怀念我们从前的时光，问我能不能跟他再回到从前。我抬起头来看他，他就是这座县城的男人，我曾经想过我一定会与一个县城的男人结婚的，这个男人是他吗？从那以后，我和李路又开始来往了。

18

李路带我进入了他刚买的一套新房，这是一座二层楼的房子，他原来的房子已经留给前妻和孩子了。当李路说让我嫁给他的时候，我正站在他宽敞的露台上，当我朝下看去时，突然看见了一个人，肖瘦田在那个黄昏出现在我的视线中。李路说肖瘦田已经无可救药了，只要见到过去的朋友，他就会跟朋友借钱。李路显然还不知道肖瘦田与我弟弟的关系，他继续向我求婚，并说如果结婚就实现了他初恋时的梦想。

而我却紧盯住肖瘦田，一种渐渐平息下去的忧虑又开始上升，回到家我做的第一件事情就是叮嘱丁兰。那是一个休息日，丁兰正在洗衣服，我把她拉到角落，石榴树已经有花蕾了。昨晚还下了一场细雨，淋湿了树身，青绿色的树身散发出一种纯净。然而，我不知道，肖瘦田为什么又回来了。世界是难以预测的：我看见了肖瘦田，就像看见鬼怪。"肖瘦田又出现了。"我告诉丁兰，她仰起头看着石榴花蕾说："你是害怕罗敏又去找肖瘦田吗？"我点了点头。丁兰说："不会的，他每天晚上都向我保证说幸福来之不易，他一定会珍惜现在的生活。"丁兰面色洋溢着一种不可否定的幸福，只有她具有足够的判断力，证实她和罗敏的现实生活。我的忧虑因而减退了，我想，家庭是很重要的，它可以尽可能地生长人们心灵中的绿色的枝蔓，一旦被枝蔓缠绕，别的东西便无法生长了。

我仔细地观察着罗敏，这是一种近距离的观察，他推开门从县税务局下班时，这是他从外面世界回家的时刻，这个时刻很重要，可以让我进一步看着他的气色，脸上的气色代表着灵魂的第一种色彩。弟弟的气色不错，仿佛刚刚被明媚的阳光滋润过一样，很健康。自从与丁兰结婚以后，他的气色就越来越好了。其次是观察他的眼神，从这一点上讲，我从来都认为我具有独特的优势。我是研究人的，从某种神秘主义的意义上讲，我是研究人性的。眼睛是人性敞开的一道窗口，所以，我在观察着罗敏的眼神。突然间，我感觉到了他的回避。当罗敏心灵敞亮时，他的眼神总是正视着你，而当罗敏满腹心事的时候，他就会用目光来回避你，我太了解罗敏了。

他不想用眼神与我对视，而且他的眼神竟然有些怯懦。这暴露出一个问题：罗敏既然置身在刚刚开始的幸福的婚姻生活中，为什么眼神中还会流露出怯懦呢？我决定进行一次远距离的观察。在罗敏上班的路上，我跟踪在后面。这是午后，一个懒洋洋的午后，我之所以抓住这个午后，是因为罗敏突然回家来了一趟，他往常中午是不回家的，他的中餐在单位的集体食堂吃。而这个午后，我听见罗敏上楼。几十分钟以后，罗敏又下楼来了，我从窗口探出头去，第一次感觉到了罗敏显得有些行色匆忙行走，我突然想起了一个危险的人来，他就是肖瘦田。

我总是能在一次又一次的意象之中抓住肖瘦田的影子不放手，因为人性和罪恶告诉我说：肖瘦田这个名字和形象意味着深渊和陷阱；我总是能在一次又一次的现象之中与肖瘦田相遇，并且无法推开，这噩梦似的形象，因为常识告诉我世界上没有无缘无故的爱和恨。

眼前飘过弟弟的懒洋洋的影子，弟弟站在街道中央看了看四周，仿佛电影中奸细的神态使我感到了一种不测。我突然再一次感觉到了弟弟的两面性，他已经向着一条小巷道拐进去了，在我恍惚的几秒钟里，弟弟竟然消失了。在这样一个时刻，弟弟的消失一定是一场阴谋。我在小巷外守候了两个多小时，始终都不见弟弟的影子。

两天以后，我在书房中听见弟弟和丁兰的第一场夫妇之间的争执，尽管声音很小，我还是听见了这样的诘问：抽屉里的一张存折突然不翼而飞了。这个诘问当然是由丁兰发出来的。

　　然而，这个诘问却使我想起了肖瘦田，我现在才意识到肖瘦田的出现意味着什么，当我突然意识到罗敏已经很长时间不骑自行车上班这个问题时，我才发现自行车早就消失了，在抽屉里的那张存折之前就已经消失了。丁兰紧张地带有神经质地来到我的房间里，插上门闩问我罗敏会不会再次吸毒。我们两人低低的声音在房间中摩擦着，我们不想让母亲听见，因为在我们看来，母亲代表着一个世界。如果让母亲听见了我们的声音，就是让一个世界听见了这种声音。

　　声音中交织着我们的全部恐惧，丁兰告诉我过去每到发工资时罗敏就会把工资的三分之二交给她，留下三分之一自己零用。而现在，几个月了，丁兰从未收到罗敏的工资，不仅如此，连他们唯一的一张存折也消失了。在这个现实问题面前，我们突然感到了瘾君子死灰复燃的状态。丁兰的眼神显得无助而绝望地说："如果他真的又吸毒了，那我就跟他离婚。"

我把这个消息告诉给李路，他吃了一惊，在那个阶段，似乎再没有别的男人可以替我承担这种沉痛，它覆盖在我身体上。李路说肖瘦田既然是罗敏的朋友，那就太危险了。因为肖瘦田的存在，意味着毒品的来源。就这样，在这个危机四伏的时刻，我趴在李路的肩上痛泣着，因为在家里不敢痛泣出的声音，终于喷发出来，因而我的泪水就像七月的暴雨洒湿了李路的肩膀。

李路开始陪我像影子一样跟随在罗敏的身后，终于我们在城郊一座已经废弃的电厂发现了几个瘾君子在里面吸毒的场景，里面有罗敏，里面有肖瘦田，其余的几张面孔很陌生。李路采用了我们原来的办法，走进去用绳子捆绑了罗敏，把他拉到了货车上。李路说就让罗敏到他那里去吧，他可以对付罗敏的。事情只好这样了，我又想到了母亲，她代表着一个强大的世界，所以，我希望这事件不要让母亲太痛苦。

我和丁兰严密地保守了秘密，统一了一个理由，罗敏到省城去了，也许半个多月或者一个多月才回家。这样一来，李路三层楼的家就成为我和丁兰经常往返的地方。李路把罗敏捆绑在二楼。在捆绑中，罗敏好像又认错了。他一次又一次地把头垂在地上，坚定地说，他决不会再见肖瘦田了，他决不会与城里的瘾君子们来往了。

当罗敏说话时，我看见窗外那片树林葱绿着，李路曾经告诉我说，当他买下这套房子时就想到我，他想到了我和他的未来，他想让我面对着这片葱绿的小树林写作。这就是李路，一个货车司机，一个经常满身油垢的男人的愿望吗？

在李路的捆绑之下，我们的心就像冰雪一样开始融化了，我们再一次为弟弟罗敏松开了绑，其理由是丁兰怀孕了。这是一个重大的理由。其次，弟弟看上去很忏悔，他像所有的瘾君子一样反省着自己的道路，坚定地痛改前非了。我们被他感染了，我们三人研究之后，决定为他松绑，当绳子再一次滑落在地上时，弟弟自由了吗？

当弟弟自由时，好像肖瘦田也同样消失了。有人说肖瘦田不仅仅是一个瘾君子，而且还变成了穿巡在几个县城的毒犯。所以，当弟弟获得松绑之后，我们却防范着四周，唯恐又一次看见肖瘦田的影子。弟弟又归于现状，并陪伴着已经怀孕的丁兰去散步。唯愿丁兰的怀孕能够彻底地改变罗敏的灵魂世界。

当我们接到哥哥罗华的电话时，意外地听见他即将在省城开一家小型照相馆的消息，他邀请我们全家到省城去参加他的开业。尽管如此，尽管我们费了很多口舌，我的母亲依然不愿意跨出城门一步，罗敏也无法离开已经怀孕的丁兰，姐姐要守候她的服装铺子。看来，只有我到省城参加哥哥的开业仪式了。值得欣慰的是，罗华终于在省城寻找到了他的位置，我想象着他与杨琼飞的恋爱，如果没有杨琼飞，哥哥是不会到省城去的。

现实生活改变了我们每个人的命运，当我出现在省城客运站时，我又想起了父亲、咖啡商人、张阿姨和简。哥哥罗华开着一辆二手车到客运部接我，站在他面前的女人不是杨琼飞，而是一个我不认识也从来没有见过的女人。罗华说这是他的女友桃子。杨琼飞到哪里去了？这么快杨琼飞就已经结束了与哥哥的关系了吗？哥哥在省城买下了房子，一套二居室的房子。就在我到达的那个晚上，哥哥跟我简单地讲述了他与杨琼飞之间的情感变化。

19

杨琼飞是怎样的一个女孩子，从一开始她就意味着是哥哥生活中的一次插曲而已。插曲无处不在，随处飞来的云朵也可以是插曲，偶尔落在身上的花瓣也是粉红色的插曲，站在月台上突然听到一阵陌生的呼喊也是一个插曲，在我们的生命中，我们可追寻到许多片刻的暂时的舒缓的、悲哀的、动人心弦的、由衷的、令人口渴的迷人插曲。

当杨琼飞被母亲作为牵线之中的另一个年轻美妙的女孩子朝着哥哥走来的时候，我的哥哥已经离婚很久了。那时候的哥哥经历了人生中作为一个男人的两次重大的引人注目的事件：私奔失败以后以及受挫的婚姻。

母亲给哥哥介绍了好几个女人，哥哥都似乎显得很冷漠，唯独对杨琼飞表现出一点兴趣，随即这兴趣变成了热情。因为我哥哥人生中的另一个插曲飞来了，从插曲的意义上讲，他私奔的失意是一个插曲，他受挫的婚姻同样也是一个插曲；从插曲的意义上讲，所有经历了没有结局的故事都应该是一个插曲。

杨琼飞带着她的梦想离开了县城，她希望在跟着陌生人进入省城的未来中有一天与哥哥在省城相遇，这个理想激荡在哥哥的心中。所以，当杨琼飞作为广告模特被印刷在纸上时，哥哥凝视那份印刷品，我们都知道漫天飞舞中的印刷品意味着什么。

它似乎给哥哥带来了迷惘，同时带来的却是希望。就这样，哥哥辞职了。在那个时代，辞职需要一种勇气，而勇气则需要一种希望，它在召唤我们，给予我们想象力。在那个时代，所有人的想象力都可以分为两种：一种是形而下的想象力，它是一种现实，比如吃饭穿衣一样的现实，它附加在我们的肉身上，就像沉重这个词语一样让我们为个人的世俗生活而搏斗；另一种是形而上的想象力，它是一种虚无，比如我们站在一棵石榴树下欣赏花开花落一样缥缈，它同样附加在我们的灵魂之中，却看不见，也摸不着，我们为它的存在而付出了虚无的代价。

当哥哥辞职时，两种想象力都在他肉身和灵魂深处激荡着，他辞职了，只带着一只箱子就乘长途客车奔往省城。他的第一种想象力当然是爱情，这是一种形而上的想象力，所有爱情都是虚无的，杨琼飞虽然存在，然而爱情却是从灵魂中上升的。因为爱情的激荡才可能激起第二种想象力，形而下的想象力来源于一种现实的基础，哥哥想在省城落下脚来，想寻找到另一种生存的契机。当哥哥满腔热情地出现在杨琼飞的身边时，杨琼飞并不显得很激动。当时，杨琼飞正在化妆，因为所有的广告摄影师都打好了灯光，等待着杨琼飞的出场。

哥哥就站在摄影师的走道上，他好不容易来到这里，他去广告公司找杨琼飞，当时他手拎着箱子，一个刚进广告公司的女孩子把他带到了这里。他很激动，也许他看到了摄影室，这摄影室真大，有县城的照相馆的好几倍，他在干净的、宽敞的走廊上等待着杨琼飞的出场。

他已经知道了杨琼飞正忙于化妆，他怀着炙热的心绪在等待，他不顾长途车的满身风尘站在这里，只是为了等待一首插曲的演奏吗？杨琼飞走出了化妆室，他便不顾一切地迎着杨琼飞而去，他满以为杨琼飞会向他一样激动地迎上来，忘情地迎上来。然而，他被冷落了，杨琼飞说："你怎么来了？"言下之意是我不知道的情况下你就来了，这是为什么？

杨琼飞走向了摄影师，那是一个披着长头发的摄影师，比哥哥时髦多了，他好像已经跟杨琼飞形成了一种十分默契的关系，用不着留长发的摄影师讲任何一句话，她就可以随意地摆动作。她穿了一条短裙，她正在做着一个夏天的广告，摄影师不断地按下了快门。

很长时间过去了，哥哥就一直站在走廊上等待着杨琼飞。终于结束了，杨琼飞的目光与摄影师的目光短时间很灼热地碰撞着，她似乎同时之间也意识到了哥哥的存在，在这一切旁边确实是哥哥的影子。他取代不了那个留着长发的时髦的摄影师。他只是一个来自小县城照相馆的摄影师，为了爱情，为了一个女人，他来到了省城。如今，他已经站在杨琼飞的面前，杨琼飞走到那个摄影师面前低声跟他说了几句话，然后靠近了哥哥。

杨琼飞接下来所做的事就是带着从县城来的男朋友住进了一家旅馆，打开客房门的几十分钟内她就讲述了自己在省城的个人奋斗史，那只是一些过去的片断，却被她讲得很悲壮。她说她不可能是过去的杨琼飞了，她已经在变化，她的个人奋斗史写满了她的变化。

当她把一沓钱交给哥哥让哥哥开一家照相馆时，言下之意是在告别。哥哥理解了她的意思，推开了杨琼飞递给他的纸票说："我不会收下你的钱，我已经决定在省城开照

269

相馆，但我不会收下你的钱，请你收回它吧。"杨琼飞松弛了一下说她很愿意为哥哥找一家铺面，因为她来省城的时间很长，哥哥没拒绝。三天以后，她就为哥哥租下了一家铺面，然后站在哥哥面前宣布道："我与你的关系到此已经结束了，我们就暂时不见面了，好吗？"哥哥从那一刻就主动地、积极地从杨琼飞的生活中退了出来，在他看来，那个蓄着长发的摄影师也许就是杨琼飞的男朋友。

很长时间，哥哥都在力图做着两件事：第一件事就是慢慢地接近这座城市，慢慢地融进省城的生活习俗之中去，让自己磨灭许多的县城人的生活方式，包括磨灭饮食、穿衣的习俗。所以，哥哥亲自装修着那间简陋的铺面，它毕竟是他的开端，他要把自己的想法全部装进去，他甚至亲手粉刷墙壁。第二件事就是慢慢地忘记杨琼飞的影子，这件事做起来并不艰难，也许是杨琼飞真正与哥哥恋爱的时间并不长，而且她分开的时间又很长，见面的时间、厮守的时间很短。所以，杨琼飞已经在不知不觉中变成了一首插曲。

在装修铺面的时间里，哥哥认识了桃子，她就在哥哥的铺面一侧，桃子开了一家发廊。也许是因为这个女人的存在让哥哥想起了他的前妻，他很快就与桃子来往了。他与桃子不断来往的另一个目的当然是想尽快地通过一个女人忘记另外一个女人。

桃子和他共同买下了一套两居室的房子，就这样，哥哥开始了他在省城的生活。杨琼飞在这之间再也没有来见过哥哥。听完这个故事，我并不感到有多少惊异，在我的感觉中，哥哥这个人与别的男人不一样，他好像是为了创造自己的故事而活着。

然而，让我未曾预料到的是在开业的这一天，杨琼飞出现在眼前。她变了，她确实变了，她的天真神态已经消失，曾经出现在我的眼前的那个小县城的女孩子的形象已经消失了，取而代之的是一个距离我遥远的女人。因而我甚至看不清楚她原来的肌肤的特质，也看不清楚她目光中的语言。尽管她很热情，然而她的热情包藏着一个变化之谜。她给哥哥送来了一个巨大的花篮，待了几分钟就奇特地消失了。我看见哥哥目送着杨琼飞的背影，桃子也目送着杨琼飞的背影，我还看见桃子好像走上前去，质问哥哥这个女人是谁？从桃子那种略带嫉妒的眼神中，我看见了女人与女人、男人与女人之间的困境。

然而，毕竟我的哥哥已经在省城拥有了他的小小的照相馆，他实现了他的梦想。当天晚上，我接到丁兰的电话，我能够感觉到她作为一个孕妇那种气喘吁吁的焦灼。她告诉我让我尽快回家，罗敏又在吸毒了，我没把这个坏消息告诉哥哥。每个人承担的东西都不一样，于是，我在第二天就乘坐客车回到县城。在之前，我本想去看看咖啡商人的咖啡屋，尽管他已经在我的生活中彻底消失了，他的影子让我想起了华尔兹舞；我还想去看一看张阿姨，我越来越想证实一种关系，张阿姨在过去的时光里是不是我父亲的情人；我还想去见一见简，他的存在也许已经让幻想中的罗切斯特消失了。然而他还是简。然而，瘾君子的生活确实坏了我的这一切心绪。我直奔我生命的县城，只因为在这个世界上，它既是我的出生地，也是我的成长地。

20

　　我知道一场徒劳的捆绑又开始了。与此同时，当绳子穿越在我和母亲手中时，丁兰回娘家去了，她挺着腹部，像是沿着小镇走到丘陵中去的风景，很多时候我都置身在丘陵中，有的丘陵像丰乳，有的丘陵像女人有身孕时的腹部。

　　丁兰战栗着，从我回县城的那一刻她就一直紧紧地拉着罗敏的手臂，她用尽了全部的力量哀求罗敏。那些语言使我又一次感觉到了细雨落在枝丫之间滚落下来，细雨沿着瓦蓝色的屋檐沟滑落下来，细雨淋湿了我们早已经放弃的绳索。

　　罗敏好像在刹那间被感动了，感动这种东西是突如其来的，所以，也会在倏然之间消失。有好几个白昼和夜晚，生活似乎显得出奇地安静。我喜欢安静的时光，它没有欲望，它在静止之中像流水一样涌动；它不急躁也不悲哀，它传达出的只是一种安谧。仅仅几天过去了，罗敏又不行了，第一个发现罗敏不行的是我，丁兰怀孕仍然去上班，她似乎无法离开邮电所，她已经习惯了每天站在邮电所盖邮戳。

　　罗敏迟迟未去上班，我听见了楼上的杂乱声。我跑上楼去，罗敏正在拉开衣柜，所有衣柜事实上都已经被拉开了，而且所有的抽屉也已经被拉开了。我站在门口，罗敏没有看见我的存在，他正在竭尽全力地寻找什么，我知道罗敏寻找什么，他是在寻找存折，或者现金，或者有用的东西。

　　不久之前，罗敏取走了存折上的钱，罗敏还卖了自行车和手表，然而，我们又一次想尽办法控制了他的毒瘾。而此刻，新一轮的毒瘾又降临了，他最大的现实无疑就是钱，没有钱，他就无法买到毒品。我突然明白了，在这无助的时刻，我又一次意识到了我们目前面临的最大的选择：这就是控制好罗敏，让他身无分文，唯其如此，他才会远离毒品。母亲已经站在身边，她与我一样在同样的一个时刻意识到了击败罗敏的武器：还有绳子，这粗野的从原始生活进入二十世纪末期的一根绳子，它就握在我的手中。

　　母亲已经不信赖于任何力量了，因为任何力量都产生不了绳子的魔力，因此，她一直储藏着坚硬的，又长又结实的绳子，用来捆绑她的儿子，是她绝望中的唯一的选择。

我看见母亲前额上的一些白发，在不知不觉中，母亲竟然出现了白发，弟弟又一次被捆绑住了，而且母亲对我说："这一次我们要准备打长战，要每天捆绑，要白天黑夜捆绑他……"丁兰收拾东西回娘家时，她告诉我，她又一次发现所有的一点积蓄都完全从他们婚姻中消失了，她想她无法再与罗敏过日子了，我看见绝望写在她的脸上，在她的孕期斑纹中战栗。

当丁兰离开时，罗敏发出了一声嘶叫，仿佛野兽的嘶叫。然而，已经来不及了，我来到了楼下拉住了丁兰，我依然想劝诫她，然而丁兰回过头来冷漠地质问我道："你不是在我们结婚之前向我保证过吗？我就是听了你的保证才嫁给罗敏的，你毁了我……"

丁兰离开之后，我一直在反思她说的话，也在反省我说过的话。语言在这一刻显示出了它的不可靠，它的虚假，我从来没有像现在这样厌恶言辞，所以，我想寻找一个世界回避现实。除了语言之外，除了捆绑我弟弟之外，难道我就没有别的世界了吗？就在这一刻，李路靠近了我，肉欲与爱情交织在这一刻的世界里，我逃避到了李路的房子里。我对母亲说:"我要旅行去了,我太累了,我想一个人静一静。"于是,我把捆绑罗敏的事情交给了母亲一个人。

我拎着包,里面装着书籍,尽管语言如此不可靠,然而,我依然离不开书籍,我在那个傍晚敲开了李路的门。他刚跑长途回家,我们拥抱着。就这样我坐在房间里开始阅读书籍,除此之外,我和李路还听邓丽君的歌曲,就在我们一边倾听歌曲一边回忆往事时,我们听见了那样的噩耗,邓丽君死了,像任何一片树叶从树上消失一样离开了这个世界。

我看见了李路脸上潮湿的两行泪水,我从未看见李路流过眼泪,即使我多年前离开了他,没有嫁给他,他也没有流泪,而此刻,他却为邓丽君的死亡流下了眼泪。所有男人都迷恋邓丽君,他们比我们女人更加迷恋邓丽君。李路让我跟他去跑长途,我没拒绝,途中我们经过一个小镇,离缅甸最近的一个小镇,天已经黑下来了,我一定要让李路停留一夜,让我们在这个小镇住上一夜,李路同意了。然而,他并不明白,我为什么非要停留一夜。

我在李路的陪同下在小镇散步,很久以前我就是在这个小镇堕胎的。这个秘密一直神秘地被我保存了许多年,在夜风吹拂下，我太想吐露这个秘密了。因为我面对的这个男人就是曾经让我怀孕的男人，然而，我还是抑制住了这个秘密，有些秘密应该由自己承担一辈子吗？

我还是想起了在那个小镇旅馆中吹口琴的男人，那时候，当我来小镇堕胎时，他是出现在我生命中的一张脸，一种乐器，一种再见和告别。所以，等到我拿着他递给我的名片到省城去时，当我给他打电话时，他就忘记我了。因此，我知道了一个与男人有关的真理：男人可以制造快乐之谜，他们在旅途中不断地培植快乐，也可以不断地遗忘身后之事。所以，男人在前进，女人却在后退。

女人是在不断后退中前进的，我就是例子。此刻，我后退着，我已经后退到了一个边缘之境：在一个离缅甸很近的小镇，我重温着多年以前我堕胎的情景，我重温着一种乐器、一张名片、一张男人的脸。

我上了李路的货车，因为我保守住了秘密，所以，他怎么也不会想到许多年之前为了一种逃避，一种微小的自由，我在这里独自堕胎。这秘密再一次越过了小镇，我们结束了一次长途旅行之后重新回到了县城。

回到家的第一件事就是从母亲的脸上看到了另一个世

界，因为母亲是我进屋之后遇见的第一个人。所以，我从母亲的脸上看见了滚动的乌云，我来到了小楼上，无论我逃到多远的地方，我始终要回家，因为这是我的县城，这是我的家。

我走上前去给弟弟松绑，我想跟弟弟谈谈。我把弟弟带到了护城河边，我把邓丽君离开的消息告诉了弟弟，因为弟弟基本上被隔离了，他不知道这个世界发生了变化。我想用他所迷恋的邓丽君离世的悲恸感动他，这显然是我自身的一种虚无的愿望。

邓丽君这个名字可以震撼我的弟弟吗？他坐在河边，把头垂在双膝上，我没看到他流泪，也许他已经把泪水流在膝头上。接下来，我跟他谈论他的婚姻，谈论丁兰和她的身孕。那天下午，我们来到了丁兰家的门外想把丁兰接回家去，然而那门始终都无法敲开。

三天以后，丁兰回来了，不过她手里拿着一份早已经拟好的离婚协议书。这份离婚协议书对弟弟的震撼很大，他刚想说话，丁兰移动着脚步，坚决地说："我已经想好了，我不会再跟你生活下去的，请你决定了就在离婚协议书上签字吧。"丁兰说完就离开了，我追到楼下，她回过头来仇恨地说："你别再说话了，我不希望你再保证什么，我肯定是要离婚的，我已经想好了。"

罗敏追上来，前面走着孕妇丁兰，旁边走着我弟弟，那是县城一道很独特的风景：谁都可以通过这道风景看出，瘾君子罗敏幸福的婚姻生活即将瓦解了。尽管如此，在这瓦解的一刹那，瘾君子罗敏想挽救他的婚姻，所以，他走在丁兰的身边，也许正在发誓，也许正在忏悔，也许正在这漫漫旅途之中，在这迷惘的世界的一角追回他昔日的幸福。

丁兰的脸上写满了绝望和冷漠，无论罗敏在县城的街道上如何追赶，丁兰都不回头。在那个世界里，一切都已经瓦解了，只等最后的契约之书被撕毁。在很长时间里，整座县城仿佛是一座审判大厅，各种各样的声音充斥着、评判着，所有人都站在丁兰的那一边，所有人都滋生对无辜者的丁兰的怜悯，所有人都在痛斥着瘾君子的罪恶生活。二十世纪九十年代就这样过去了，法院宣判了丁兰和罗敏的婚姻无效。

下部：二十一世纪初

忧伤的二十一世纪初期来临时，我的弟弟罗敏依然在县城与他的瘾君子生活搏斗。而我姐姐的婚姻已经瓦解……所有开始的尚未结束，因为我们依然活着。在活着这一强大的事实面前，我依然藏在县城的迷宫中讲故事。

1

罗敏奔跑着，无论是我还是母亲，都无法追赶上他。于是，母亲说："走吧，就让这孽种走得越远越好；走吧，走吧，别去追他了。"于是，我们放弃了追。追，这种姿势很荒唐，我们经历了两种姿势：在前一种追的姿势中，往往是我们跟着罗敏跑，他在前面跑，我们看着他的影子在追。这种追是有目标的，是可以看得见的。在后一种追的姿势里，我们看不见罗敏的影子，就像前景缥缈、一片雾霭。所以，这是一种无边无际的追。时间一长，我们就停下来了，因为根本就看不到罗敏的影子，我们只好放弃。

就像我的姐姐罗果放弃了婚姻。进入二十一世纪的第三天，姐姐和张羊的分居生活从一个世纪进入了另一个世纪，所以，他们坦然地承认了婚姻的失败，决定去离婚。

张羊的仕途并不美妙，他感觉到自己努力追求的某种目标已经出现了下坡路，所以，他认为离婚的时刻到了，他们双双到街道办事处。女儿判决给姐姐，张羊一身轻松地离开了姐姐，离开了县城，回地区去了。听说这么多年来他一直跟一个女人在秘密地同居，没有人知道那个女人是谁，她不可能是姚雪兰。

张平惠就是姐姐的女儿，也是我的侄女。她从一所卫校毕业回到县城时，正是我和母亲追赶罗敏到路上的时候，那是客运部，我们总以为罗敏一定到了客运站，乘长途气车离开县城。自从他和丁兰的婚姻瓦解以后，我看见罗敏的精神全部坍塌了，越是到夜晚，那坍塌声就越剧烈。

夜里，罗敏就开始用头撞墙壁，这大约是他毒瘾发作的时间，他想用最剧烈的疼痛来分解自己潜在的毒瘾。那时候，我就想，如果丁兰能在身边就好了，如果他和丁兰的婚姻存在着，他的内心就不会如此坍塌了。黑夜过去之后，罗敏就想跑，起初他是赤裸裸地跑，从楼梯下来，从我们眼前走出去，然后才是跑。后来我们阻止了他，他就从窗口爬到地上跑，然而，成功了。当我们发现他不在楼上时，才开始了追。这就是第二种追法：这虚无的追，这无边无际的追注定要失效。

　　于是，我们看见了张平惠，她的影子很少在我们的生活中出现，从小到大，她因为父母婚姻的裂纹，总是生活在她奶家里，后来她考上了卫校。她已经十八岁了，身体像杨柳，柔弱地倚依着这个世界，从看见她出现在我们身边时，我就预感到：新鲜的故事出现了。

　　首先是职业，一个十八岁的卫校毕业生肯定与医院有关。她的母亲，我的姐姐费尽了周折，她说她真不容易，为了女儿，她什么都愿意做。她决定去见县医院的副院长，她说她跟县医院副院长有些交情，我不知道这是一种什么样的交情。她让我跟她一块去见副院子，试探一下有没有可能进县医院。

　　我抬起头看一看张平惠，她的父亲好像把一切都割断了，他本可以帮助他的女儿，然而，他把所有的这一切全部推给罗果。而我的姐姐也不愿意张羊插手这件事，她从内心永远地与张羊隔离开去，永远都没有一丝一毫的关系的那种决定，从宣判离婚的那一刻已经开始了。为了女儿，姐姐决定让我陪她去见副院长。

　　姐姐着了一身新装，那或蓝或白的裙子，那双尖细的高跟鞋，披在肩上的大波浪式的发型，无疑来自姐姐的摩登精神。从姐姐开服装铺子之后，这种摩登精神越演越烈，以至于人们私下评判姐姐是我们县城中最有风韵的像果子一样瓜熟蒂落的女人。许多年过去了，姐姐的摩登精神依然光彩照人，她对我透露了一个秘诀：我要让所有人看到我在快乐地生活着，我要让张羊看看，没有他，我照样漂漂亮亮地活着。这就是姐姐摩登精神的原初力量。

我们来到了副院长的办公室，他是一个五十多岁的男人，穿着白大褂迎候着我们，我想他一定与姐姐事先约定了时间，所以，我们一进屋，他的脸上就堆积起了热情：从已经升起的几道并不明显的皱纹中舒展开的热情，像沸腾的水一样上升着。之前，我隐隐约约地听说过县医院的副院长的名声，他除了是一个有名声的外科医生外，还有来自和女人的绯闻。

所以，一走进他的办公室，我就开始研究他的微笑，他的笑很暧昧，很含糊。姐姐一进屋，他就盯着姐姐的全身，这种探索式的目光，使我一下子想起了那些游走式的绯闻，它像泡沫，也像落叶。他从姐姐手里接过了与张平惠有关的一堆资料，告诉姐姐说，没问题，他会尽力的。

于是，我们告辞了。事后，姐姐问我张平惠有没有可能性进县医院。我说："试试看吧。"在等待的日子里，张平惠跟县文化馆的小提琴手学习拉小提琴。很显然，在母亲的服装店，张平惠认识了母亲的男朋友。

一个多月以后，张平惠进了县医院。这有些出乎我的意料，因为太顺利了。姐姐谈论起这事时说道："任何事情都要付出代价的。"我感觉到了她眼里一种复杂的情绪，我问道："你付出了什么代价？"姐姐回避着我的目光。

毫无疑问，我们所置身的所有事件都应该付出代价，我也应该如此。前去面对李路和我的关系，我记不清楚李路对我是第几次求婚了。在那个晚上，我还是拒绝了他，我对李路保证说等他跑长途回来的时候，我一定会把明确的答案告诉他。第二天，李路就跑长途去了。

这是一个梦魇，这是一个现实的深渊：当半个多月以后，我终于想清楚了，我应该嫁给李路，那个早晨，一个货车司机把车开到了门口，他是李路的朋友，他让我尽快去救李路，他说他在路上时看见了一场车祸，然而他没有想到是李路出了车祸。于是，他在深渊中把李路背到了路上，并且把李路装在车厢里拉了回来。他所经过的地方没有好的医院，到处都是简陋的诊所。

就这样，在一个湿气弥漫的早晨，他把李路交给了我。我们把他送到了县医院，姐姐听说消息后迅速地赶到了医院。她的目的很简单，要让副院长来帮忙抢救李路。

在所有人的眼里，我都是李路的女朋友，理所当然，我应该是他的女朋友。李路一直在流泪，当我们把他从货车车厢中抬下来时，从他身体中流出来的血已经染红了车厢。副院长来了，他见状就对我说，流血太多了，耽误的时间太长了。我看见他皱了皱眉头，我一看到副院长皱眉头就意识到某种劫数。然而，我一定要改变这劫数，因而，我走到副院长的身边去，请他一定救活李路。姐姐走到副院长身边，碰了碰他的手臂，表达出了她同样的愿望。

抢救李路的时刻来到了，我坐在急救室门外，我不知道在这一刻，为什么想紧紧地抓住李路的手，告诉他，我可以马上嫁给他。如果可能的话，我现在就可以嫁给他。姐姐坐在一边，她安慰我说："副院长是一个外科医生，他一定会救活李路的。"

然而，我生命中难以逃避的劫数在等待着我，因为流血太多，已经耗尽了李路的生命。就这样，李路从急救室里推了出来。李路的前妻来了，她一见到我就用沙哑的声音诅咒我道："是你这个妖精害死了我的前夫。是你这个妖精破坏了我的婚姻。"她好像是刚刚从客运站的修理铺中赶来的，她穿着已经改变了款式和色泽的工装裤子，弥漫出油垢的衣装在我们眼前晃动着。我忍受着这一切，我已经决定承担李路的后事。

终于只剩下我独自一人了：我和李路的父母把他安葬在山上，在我父亲的公墓之外，是一大片私人墓地。缓缓飘动而来的热风吹干了我面颊上的热泪。当所有人离开之后，我想单独面对李路。我眼前出现了一辆波兰大货车，从那个时刻开始，我的生命就与李路有了联系。然而，也就是从那一个时刻开始，我错误地酿成了一次堕胎事件。除此之外，我错误地拒绝嫁给李路。这两件人生的事件仿佛已经让我远离了李路，所以，我们注定要告别。

2

肖瘦田出现在县城电影院门口的台阶上时是为了借钱，这时候电影院又热闹起来了，许多美国大片进入了县城，不过，昔日的大电影场已经被分割成微型的电影室。进入二十一世纪，这个世界很多东西都变成了微型，因为敞开的窗子越来越多，而空间却越来越小，就连县城的电影院也被分割成微型空间。

美国电影刺激着县城更年轻和保守的两代人。电影院又热闹起来了，所以消失了很长时间，几乎已经被人们遗忘的肖瘦田出现在电影院门口时。许多人都在追问：肖瘦田竟然还活着吗？好奇的人们慢慢地走近他，是想证实肖瘦田是否还活着。

在一个又一个的传说中，肖瘦田已经死了，瘾君子的末路最后自然是死亡。而且肖瘦田的性格决定了他必须死，这种死跟所有人的死法不一样。死法和治法都是根据人的性格和命运来判断的，像肖瘦田这样固执的、不可救药的瘾君子当然只可能死于毒品。

谁也说不清肖瘦田为什么依然活着，而且是用如此的手段活着。当我看见肖瘦田时，他穿一件米黄色的风衣，布满了油垢的风衣袖子在迎风舞动，他竟然在电影院门口，离他越近，我就越感到一个无灵魂可申诉的男人正在盯着自己的朋友。

一旦昔日的朋友出现，肖瘦田就会走上前去紧缠着这个朋友不放，他需要的是钱，所以，他开口闭口都是借钱。一旦被肖瘦田缠住的朋友只可能有两种结局，它取决于被肖瘦田刚开始纠缠的第一个瞬间，正像世上存在着愿意被纠缠的人或者不愿意被纠缠的人一样，第一个瞬间很重要。不知道为什么，肖瘦田竟然认识许多朋友，凡是他叫出名字的人，他都认为是他的朋友。所以，他都以朋友的方式走上前去，伸出手来握着对方的手。于是，被肖瘦田缠住的第一个瞬间就这样来临了。

于是出现了两种人：不愿意被纠缠的人很快就会抽出被肖瘦田握住的手，尽管肖瘦田的手只剩下了骨头。然而，当这只手具有欲望时，却显得有力量。所以，你需要用点力气才可能摆脱肖瘦田的纠缠。一旦你的手抽了出来，你就要尽快地离开，还没等肖瘦田张口，就尽快绕开这个陷阱。因为，你根本没有时间跟这个无可救药的瘾君子纠缠。

于是，肖瘦田放过了你，转而盯着那个已经走上电影院台阶的第二种人。肖瘦田紧紧握住第二种人的手，开始借钱了。肖瘦田的声音沙哑地穿行着，你为了摆脱他不得不掏出自己的钱包，前去满足肖瘦田的愿望。

当我迎候着肖瘦田的目光而上时，我既不是前一种人，也不是后一种人。怀着一个目的，我还是想通过肖瘦田寻找到弟弟。因为我知道，他们是同类人，而且我也知道，弟弟通过肖瘦田不断获得毒品。当我迎着肖瘦田的目光走上前去时，我看见了那个被缠住的男人，好像是工商银行的柜台职员。他不得不从自己的钱夹子里掏钱，递给了肖瘦田，就这样他才结束了纠缠。

那两张纸钱在肖瘦田的手里颤抖着，他显得很满足、很舒畅，正准备从电影院台阶上撤离时被我盯上了。就在这个时刻，我决定不走上去面对面地质问他，我想跟踪他，我想唯其这样才好让我看一看在这样一个逐渐上升的黑夜里，像肖瘦田这样的瘾君子到底要去哪里？因为他早已无家可归，那么他会去哪里呢？他穿着米黄色的风衣飘荡着，哼着一只歌曲，我想那一定是邓丽君的歌曲，邓丽君已经死了，这个瘾君子知道邓丽君死了吗？

他好像朝着城外走去，在看不见五指的夜色之中，为了寻找弟弟，我依然在跟着肖瘦田，他已经来到了一座已经废弃的加油站，这只是一家用木材搭起来的两层楼的加油站。二十世纪的八十年代，我曾经坐在那辆时髦的波兰大货车上，跟着一个货车司机去省城，那时候的我穿一条橘红色的喇叭裤，唯愿自己是世界上，起码是一座小县城里最为时髦的女孩子。

我记得很清楚，货车司机李路曾经把车停在城郊的这个加油站加油，呛人的汽油味仿佛钻进了我的身体，从那一刻开始，我的生命就已经与李路有关系了。当肖瘦田从这座废弃加油站钻进去时，我感觉到一种恐惧。如果我一旦走进，会不会卷进一场无法摆脱的纠缠之中去呢？于是，我正犹豫的空隙，却突然听到一阵脚步声，它是从加油站四周的麦田深处传过来的，好像我听见了一阵呼哨声，肖瘦田就出来了，举着一个手电筒。当我们生活中已经消失了手电筒时，它出现了，一道刺眼的光线射向了麦田。于是，手电筒灭了，肖瘦田走向了麦田，直到后来，我才想象出了一场交易。瘾君子肖瘦田正用从电影院门口索取来的纸票从对手中换取毒品。直到后来，我才突然明白了，麦田里传来了的脚步声是毒品的提供者，所以，当我意识到这一切时，已经晚了，我是在第三天才意识到这一切的。而在那个晚上，那个伸手不见五指的晚上，我怎么也没有勇气走近加油站，更缺乏勇气去独自面对瘾君子肖瘦田。我撤退了，就像那个不愿意被纠缠上的人一样积极地撤退了，因此，在余后的时间里，我一直在回想着麦田里的脚步声以及那个手电筒。

我终于明白了，这是一场罪恶的交易。于是我找到了派出所的朋友，我痛恨这种交易，我想依靠我一个人的力量是无法摧毁这种交易的。所以，我报了案。于是在接下来的一个夜晚我们守在废弃的加油站的麦田深处，金黄色的麦芒刺痛了我的肌肤，如同瘾君子的生活刺痛了我的心灵：我想通过肖瘦田寻找到弟弟，这种愿望是如此强烈。

那天晚上，我们困守了好几个小时，然而麦田里没有传来脚步声。派出所的警察和我只好包围了加油站，然而在布满了废弃的塑料水管的加油站，我们一无所获。肖瘦田又一次消失殆尽，穿着他那件米黄色的风衣消失在了世界的尽头深处。就在之后不久，哥哥来了电话，告诉我们一个意想不到的消息，弟弟罗敏到了省城，他已经决定留下弟弟在照相馆帮忙。

弟弟出现在了省城，出现在了哥哥的照相馆，这是我们谁都没有想到的事情。弟弟早已被单位除了名，已经从单位消失了好长时间了，当然要除名。弟弟所在的单位已经忍耐了好长时间了，谁都无法长时间地忍耐一个瘾君子的消失又归来的现状。

有关弟弟的现状，哥哥没有过多地讲述。母亲催促我到省城去看一看，这恰好是我的新书出版的时刻，省书店邀请我到书店搞一次签名售书活动。现在，高速公路的修建已经缩短了县城到省城的距离，我已经来到了省城，两小时以后，我已经到省城新华书店签名售书了。这是我第一次面对我的读者，当一个男人走近我时，我隐隐约约地感觉到了一种已经消失了很长时间的气息，我抬起头来，我竟然看见了咖啡商人，他是从报纸上看到我签名售书的消息的。

咖啡商人守候在书店一角，等待我签名售书完毕之后，他就提出了一个邀请，他想单独跟我共进晚餐。我答应了，答应一个已经从我生命中消失了很长时间的男人的邀请并不过分。

在一间包厢式的餐馆里，餐桌上的红玫瑰散发出一种沁人肌肤的芳香。咖啡商人突然把手伸向我放在餐布上的手掌，在这忧伤的世界上，手与心的触摸只是一种旋律似的倾诉而已。因而我不紧张，也不害怕，而且我也不会像小女孩一样生硬地拒绝他的手。我从何时何地已经开始成熟，这种成熟意味着：在面对一个男人时，我已经不再寻找归宿和目的，因为在这个世界上，无限美妙的故事是插曲，而不是归宿。

当然咖啡商人讲起了他的广东老婆，讲起了他不幸的原初：在并不了解爱情的时代缔造了婚姻。而此刻，他的手从我的手游离开去了，他说这个世界上谁都无法占领我的思想，因为每次读我写的书，他都会感觉到离我越远。我又想起了华尔兹舞曲，夜已经很深了，他把我送到宾馆。在他离开的时候，我感觉到他似乎已经滋生了一种隐隐约约的欲望，他想留下来陪我过夜，我巧妙地推开了他。肉体的结合似乎在他和我之间已经过去了，我只希望他能成为我的密友。

3

　　我的弟弟在很多年前就已经在我眼前构筑了他的小阁楼，从小时候开始，我就知道，弟弟的小阁楼是他的一个小世界。但我从未想过除了八十年代的录音机、邓丽君之外，弟弟还有别的世界：比如毒品，比如爱情，比如失败的婚姻。当我在哥哥的照相馆见到弟弟时，他的变化令我吃惊，出现在我眼前的是弟弟那张具有骨感的脸，他正站在哥哥身边，为哥哥举起灯光，或拉拉幕布，从神态上看上去，他似乎已经中断了毒品，但这可能吗？

　　哥哥告诉我说，罗敏跟一个女孩子在一起，一个在歌厅唱歌的女孩子，一个一心一意想做歌星的女孩子在一起。也许爱情可以拯救罗敏。我又产生了一种虚幻，也许女人可以改变罗敏的命运。这种虚幻把我推到了一座歌厅似的酒吧，我一眼就判断出站在台上费劲地用嗓子唱歌的那个女孩子就是林莎。哥哥简单地讲述了林莎的故事：从小就在孤儿院长大，没有任何亲人，长大以后就渴望着唱歌。虽然唱歌很费劲，然而，总有这样的位置让林莎这样的女孩子去占领。因为林莎长得很有特色，橄榄色的肤色，深陷的大眼睛，一头染过的金黄色的波浪似的卷发，以及青春的身体，在某种意义上说她的外形比她的嗓音更吸引人。

我藏在一个角落，我坚信罗敏一定会来的，照相馆关门时他就会来接林莎。哥哥也说不清楚他们到底住在什么地方。总之，他们已经同居在一起，他们像是住在一套出租屋里。夜色很深时，罗敏来了，他的头发蓄得很长，好像还染过，配上他那张骨感的脸，确实显得萎靡。看见他出现在酒吧一侧坐下来时，我想到的就是萎靡这个词语，它散发出一种痛感的气息，一种挣扎过又无力挣扎的气息。

我决心把自己藏起来，以正视罗敏的现状，因为他是我们家的瘾君子，一个让母亲痛心疾首的大男孩。无论他长多大，在母亲眼里，他仍然是一个无法长大的大男孩。而在我眼里他就是危险、就是荆棘、就是萎靡，甚至在有些时候，在我看不见弟弟的时候，我假装看见弟弟已经死了，因为他离死亡已经越来越近。

谁也想象不出我的弟弟此刻坐在酒吧的一侧，等待着那个叫林莎的女孩子，如此之快地结束了一个婚姻的旧梦，这就是弟弟的生活吗？已经过了午夜，女孩林莎终于用她那缺乏天赋的嗓音，那种二三流的嗓音结束了最后一支歌曲，那首歌好像是王菲唱过的。她走下台来，靠近了罗敏，不顾一切地贴近罗敏，他们搂着吻着离开了酒吧。

所有的现象都在结疤吗，我走在他们身后，我想：那个过着瘾君子生活的罗敏，那个丧失了婚姻生活的罗敏，此刻，他的身体正在结疤吗？他们哼着歌曲仿佛全世界都被他们拥有了，仿佛全世界都敞开胸怀迎候他们。

如果这个叫林莎的女孩子真的能够改变弟弟的命运，如果小城的大世界让他遗忘掉过去的朋友肖瘦田的话，那么，是不是我的弟弟就已结束了危机呢？他们向着城郊走去，那是一片出租房，像是贫民区，却是出租房。他们消失了，从一条巷道深处消失了。我转回头离开了出租房，生活是在前进中进行的，尽管我又一次感受到了罗敏散发出来的那种浓郁的萎靡，然而，我却希望那个做着歌星梦的女孩子林莎同样可以做另外一件事：拯救弟弟罗敏，拯救一个瘾君子的生活。

尽管如此，哥哥仍然怀疑一切：他之所以把罗敏安置在他的照相馆工作并付给罗敏薪水，并不是为了解决罗敏的职业问题，何况罗敏根本就远离着摄影。哥哥这样做，只是为了把罗敏留在身边，限制他与外界的交往。起初，罗敏果然很老实，规矩地待在照相馆。时间一长，罗敏就开始往外跑，他想出了各种各样的理由往外跑，理由就是想陪林莎上街，他想陪同林莎共用午餐，他想陪同林莎去看电影。

哥哥同我一样把希望寄托在林莎的身上，试图通过林莎改变罗敏的命运，每当他寻找到与林莎在一起的理由时，哥哥就准许他走出照相馆。这件事哥哥与我在一起分析过，我们都一致认为：因为已经离开了县城，据罗敏讲，他也是为了摆脱开毒瘾，为了摆脱开肖瘦田他们的影子，而悄然离开县城的。他起初并没有具体的目标，他一路换车，途经了许多小县城，他试图在那些小县城里隐姓埋名地生活，然而，他还是搭上了长途车到省城。起初，他在酒吧里打杂，他就是在那里认识了林莎。不知道为什么，他那张骨感的脸却吸引了林莎，后来，他寻找到了哥哥的照相馆，就这样，哥哥留下了罗敏。

我们都怀着侥幸或天真的心理以为我们的弟弟罗敏早已摆脱了瘾君子的生活，因为远离一座县城就意味着摆脱了昔日的生活。尽管在这种生活中，我们疑窦丛生，直到如今，我们还没有发现任何证据，罗敏的瘾君子生活已经复发了。不过，有一件事值得人怀疑，在我即将离开省城的头天晚上，罗敏跑来跟哥哥借了一笔现金，一开始就说因为林莎要过生日了，他想送给林莎一套好的音箱。因为林莎一心一意想做歌手，她平常最大的爱好就是沉迷于倾听有名气的歌手的原创歌曲，比如王菲的嗓音，一直是她仿效的对象。

我们似乎在罗敏讲述这个理由时再一次看见了罗敏眼睛里闪烁着的那种晶莹：那是一个男人对爱情的追求吗？只有爱情可以让罗敏的眼睛变得晶莹起来吗？这现状让我们忽视了另一种罪恶，欺骗也会让一个人的眼里闪烁出欲求，它像火花的欲求有时会感染我们的视线，以至于我们的视线会变得模糊起来。

我和哥哥却看不到这种欺骗，所以哥哥把钱借给罗敏，只要罗敏不吸毒，所有他产生的愿望我们都想去满足他。因为我们想去拯救他，用别出心裁的方式去拯救他。

我又一次回到县城，以我的方式回到县城，我首先把罗敏的现状告诉了母亲。母亲惊讶的目光闪烁着泪花：那是一个母亲对儿子的期待，除此之外，我看见了丁兰，她快要生孩子了，她腹内的孩子好像已经呼唤着这个世界。

我只在远远地方目送着丁兰，她正在走出邮电所，已经到了下班的时候，她在一个人承担着附加在她身体中的那个孩子和一个离婚女人的生活。

县医院妇产科的一个朋友不久之后给我来了电话，告诉了我丁兰已经顺利分娩的消息，在犹豫了片刻以后，我还是来到了医院妇产科想看看丁兰。她睡在一间单人病室中，旁边睡着一个她刚生的男婴。我一走进病房，丁兰就显得有些惊慌，历经了做一个瘾君子妻子的生活之后，丁兰看上去已经彻底摆脱了他：一个男人，我的弟弟，此刻，当丁兰确证我的到来与弟弟没有关系时，她的眼睛才突然之间变得松弛下来。她温情地转身看着旁边的男婴，我知道，所有这一切都跟弟弟没有关系了。

关系？一层附在我们身体中的网，一层可以脱落也可以缠住我们不放的网，或许暗淡，或许是金黄色，却使我们与他人或世界产生了距离、亲密和沟壑。所以，我知道，已经做了母亲的丁兰害怕看见瘾君子的罗敏重新在她的生活中出现。

不久以后，丁兰再婚了。她果断地嫁给了一个光棍，一个邮电所的邮差。县城又刮起了新一轮的谣传：邮差光棍追求丁兰已经许多年了，然而命运对他开了一个玩笑以后，又把瘾君子的前妻赐予了他；在另一种谣传里，丁兰根本就看不上邮差，她用极快的速度嫁给了邮差，只是为了尽快与瘾君子划清世俗生活的界线。

邮差骑着自行车从我面前经过时，他的相貌平静得如县城那口水井，很多年前，水井已经被废弃了。也许正因为如此，唯有他才可以抚慰丁兰那颗受到伤害和恐惧的心灵，唯有他的平淡如水才可以让丁兰生活在小县城的现实之中。

4

在谣传中和现实中的肖瘦田出现了。凌晨，一个清洁工发现了电影院门口的大纸箱便走过去，想清除那只奇怪的大纸箱。纸箱中却躺着一个男人，一个散发出臭味的男人。清洁工晃动了一下纸箱，他以为是一个要饭的人，便想让他离开。男人翻身坐了起来，伸出手掌对清洁工说道："有钱吗？借我几块钱。"清洁工一下子就认出了肖瘦田。

瘾君子肖瘦田已经变成了叫花子，那个上午便传遍了县城。我似乎再也不像从前那样害怕肖瘦田了，也许我的弟弟在省城离肖瘦田这个现实太遥远了，肖瘦田所带来的现实不再威胁我们全家人了。这样的消息或谣传在我的现实生活中已经激不起波浪，我需要写作，除了写作之外的许多东西都暂时被我拒绝在外了。然而，我们一家怎么也没有想到清洁工所看见的那只大纸箱在谣传中挪动着，它顺着县城的每一条街道挪动，顺着各种店铺和门牌号挪动，某天早晨，已经挪动到我们家门外。

第一个发现那传说中的纸箱里的人当然是我的母亲，她有早起的习惯，她早起后会站在门外简单地运动。母亲发现了那只纸箱中睡着的肖瘦田便上楼唤醒了我，母亲说肖瘦田就睡在门外，我们应该怎么办啊？

我起了床，肖瘦田变成了叫花子，他之所以变成叫花子同样是为了做瘾君子。当我处于同情给了他两张纸币之后，他就敏捷地爬出了纸箱，沿着街道的薄雾跑出了我们的视线。母亲说肖瘦田又去买毒品了，指责我不要给他现钱。

面对一个叫花子和瘾君子，同情心折磨着我，我果真错了吗？我沿着薄雾弥漫的街道，想追问肖瘦田到底去了哪里。就在那天早晨，我发现了另一个秘密：县医院的副院长从我姐姐的服装铺子里钻了出来。那时候，街道上还看不到任何一个人，只有我循着薄雾朝前走着，副院长并没有看见我，因为我在他身后。

之前与姐姐有关的谣传已经够多了，它喧嚣了一段时间，又落在尘埃深处。我曾经试图问姐姐到底有没有谣传中的事发生，姐姐坐在她的服装铺子里，跷着二郎腿，姐姐近来改变了唯一的姿势就是会坐在铺子里悠闲地面对着街道，跷起了她的二郎腿。姐姐说："是真的又怎么样，我不在乎，我什么都不在乎，而且副院长已经答应过我他正在秘密地想调离县城，连他老婆都不知道，因为他根本不想让老婆知道，他想让我跟他到省城去生活……"姐姐说出这番话以后，跷在空中的二郎腿突然晃动了一下，又静止了，她突然认真地问我副院长是不是真的想带上她到省城去，让我谈谈对副院长的印象和感觉。我说我没什么印象和感觉，你自己判断好了，我记得那是一场十分不愉快的谈话。我后来问姐姐，是不是已经跟文化馆拉小提琴的男子断了。姐姐恍惚地看着街面，那也许是一团团上升的氤氲，它是雾，它是荡漾，它就是未知之谜。

姐姐说来往已经变少了，她准备慢慢地与拉小提琴的男人结束那种关系。姐姐说她还是想到省城去，当她与副院长在一起时，很现实，与那个拉小提琴的男子在一起时却很缥缈。我知道了姐姐的那种感受：拉小提琴的男人曾经给她带来过美妙的虚幻世界，对于在婚姻中感受到欺骗和背叛的女人来说，投入一个制造弓弦间的旋律的男人的怀抱来说，除了可以在弓弦所搭起的乌托邦帐房中感受旋律外，也可以感受肉欲和虚无间的和谐。那美妙的和谐是一段快乐的日子，使她结束了梦幻般的婚姻生活。而就在这个时候，因为女儿进县医院，姐姐认识了副院长，在一层权力的保护伞下，她实现了女儿张平惠顺利地进入县医院做一名护士的愿望。之后，她和副院长来往了，我在前面已经简约地交代过副院长除了是一名外科医生之外，他的名气还在于他源源不断的绯闻。从外形看上去，副院长确实是一个风流倜傥的男人，很多女人都会对他产生肉欲和虚幻中的假设。

　　姐姐是其中的女人之一：与拉小提琴的男人相比较，副院长也许更吻合姐姐的那种现实期待：利用副院长来改变命运。相较副院长给姐姐的现实利益带来的期待，与这种活生生的现实利益相比,浪漫、缥缈对于姐姐来说已经显得微不足道了。

当我在薄雾中看见副院长走出姐姐的服装店铺时,我产生了一种被偷情罩住的感觉,而且我知道,副院长是已婚的男人。这样下去忽略不了这样的事实:偷情是短暂的,它无法逃避社会的笼罩,它无法逃避他人的笼罩。因此,我产生了一种担心,就像我此刻在追寻肖瘦田一样的担忧。

肖瘦田比我想象中要逃得快,这也就是他可以变为我们生活中茶余饭后所谣传的那种罪恶神话或深渊。派出所的朋友给我来电话,他们捉住了肖瘦田,决定关押他半个多月。因为他的形象已经扰乱了社会治安,问我想不想到派出所去看看肖瘦田。我决定去看肖瘦田,因为我总想证实那个深渊的真实性。如果可能,我想与他交谈,哪怕言辞简短,因为当我接到电话,我突然对肖瘦田产生了一种怜悯感。

也许看见肖瘦田就让我想起了弟弟,我应该伸出手去,触摸一下这道阴影,它四散在周围,它已经成为我们生活中的巨大的圈套,它已经使我们从怯懦中获得了勇气,我一定会占胜自己的那种恐惧，去面对这道阴影。所以，我在一个下午来到了派出所。

我与肖瘦田面对面地坐着，他知道我是谁，我也知道他是谁，我们也许都能清晰地感知到我们为什么会面对面地坐在这里。肖瘦田突然让我救他出去，他说我是这个世界上唯一能够救他出去的人。我直视着他的目光，一种虚弱的颤动轻轻地转动着，竭尽全力地想唤醒我，让我帮助他。他向我保证说：他会从头开始的，他一定会从头开始的。而且他向我讲了一个理想：他想重新开一家茶馆，放着邓丽君的原创歌曲。这个理想他曾经拥有过，如今破灭了，然而，我从他的一阵又一阵的忏悔中感受到了他的真挚和希望。

我已经决定帮助他，在他半个多月从派出所出来以后，我已经为他租下了一家已经衰败的茶馆，我想让肖瘦田负责经营这家由我投资的茶馆。我不愿意再看见肖瘦田睡在一只大纸箱中失去尊严地活着，除了怜悯之外，我产生了一种对罗敏一样的感情：让弟弟，拥有他的美妙的现实，让已经尝试过瘾君子生活的弟弟返回家园，这里有他们原初的爱和生活的勇气。

肖瘦田换上我为他买的整套衣服，就在那一刹那，我把过去的瘾君子肖瘦田当作了我的作品。我想改变他的生活，同时也创造他的生活，这不是一部虚构的作品，而是来源于现实的作品。就像我想象中的那样，各种秩序有条不紊地进行着，肖瘦田穿上一套洁白的工作服经营着放着邓丽君老歌曲的茶馆，我经常在写作之余潜入这家茶馆。我既是茶馆的女主人，也是局外人。

当我把自己变成女主人的时候：我会变换一张邓丽君的唱片，变换一种茶器和桌布，我会把自己变成使者，探索坐在茶馆中喝茶、品尝老歌曲的人们；我会尽心地浸透进茶馆，为它的存在而激动。而当我变成局外人的时候，往往是我在观察着肖瘦田的时候，我把自己退隐在幕后，观察着昔日的瘾君子的现在。我在一心一意地从形而上和形而下的存在之间研究着肖瘦田的过去和现在，我从内心希望他成为我的一部好作品。

浓郁的茶香味从托盘中飘出来，清明时节我们一家到墓地去时，我顺路看了看李路的墓地，我把一束鲜花插在墓地上，我还带上一台小型听唱机，在他墓地上放了一曲邓丽君的名曲。一个人离我而去，却时刻伴随着我的生活。在很长时间里，我的现实中包括写作和去茶馆的路上，肖瘦田确实变成了我创造的一部作品了吗？我回望着四周，它是我的县城，它的睡眠从来没有如此香甜和安静，怀着感恩的心情，我坐在茶馆一角倾听着另一首歌，它是邓丽君的《甜蜜蜜》。

<h1 style="text-align:center">5</h1>

张平惠做了文化馆拉小提琴的男人的学生，轮到她休息那天就到文化馆去学小提琴。时间长了，谣传张平惠与拉小提琴的男人恋爱了。我不相信，因为他们不可能形成恋爱关系，而且张平惠是一个单纯的小女孩子，还不至于陷入恋爱中，并且拉小提琴的男人曾经是张平惠的母亲的情人。

张平惠是我侄女，我认真地想约她见面，跟她谈谈。她来了，工作了半年多的时间，张平惠突然喜欢打扮起来，这一点是她母亲告诉我的。这并不奇怪，想一想当年，县城第三个穿喇叭裤的女孩子曾经是我，那年我十八岁。

侄女张平惠让我看到了已经消失的青春，为什么我害怕听见她的谣传，也许，我的青春消失了，我开始保守了。或者说我经历过了两性之间的一切，阅历使我滋生了胆怯。张平惠的性格好像也变了，过去，她好像是一个羞涩的女孩子，现在，她的目光变得自信起来了，也许她已经猜测到了我要问她什么。她挺着胸，穿着牛仔裤，我也直奔主题，当我的声音结束时，她坦率地说："不错，我恋爱了，我爱上了拉小提琴的老师。"

这场谈话以她的坦率而结束，因为我既不可能阻止她，也不可能鼓励她。何况，我对她的恋爱现状根本不了解，对那个曾经是我姐姐的情人，现在是我侄女的男朋友的小提琴手也根本不了解。

姐姐听见了谣传，这对她是猛烈一击：她仿佛在这个世界上又一次迷失了方向。她慌乱地找到了我，那是一个傍晚，她明确地宣布说："傍晚是张平惠学小提琴的时候，你一定要陪我去当面质问刘音民，他到底要把我的女儿怎么样，他不能用这样无耻的方式来报复我，也不能用这样无耻的方式去勾引我的女儿……"

又一次，不可抗拒的我成了姐姐的同谋，我并不想站在姐姐这一边，我只想前去保护我的侄女。如果她真的沦入小提琴手刘音民的报复式的情感之中，那么，她的情感投资太危险了。所以，在那个暮色又一次摇曳在我影子和鞋底下的时刻，姐姐带着我进入了文化馆的宅院。

这是一座旧式的老宅院，历经了大约一百年的时光，如今，维修了数次，依然是县文化馆和图书馆的地址。我们站在已经有百年时间的两棵紫薇树之间，这正是紫薇花迎风舞动的时刻，手轻轻触摸树身，花瓣就顺着我们的身体飘落下来。我想起了丁兰，刚刚认识她的那些日子，我总是能感觉到她身上飘落下来一种紫薇花瓣的淡香。不知道为什么，越往后，这种香味逐渐消失了。

作为姐姐的同谋，我曾经跟随姐姐去过一个小镇，在那里，张羊开始第一次背叛我的姐姐。作为姐姐的同谋，后来我出乎意料地看见了张羊和姐姐站在桃花树下幸福的留影。也许正是这些图片带来的幸福，第一次平息了他们之间的纷争。作为姐姐的同谋，我曾经跟随姐姐去过县城郊外舞厅，我们依然带着那台海鸥照相机，姐姐胸藏烈焰，随同按动快门的一刹那，张羊和一个舞伴的身影就永久地保存下来了。然而，张羊让姐姐撕碎了那些图片，于是，证据消失了，婚姻继续下去。作为姐姐的同谋，我曾经跟随姐姐去了张羊所在的地区，那比县城开放，也比县城大许多的小世界，但我没有料到姐姐打开门后，让我同她一起藏在卧室的大衣柜里，在那又沉滞又窄小的空间，我蜷曲着双膝……

一次又一次地，我之所以成为姐姐的同谋，是为了人性，面对人性，我有权利站出来，公正地面对这个世界，所以，当紫薇树的花瓣飘过视线，或者从我肩头滑落在地上时，我又成了姐姐的同谋，携带着计谋去探索这个世界。第一个发现张平惠的当然是我姐姐，顺着她的视线而去，我看见了张平惠依然穿着紧身牛仔裤、贴身红 T 恤，我和姐姐消失的青春在她的身体中显形露相，她右手拎着黑色的小提琴盒子，坦然地穿过了这座旧式的宅院，向里面走去。

最里面就是文化馆的宿舍区域。逐渐看见了被风吹拂着的衣架，我还看见了几个孩子在玩游戏。幸福和无忧无虑的证据，它在我们眼皮下面松弛地进行着。与这天真的幸福背道而驰的却是我们的脚步声。此刻，姐姐带着我已经进入了宿舍区域，姐姐盯着亮着灯光的那个阁楼说："你瞧，刘音民就在里面，当年我们曾经在里面约会过。"

姐姐眼里出现了一种缅怀，然后倏然消失了。我知道，姐姐已经结束了与小提琴手的恋情，姐姐现在一心一意地与副院长约会，期待着依赖这个男人，有一天去省城生活。当姐姐带领我开始上阁楼的楼梯时，我感觉到姐姐的高跟鞋声变得像棉球一样柔软，这也许是姐姐的计谋之一：她想用对付张羊的方式对付这个晚上，对付刘音民和她的女儿张平惠。

姐姐敲门了，一道油漆木门哗啦一声张开了，张平惠正站在一侧，用松香擦着弓弦，她全然没有想到进屋来的是她的母亲。刘音民有些恍惚地打开门后，迎候着我们进屋。姐姐坐在了椅子上，跷起了二郎腿，看了看刘音民，又看了看女儿，掏出一盒香烟，拍动了一只金黄色的打火机，姐姐吸上香烟是最近的事情。

总之，在发现姐姐悠闲地跷起二郎腿的时候，我也就不知不觉地看见了姐姐服装店铺中的香烟盒里的烟蒂。

此刻，姐姐盯着刘音民的脸，像盯着一张奸细的脸，她终于发出了笑声："刘音民，你想拿我女儿怎么样？我告诉你，如果你把我女儿勾引坏了，我会找你算账的。"然后，她又盯着张平惠的脸，此刻她显得很亲切地说道："平惠，你为什么非要学小提琴呢？跟母亲离开这里好吗？"

张平惠走到刘音民的身边坚决地说："母亲，你阻止不了我们在一起的，你无法阻止我们相爱……"姐姐愠怒地扬起一只手掌就要落在女儿的脸上，刘音民突然走过去抓住了她的手掌说道："你没有权利这样做。"姐姐突然哭了起来。我想，她本想号啕大哭的，刚尖叫一声就收敛住了。

姐姐是一个爱面子的女人，她止住了号哭也可以止住眼泪，姐姐拉着我出了文化馆，在夜色下姐姐问我怎么办？我说也许刘音民和张平惠真的相爱了。姐姐说怎么可能，他们年龄相差二十岁左右，他们怎么可能相爱，即使相爱，我也不允许。

为此，姐姐对刘音民充满了仇恨，她认为刘音民在报复她。当我们回到服装铺子刚坐下时，一个男人的影子飘到了门外，姐姐说他来了。于是副院长就进来了。然而，那天晚上对姐姐和副院长幽居是一种灾难，因为另一个女人的降临使这场幽居轰动了整座县城。这个女人就是副院长的妻子，她是县医院的会计，在外地进修已经很长时间了，也就是在她外出的这段时间里，副院长与姐姐频繁地幽居在一起。

谣传当然也会从县城传入她的耳朵，所以，她当天晚上回到县城的头一件事就是捣毁她丈夫和一个女人的幽会之所。她睡到了深夜后才出场，她准备了唯一的武器就是自己沙哑的嗓音。

那个午夜，我还未入睡，就听见了一个女人沙哑的尖叫声，它除了轰鸣着县城的耳朵之外，也在轰鸣着我的耳朵。也许是好奇，也许是迷惘，总之，我顺着这尖叫声而去，终于，离我姐姐服装铺越来越近了。

副院长的老婆正用她沙哑的嗓音站在街道上叫嚷着，她的全部主题是诅咒一个骚货女人勾引她的丈夫。这个骚货只可能是我的姐姐罗果。顷刻间，街道上飘来了幽灵似的影子，他们纷纷围拢那个女人，这就是县城，一个事件很快就会形成另一个事件。在叫嚷声中，我看见我姐姐的服装铺门张开了，姐姐穿着粉红色的睡衣走出来，直视副院长的老婆说："你男人丢了，跟我有什么关系……"姐姐显得出奇地镇静，我一看就知道我姐姐在演戏，那个女人进了姐姐的服装铺子。然而，几分钟后，她沮丧地走出来了，因为她并没有寻找到副院长。顷刻间，她像是变成了一只落汤鸡，显得灰溜溜的不知所措。我不知道姐姐到底把副院长藏在何处了。这件事，轰动了一时，一部分人诋毁着姐姐的名誉，另一部分人诋毁着副院长老婆泼妇似的叫嚷声。

6

只有姐姐一个人知道，那天晚上，她到底把副院长藏在什么地方了。情和性都可以成为秘史，只有当事的二人知道。然而，我可以证明当然只有我一个人证明，副院长那天晚上确实在与我的姐姐幽居，这个秘密因此也被保存下来了。

有很长时间，姐姐仿佛大伤元气，她显得有些忧伤和烦躁，也许，随同副院长妻子的归来，外科医生寻找不到更合理的时间来与姐姐幽居了。尽管如此，姐姐在等待，有一天早晨，她突然找到我，让我替她守会儿铺子，她说她要出门几天，到外地去散散心、走一走。

看见我很犹豫的神态，姐姐不得不把实情告诉我：她已经与副院长有了密约，恰好副院长到外地学习，他们可以到外地旅行几天，以此来弥补不能幽居的缺憾。我明白了，就像突然明白了旅途的多种可能性，旅途给人带来的是一种陌生的情绪，所以，不能获得自由的人通常会把双臂伸向旅途，那个够不到的地方，才是舒展身体和自由的理想之所。

姐姐欠起身子，希冀插上翅膀飞出县城，在不可能的情况下创造条件来约会，双双把幽居之所变换成旅途，这正是他们追求幸福和自由的预谋。所以，我不得不替姐姐守铺面，本来，按照我的想法，姐姐外出几天，完全可以将铺面关闭几天，然而，姐姐像是突然掌握了人世间的诡秘技巧：关闭铺面，意味着她不在场。这会让副院长的老婆滋生幻想，对于一个被丈夫背叛的女人来说，滋生幻想的可能性围绕着另一个女人。这个女人当然是我姐姐，也许还有别的女人，因为副院长的绯闻很多，最近以来，他最大的绯闻毫无疑问与姐姐联系在一起。所以，副院长的老婆，这个不幸福的女人，正负载着被丈夫遗弃的女人总是会游离在姐姐生活附近，观测她的内心伤痛和滋生嫉妒的地方，一旦副院长出现在姐姐的服装铺子里，看来，她是要发动一场战争的。

副院长久久地未露面，并不意味着副院长与姐姐的故事已经结束。显现在眼前的故事再度升温，所以，我坐在铺子里替代了我的姐姐。姐姐秘密地出门，而且绕开了汽车客运站，县城的汽车客运站也是传播谣言的入口和出口，姐姐机灵地对抗着世界，骑着自行车来到了郊区，并把自行车抛掷在一片茫茫无际的麦田中央，在这个世界上，在那一刻，姐姐似乎不相信任何场景或个人。其实，表姐就在县城郊区的一家加油站，她完全可以把自行车寄存在加油站里。然而，姐姐在这一刻既浪漫又精明，她不顾一切地骑着自行车到了远郊，把自行车藏在荡漾着金黄色波浪的麦田深处，然后直奔一辆货车，并且搭上了货车，去寻找她遥远的乌托邦之乡。

一个星期以后，姐姐依然没有搭正规客运站的客车回家，她依然搭上了外县的货车，然后在县城郊外下了车。她本来以为那辆自行车已经不在了，她只是循着记忆找一找而已，然而，那辆省城出产的春花牌自行车依然一动不动地躺在麦田深处。这个细节比任何一个细节都在那个时刻感动着我，它就是秘密，它就是时间环绕我们的秘诀。

当姐姐约会时，我一边守候着铺面，一边留意观察周围有没有副院长老婆的影子。前三天风平浪静，到了第四天，我看见了一个女人，从铺子门口走过去，目光朝着我所坐的地方瞥了一眼，我把我很模糊的一部分展现给了她，我既是姐姐也不是姐姐，总之，我要让这个女人知道：服装铺依然敞开着，跟她的想象没有关系。

她的脚突然停止了前行，她似乎质疑了一下，这质疑让我感受到了她的不稳定：很显然，我是研究人性的，关于人性，它充满了呼吸和情绪间的搏斗。我从这个不稳定的女人的脚后跟判断出了她的嫉妒，所以，我知道她就要扑上前来了。她已经积蕴了力量，用来对付那个让她遭遇到背叛的那个女人，所以，她一靠近铺面，我就感觉到了她眼神中燃烧的怒气。

她刚开始发怒，我就转过身去，她面对的是我，我当然不是姐姐，我的相貌、我的神态、我的气息都不可能替代我的姐姐。她的怒气在减弱，她问我的第一句话就是我姐姐去哪儿了，我摇摇头说不知道。她敏感地靠近我说："你姐姐是不是出门了？"我依然摇了摇头说不知道。我当时面对的场景很像旧时代面对一次革命意义上的拷问，我可能是地下党，不可能出卖我的党组织，所以，我一次又一次地说不知道。

其实，我是在维护姐姐的秘密。然而，面对这个无聊的女人，我突然产生了一种同情心，我本来可改变我说话的语调。未等我改变，女人突然仇恨地说："我会杀死你姐姐的，我一定要让你把这句话告诉你姐姐，如果她抢了我的丈夫，我一定会杀死你姐姐的。"然后，她扬长而去。

我沉浸在她声音所散发出来的血腥味中，我久久地回味着她的声音，直到我姐姐骑着春花牌自行车跃入我的眼帘。此刻，已经过了几天，在这几天时间里，我好像夜夜做噩梦：我被人性这种罪恶的关系笼罩着。而与此相反的是幸福归来的姐姐，她给我讲述了春花牌自行车藏在泛着金黄色波浪中等待她归来的计谋；她给我讲述副院长在一座小型城市住在旅馆中秘密等待她的渴望；她给我讲述在别处的自由时空，那些自由突然使她理解了一次又一次曾经背叛过她的前夫张羊。

当我们将话题转移到张羊身上时，姐姐的人性突然变得柔和起来，她理解了张羊为什么一次又一次背叛她，因为张羊对她根本就没有爱，只是拥有婚姻证书。她让我理解她与副院长的关系，如果说姐姐在开初是想通过副院长离开县城的话，现在她却是为了爱情而离开县城。

姐姐显得很痴迷，我不得不把副院长老婆面对我时的那句充满怨气的话转述给我的姐姐，她摇了摇头说她不害怕。从那一刻开始，一种危机又开始旋转上升，姐姐坐在铺子里，当我提醒她时，她狡黠地告诉我说："我和副院长已经达成了一种长期的计谋，我们不会被这个女人吓坏，但也不会愚蠢地送上门去。"姐姐告诉我了另一种故事的延续：它就是通过时间让我们学会的唯一的东西等待。

当哥哥租了一辆面包车把我的弟弟罗敏押送回家时，我正在小说或者诗歌中等待一种词语，它具有把时光变成粉红色的力量，同时也具有把时光变成黑夜的力量。而此刻，我坐在楼下突然听见了哥哥说话的声音。

我像任何时刻一样，把头探出窗外：这个时刻可以变换我瞬间和时空的关系，也可以变换语词间的亲密关系。然而，那天黄昏，当我把头探出窗外时，一丝迎风而来的雨滴落在了我的眼睫毛上，我眨了眨眼睛，随即看到了已经消失了很久的场景在一番轮转之中重又回到现实中来。

被绳索完全捆绑住的罗敏，他既是我的弟弟，也是瘾君子。看见那根绳子，我知道，弟弟的瘾君子生活重又开始了。在那天黄昏，顺着屋檐滑落在我发丝上的雨滴，比以往任何时刻都显得无限的冰凉。我奔下楼梯，我们一家面临着另一个主题：弟弟的毒瘾又犯了，省城太大了，哥哥为了牵制弟弟的毒瘾弄得疲惫不堪，他不得不把弟弟送回县城。因为，在一个小县城，弟弟不至于跑到我们视线模糊的交界处去。也许，除此之外，在县城，可以对付弟弟的还有我和母亲。

自父亲逝世之后，我知道，母亲的所有生活都用来面对弟弟，这是她的心病，这是她的牢狱之苦，这是母亲难以摆脱的命运，我渐渐明白了命运就是命运：比如，我姐姐离婚了，这是一种命运。比如，货车司机李路死了，这是一种命运。

弟弟的面色苍白，我们插上门闩，渐渐地为他松了绑，那根从省城一直捆绑他的绳子滑落在地上。弟弟痛楚地望着我们，泪水在他眼眶中旋转、滑落。我突然想起了一个人来，他就是肖瘦田。他现在正在守候我开的茶馆，已经很长时间了，他的毒瘾未发作。我突然想把弟弟放在茶馆里去，让他跟肖瘦田在一起。也许肖瘦田可以影响我的弟弟。就这样，我弟弟又一次回到了县城，我说服了母亲，不再用绳子捆绑弟弟，对付瘾君子，我自以为已经有了阅历和经验。

7

林莎出现在县城，这是意料之中的事情，她爱上了弟弟罗敏，所以想天天见到他。这种年轻恋人的习性使我很感动。我把她留在了茶馆，我的茶馆已经扩大，我把旁边的一家已经无法经营的铺面和旁边另一家修鞋店租了下来。经过改修，我便有了两层楼的茶馆，它也是目前县城最大的茶馆。所以，我经常住在茶馆的二楼，经营茶馆可以让我投入写作，弟弟和林莎的加盟使茶馆显得更有活力了。

林莎可以在茶馆里唱歌，除了唱王菲的歌曲之外，她当然还唱一些老歌曲，比如人们都会唱的《在那桃花盛开的地方》《十五的月亮》等名曲。林莎在省城的酒吧唱歌只算一个三流歌手，然而，在县城林莎的歌声突然引起了年轻或中年一代的人走进了茶馆，我很少出场，在茶馆的二楼，我按照最日常的生活方式继续写作。我自认为我已经完成了一件事，那就是把昔日县城闹得沸沸扬扬的两个瘾君子改造过来了。

改造这个词会让我们联想到某种历史性的运动。然而，这个词在我这里却显得格外温馨，它就是来源于我心灵深处的那根弦，也许它在某些时刻跟一种意象比较接近，比如绳子。然而，它是发出旋律的心曲：在逝去的时光里，我和家人一次又一次地试图用绳索来捆绑罗敏，而我每次看见肖瘦田都像遇到瘟神一样恐怖。通过时间，我们都得到了一次又一次的改造。

两个瘾君子碰巧在一起，这种现象会长久吗？阳光太明媚了，这是秋日的阳光，使我松开了那根紧绷的弦。在这其中，我去外省参加了一次文学笔会，时间两个多月。在这期间，我很少打电话回家，我和我的朋友们在一座山庄改稿，我沉浸在写作中。两个多月的时间很快就过去了，当我乘坐夜班车回到县城的那天早晨，也许是世界上最为迷惘的一刻。

我走出车站碰到的第一个人是一个游手好闲者，他早年在饮食公司工作，后来失业了。他一走近我，我就知道他要向我传播谣言了。我知道，他是县城中为数不多的几个谣言传播者和制造者的骨干之一。他长着一口发黄的牙齿，大约是经常抽劣质香烟的缘故，牙齿越来越黄，像染上了黄颜色。

他告诉我的当然不是好事情，他说我弟弟、肖瘦田已经进派出所了。还有那个头发染得像鸡毛一样的女孩子也进了派出所。而且我的茶馆已经被封了。这个事件本身已经变成了灾难，所以，我盯着他的黄牙，我能否定它吗？我不能，我无法否定从那两排黄牙中揭示出来的现象，我直奔茶馆：就像那两排黄牙所宣布的消息，我的茶馆确实被封了。

封条贴满了门外的木墙壁。我来到了派出所，那位年轻的派出所所长，是我认识的朋友之一。他把我拉到办公室，我最害怕的事情再次重演了。我的弟弟、肖瘦田，还有那个唱歌的林莎每到午夜时就藏在楼上的一间宿舍里集体吸毒，除了他们三人之外，还有县城几个年轻的瘾君子，所以，他们扣留了吸毒者，同时把茶馆也封了。他这样做除了铲除县城的毒贩之外，也是为了暗中帮助我。因为我的朋友在这许多年里获悉了我们一家人与瘾君子搏斗的过程。当派出所的所长听说茶馆在午夜已经变成瘾君子吸毒的乐园之后，他拘留了他们。毫无疑问，拘留意味着时间的短暂，我真希望派出所永远留下他们。

眼前是几张颓丧的脸，很显然，当我出场时，他们的脸显得一片苍白。他们无力解释他们的行为，在我看来是充满希望的现实，已经换头换面，从派出所接他们出来时，我走在前面，他们走在后面，我盲目地行走时，他们也好像在盲目地行走着。我仿佛走在一片沙漠中，失去了方向，我知道我已无法摆脱他们，如果他们可以像幻觉一样从我眼前消失；如果他们可以像露珠一样溶解于我心灵的绝望，也许，我就可以走出这片沙漠。

他们同时沉默不语地跟随着我，我带着他们到了茶馆门外，我撕开了第一条封条时，他们也开始撕第二条、第三条。这些短暂的封条可以被我们撕开，然而，我们心灵中的伤疤，可以撕开吗？茶馆门一打开，他们就开始说话，每个人都承认他们错了。肖瘦田说他们的毒品是一个陌生男人提供的，在茶馆里，那个陌生的男人经常出现，现在当然已经消失了。这是毒贩的本性，他们居无定所，通常是露一下面孔之后就消失了。

有时候，我很想研究一下瘾君子的嘴、鼻孔道、耳膜、上呼吸道和下呼吸道……他们为什么难以抗拒毒品，他们为什么一而再再而三地回到过去。然而，一旦他们离开了毒品，他们似乎又变得那样正常。他们几个人活跃在茶馆里，为了改变茶馆的过去，他们亲手用涂料、油漆将茶馆涂抹了一遍，我想，如果没有这茶馆，他们将失业。

我不想研究林莎到底是什么时候变成瘾君子的，也许之前她就已经是一个吸毒者，也许她在认识弟弟之后变成了瘾君子，这一切都说明前景是明媚的，同时也是迷惘的。在这样的状态中，我不会再出门了，我要守住这座茶馆，因为我知道，我离开他们就会出事。

我不知道罗敏是在什么时候看见丁兰和她的儿子的。总之，林莎告诉我说，有一天晚上，她挽着罗敏的手出去散步，走到一条街道的中央，罗敏突然追上了一个女人，那个女人手里牵着一个男孩。罗敏刚想蹲下抱抱那个小男孩子。男孩的母亲就走上前去剥离开了罗敏的手并大声地说："请你别碰他，你没有权利去碰他。"

林莎问我这是不是罗敏的前妻。她说，最近以来，罗敏的情绪变得很反常，这是不是跟他前妻有关系。我不敢肯定这一切，不过，有一点我敢肯定：罗敏仿佛又回到了过去，回到了那种痴迷状态。我留意到罗敏经常从邮电所跑出去，有人在邮电所门口见到了罗敏，他仿佛是一个失恋者，总是绕着那一条街道不停地走。反反复复地行走，使罗敏显得像一道风景线，许多过路的人都看见了罗敏，有些人竟然认为罗敏有精神病。

丁兰打电话要与我见面，我知道，肯定与罗敏有关系。这是一种历史的延伸：我们之中的谁不知不觉被这历史绊住了手脚，甚至身体，于是我们就这样艰难地跑着，却无法避开这个人或这段历史。

丁兰毫不示弱地说："我一定要摆脱他，我一定不会让我的儿子知道他的父亲是一个瘾君子。"理由是罗敏经常在邮电所门口走来走去，已经让丁兰难以忍受，丁兰不想看到他的影子。所以，丁兰告诉我说，她已经呈交了一份调离县城的报告，她很想尽快地离开县城的邮电所。为了摆脱罗敏的那种魔性，她愿意到一座边远的小镇邮电所去。丁兰走了，她出现在我面前，只是想证明她为摆脱罗敏所付出的一切代价而已。

我看到她瘦弱的肩膀在战栗，我很想走上前去替代我的弟弟向她诚挚地赎罪。然而，还没等我开口她就讥讽道："你别再保证什么了，如果你当初没有对我保证什么的话，我就决不会嫁给罗敏。在罗敏追求我之前，曾经有一个同学追求我，他如今是省城一家工厂的厂长，你知道吗？我失去了生命中最为重要的机会，我失去了一切……我只剩下儿子了，你们一家人为什么还要为此折磨我呢？"

　　丁兰像一个被骗局折磨了许久的现实一样离开了我。如果可能的话，我真的会向她诚挚地赎罪。我不知道，人性为什么捉弄了我们。

　　不久之后，县城邮电所的那个不厌其烦的盖着邮戳的年轻母亲从我的眼前消失了。正像她所付出的代价那样，她已经离开了县邮电所，到一座边远的小镇上的邮电所去了，随她而去的还有她的丈夫和她的儿子。

　　我眼前，再也看不到丁兰的影子，我嘘了一声，同时悲哀地体会到：是瘾君子罗敏的存在把丁兰和她一家人逐出了县城。为此，我希望我的弟弟再也不要出现在丁兰的面前，而对于丁兰来说，她对于头一次婚姻有着铭心刻骨的剧痛。它将会随同岁月这种变化而淡漠。若干年以后，她依然会生活在小镇上，然而，在这若干年里，她正在努力，为了摆脱一种不幸的阴影而努力。而我们呢？我们大家呢？我们的努力会失效吗？

8

尽管如此，我依然在赎罪，如果当初没有我的努力牵线，那么，丁兰就不会那么相信罗敏。由于众所周知的原因，嫁给一个有前科的瘾君子意味着什么呢？意味着一种现实：丁兰和她的第二个丈夫还有儿子做了一次精神和现实意义上的"流放"。

"流放之地"就在一座小镇，这恰好是我当年堕胎的小镇。地名和曾经有过的关系纠缠在一起，现在和将来的未知使我来到了小镇，其目的是为了看看丁兰和她的家人生活得怎么样。从县城已经有通往小镇的客车，周六通一次。

所以我乘上了周六的客车，客车里塞满了行囊，各种各样的气味充斥在离缅甸越来越近的这座小镇，昔日的小旅馆依然保留着原貌，通向镇卫生所的那条土路突然变宽了。以至于我辨别了片刻才认定了这是通往镇卫生所的那条小路，同时也是通往多年以前我堕胎的那条小路。我站在路的中央，想想当年，我不知道我为什么有独立的勇气解决我身体的怀孕问题。总之，它已经成为历史，我掉转身，朝着目的地走去。

我隐隐约约又听见一阵口琴声，它太远了，我的目的地很清晰了。我来到了镇邮电所，在这座小镇里竟然有一所崭新的邮电所，两层楼的房屋，仿佛这就是丁兰和她一家人永远的生活之地。

当我屏住呼吸时，我看见了一个男人，在上午十点钟的热带阳光下懒洋洋地，然而平静地骑着自行车，车座上有两只大邮袋，很显然这个邮差就是丁兰的第二个丈夫。我站在一家芒果店中看着他的身影，很显然，为了丁兰，他才从县城来到了这座小镇，他似乎什么都可以接受，包括丁兰对他的爱情，以及嫁给他的现实。此刻，这个相貌平凡的男人的世界里飘荡着芒果的香味，他看上去懒洋洋地焕发出一种平静的气息。这就是丁兰需要的男人吗？

我来到了邮电所门外，我像一个徘徊的幽灵一般在这座小镇不知所措地、犹豫地、阴郁般地穿行着，最后我还是决定既然来了，无论如何都要见上丁兰一面。我想当面对丁兰赎罪的心情是那样的强烈。于是，我走进了邮电所，一个面孔像烟叶一样的男人正站在邮电所打长途电话，一个妇女穿着薄薄的长裙正站在柜台前贴邮票。丁兰正弯着腰像在县城邮电所一样盖着邮戳。

丁兰这一生的工作都是盖邮戳，我被这种朴素的工作性质所感动。我被这种命运安排所感动。很显然，我的到来是为了让丁兰看见我。丁兰终于看见我了，当她盖完最后一个邮戳时，她抬起头来与我的目光相遇了。

当然，她的目光并没有像我想象中的那样慌乱，她欠起身体掀开柜台上的门。当然，她肯定知道我是为她而降临的，我的到来与她有关系。我们只好约定了见面的时间，晚上八点半钟她到我下榻的小旅馆来找我。

我应该为这次见面准备些什么呢？当然，从县城出发之前，我已经为她准备了我赎罪的饱满的语词，它也许会抚慰丁兰命运的创伤。除此之外，我为她和她儿子都准备了小礼物。尽管如此，我还是觉得不够，我站在小旅馆已经失去了喧哗的露台上，昔日的我，曾经被一阵口琴声所感动，它使我感到了自由和独立的忧伤。所以，我顺理成章地完成了一个女人的第一次堕胎术。而此刻，我应该为我的同类，为一个备受命运摧残的女人准备些什么呢？我想我应该准备的是爱，除了赎罪之外，爱更重要。

爱意味着什么呢？黄昏已经像任何一个时刻一样降临了，小巧玲珑的丁兰已经顺着旅馆下面的石头小径走来了，我站在客房中准备着迎接她，因此客房的门早已打开了。丁兰走了进来，我们坐了几分钟就到了楼下的院子纳凉，我刚开始赎罪，她就平静地打断了我的声音说："我之所以来见你，并不是因为过去的历史，而是为了此刻，现在，当我进入这座小镇时，我就知道，过去已经永远地离我而去，再也不会回来了，所以，请你别在跟我谈论过去……"

她的声音突然之间超越了我们之间的现实。正像她所说的那样，过去已经与她告别了。于是，她跟我谈到了现在的小镇，她说她一生中从来也没有如此宁静，她说她不再背负着什么了，希望我也不要为了她而背负着什么。我们在这次会面中竟然没有谈论罗敏，这也许是一个意外，其实是一种超越。我原来以为当我一边赎罪时，罗敏这个名字会像阴郁一样贯穿在我们的话题之中。我原以为，因为这个阴郁的名字带来的是一场戏剧性的命运的演变，所以，我们的谈话会很沉重。

丁兰，一个小巧玲珑的女孩子，如今正坦然地面对着我，她过去的仇恨和慌乱感正在慢慢地离她远去。当然，她有她的未来在支撑着她，她并没有过多地谈论与未来有关的话题，她只是在偶然中透露出她对儿子的那种爱，毫无疑问，这也正是她未来中的一种未来。

两个小时过去了，这次会面实现了我的目的，当我站在旅馆门口等候一辆货车时，我看着丁兰牵着儿子的手离我越来越近。他们并没有前来靠近我，他们自始至终与我保持着一段不远不近的距离。这距离正是我们在人世间捕捉到的最大的秘密。远远地来了一辆货车，因为每周只有一趟车通往小镇，所以，我只得搭货车回县城。直到丁兰和她儿子的影子从距离之中消失了，我才收回了目光。这目光向着茫茫的热带雨林穿越着，它似乎就是附在我灵魂中的护身符。

县城再也看不到丁兰和她一家人的影子，即使罗敏试图想站在丁兰的面前也没有用。有一天上午，弟弟突然失踪了，林莎告诉我说弟弟不知道从何处打听到了丁兰的行踪。他对林莎说，他没有其他目的，他只想到那座小镇上去，在一个丁兰看不见他的地方看一看她的生活状态而已。林莎没有阻止他去见前妻和儿子，林莎哼着王菲的流行歌曲眯着双眼沉浸在她那种似乎是颓废又似乎是迷梦的世界里。

几天以后，弟弟回来了。从他的神态看上去，他并没有前去纠缠他的前妻。他回到了茶馆，沉默不语地干活。有一天，他跑来对我说，如果我发现他再变成瘾君子，就恳求我将他送到戒毒所去。我知道，丁兰命运的变化对他冲击很大，从此，他的赎罪期开始了。

正像我内心的赎罪一样，罗敏的赎罪是现实的，肖瘦田整天守着茶馆，不愿意跟陌生人交往。林莎却不一样，她除了唱歌之外，似乎还有别的兴趣，比如，玩牌和麻将，林莎已经跑到客运站旁边的一家小茶馆玩牌和麻将。而且在小茶馆的人都是外地人，住在小旅馆时百无聊赖，到茶馆玩玩而已。林莎在白天的时候无疑经常泡在那群陌生人之间玩牌和麻将。

这种迹象从一开始就让我担忧，我劝诫过林莎，她不以为然地说玩玩扑克和麻将是她打发时光的另一种乐趣而已。时隔不久，我在她房间里突然发现了针管，这种意外的发现让我心惊肉跳。因为对我来说：针管是一种血吸虫，它像一条漫长的蝗虫一样可以吸干净一个人身体中的血液。有一天晚上，本来轮到林莎上场唱歌，可她却迟迟未出场，我敲了敲门。人未在房间，这是一种奇怪的现象，通常林莎总会在场的，我问罗敏林莎到哪里去了，他好像很恍惚地回避着我的目光，然后摇了摇头。我又去问肖瘦田，林莎到底去哪里了。肖瘦田说一个多小时前林莎和罗敏吵了一架，林莎就跑出去了。然而，直到午夜，林莎才回来，她喝醉了，是一个住在旅馆中的男人用手臂架住她的身体回来的。

我看了那个男人一眼，我在研究与林莎交往的这个陌生男人，我在研究这个男人的着装、声音、神态和举止。夜已经很深了，春夜已经像护城河的水一样弥漫开去了。这就是夜晚：暧昧、动摇、游移，深不可测。随之而来的是混乱，林莎和罗敏不断地争执。林莎每次争吵完结后，总是离开茶馆，总有男人架着喝得大醉的林莎回来，事情最糟的一面终于出现了：一天半夜，罗敏突然举起一把匕首向着一个陌生的男人的胸膛挥舞而去。幸好站在一侧的肖瘦田敏捷地抓住了罗敏的手腕。

9

当罗敏叫喊着"我想杀人"时，我知道一场疯狂已经开始在罗敏的内心深处滋长着，像野草一样疯长。虽然这只是一声梦中的叫喊，却提醒了我们所有的人。那已经是下半夜，罗敏睡在他房间里的叫喊声首先惊醒的是林莎，然后是肖瘦田，然后是我。我们所有人都起床了，我们站在床前唤醒了他，他已经被这个梦弄得大汗淋漓。我知道这虽然只是一个梦境，却隐藏着无限的恶，从这刻开始，我的心似乎就不得安宁。

我逐渐发现了一个迹象，罗敏也开始酗酒，首先是在他的房子里，我发现了空酒瓶。这只是开端，除此之外，我发现罗敏经常缺席，很长时间以来，我已经习惯在茶馆中看见罗敏，因为只有他在场才可能验证一种安宁，我已经想象不出罗敏不在场的后果。因为，我们大家共同扭转了一种局面。将置于悬崖顶上的瘾君子罗敏和肖瘦田拉回了我们朴素而安全的现实生活。

一旦罗敏在茶馆中缺席的话，只可能意味着生活中的危机又重现了。我害怕这危机，作为罗敏的亲人，我经历了太多的恐慌，终于看见我弟弟罗敏在县城这座茶馆中寻找到了解救他苦难的乌托邦。

所以，罗敏缺席的时候，我比任何人都敏感地意识到要有什么事发生。我的每一次预感都来自我生命的内陆，它也许就是灵魂之屋，只有在这里，灵魂可以支配我去生活，灵魂也可以帮助我在生活中寻找问题的答案。啊，灵魂，当我的灵魂在咚咚跳动时，也正是弟弟罗敏经常缺席的时候。

我悄然溜进茶馆，肖瘦田在忙碌着，他仿佛已经被时光改造得变成了另一个人：站在茶馆中的肖瘦田穿着洁白的工作服，他的目光温和，你再也无法想象那个为了做瘾君子把自己变成叫花子的男人，那个睡在电影院门口的纸箱里的被县城的清洁工所发现的肖瘦田。历史正被肖瘦田自己所涂改着，他从不缺席，他始终在忙碌着，似乎已经度过了那种最危险的时刻。

而我的弟弟和他的女友林莎的生活现状都令人担忧。我不得不面对这种缺席，它跟父亲在我们生活中缺席一样，跟李路在我的生活中缺席也一样：前者的缺席是永别的故事，即我们已经永远地离别了，前者已经变为死者，已变为尘埃，我们只能用怀念的方式去缅怀他们；后者的缺席却是一种隔离式的未知，弟弟一旦从茶馆消失不见，我仿佛又看见了一堵墙壁，弟弟在墙壁的另一处在干什么？我却无法看见，这就是人与人之间的隔离状态。我寻访着有可能让弟弟现身的地方，我一个角落一个角落地寻找着。从许多年前开始，当我惊恐地知道弟弟是一个瘾君子的时候，我就知道了一个阴郁而冰冷可怕的秘密，一个瘾君子的生活与角落的关系。他们惧怕现实，所以，他们总是把自己藏在一个又一个角落的深处。

角落，是每一个瘾君子消失之所，就像蚂蚁群有它们神奇的洞穴一样。瘾君子已经失去了正常的、积极健康的生活，他们明知道这一点，却无法拒绝毒品的引诱。当我们活在人世挣扎之时，我们已经记不清楚人生旅途中所面对的多少次引诱，有些人可以拒绝引诱，有些人钻进了圈套，弟弟就是其中的人。

县城中的已被我发现的角落包括录音室、电影院、舞厅、废弃的老屋子、仓库、汽车场的周围等等。我基本上寻遍了这些直接露面的角落，但始终没有寻找到罗敏露面的地方。渐渐地，我发现了一个明显的特征：林莎消失的时候，也正是罗敏消失的时候；另一个特征是林莎回家的午夜，也正是罗敏回来的时候。我慢慢地判断着，像一个预言家和侦探，我想，我之所以在所有人中成了作家，把写作作为我终身的职业，这是因为在所有人中，我掌握着语词，它就是我唯一的武器，可以帮助我在人世间战胜空虚和苦难。

循着他们的足迹，我终于揭开了这个阴郁的黑洞，悬挂着冰冷的布幔。当我站在黑洞门前时，已经把自我变成了一种探索器，它发出的声音激励着我战胜一切恐怖，而且，我已经做好了最坏的精神准备。如果罗敏和林莎果真像我预想的一样生活在黑洞之中的话，我依然要把他们拉出洞穴，人世间存在的所有的恐怖包括死亡和绝望的恐怖。我已经绝望了，人世间存在的绝望中依然包括希望，所以，当我面对黑洞时，内心的希望依然在我心底冉冉上升着。

在旅馆的一间客房中，它就是呈现在我眼前的黑洞世界，在这里，我发现了罗敏和林莎以及曾经搀扶着酩酊大醉的林莎回家的那个陌生的男人。当然，还有其他人，他们在这个角落，秘密地又一次开始了瘾君子的生活。

依赖我的力量似乎太微弱了，我只好求助于派出所的朋友，在那个夜晚，我带领几个便衣警察捣毁了黑洞。然后，我请求他们再一次用一种武力将弟弟和林莎及别的瘾君子拘留在派出所里。我知道，半个多月以后，他们依然会走出派出所。面对这一切，肖瘦田也开始赎罪，因为所有的前因后果导致了我们的苦难。肖瘦田赎罪的最大理由在于：作为罗敏的好朋友，是他先变成了瘾君子，从而导致罗敏也变成瘾君子。

半个多月以后，罗敏和林莎走出了派出所。罗敏垂头丧气地告诉了我一个秘密的罪恶计划：他想杀死那个送林莎回家的陌生男人。他已经准备好了刀子，因为正是那个男人使他和林莎相继变成了瘾君子。这个计划吓得我开始失语，我总是站在罗敏这边，唯恐他消失，唯恐他付诸行动，我甚至到他房子里强行地搜寻那把匕首。当我从罗敏床上发现那把锃亮的匕首时，我用我的外套包好它，我溜出了茶馆，我奔跑着。如果现在出现了荒原，我也许会跑到荒原上去。然而，世界是有止境的，我已经又一次不知不觉地跑到了护城河边。

清澈透明的河底映现出我的影子，我从外套里取出了那把匕首，我看了看周围，我不想让任何别人，除我之外的人看见这把匕首的秘密。因为我知道这个秘密是罪恶，是不可告知的罪恶，所以，我要把这个秘密沉入水底，不被任何人揭穿。

循着河流，我终于寻找到了一条河流最深的地方，在一团团青苔的游动中，我轻握住了匕首，把它投入了一段看不见底的青苔之下。很快，那带着寒流的匕首就从我眼前消失不见了。

后来，我发现了那个陌生男人早就在我销毁匕首之前就已经消失不见了。即使罗敏想杀死他，也无法寻找到他。不过，就让那把匕首彻底地消失吧。除此之外，我想让罗敏带着林莎到省城生活一段时间再回到县城来。

一种隔离是必需的，我想让罗敏和他的女友从一种低谷之中再一次走出来。我把他们送到了客运站。我累了，一个又一个噩梦在我生活中反复无常地出现。就在这时，简开着他的越野车来到了县城，他告诉我一个事实：简又一次离婚了，所有离婚者都在陈述着一个解脱的理由，那就是不和谐的旋律产生的决裂关系。

我到旅馆去看简时，他做好了一个拥抱我的姿势，却被我否定了。我宁愿做简的朋友，也不愿做简的情人。随同年龄像时光递嬗，我已经多少了解我的本性：我已经习惯了我的生活方式，我不愿意永远地睡在一个男人的身边追问我们的关系和我们之间的问题所在。让我们举起杯来干杯吧，当我告诉简我永远是他的旅途中可以看见的一个老朋友时，简显得有些伤感，就像往常一样，他驱车离开了我。

我突然看见了侄女张平惠骑着一辆粉红色的自行车，从离我不远处的路上奔驰而去。她是一个青春期的故事，我现在理清了头绪，开始讲述她和她母亲以及那个拉小提琴的男人的故事。这个故事必须延续下去，因为从看见那辆粉红色自行车朝前奔驰而去时，我就想到了这些美妙如春天的词语，比如，桃子似的梦境，容器中晃动的蜜流了出来；比如，悬挂在胸部的一种乐器，它似乎始终在永不厌倦的地方演奏，这也许是我们生活中最大的秘密。

10

姐姐对副院长来说也许仅仅是一个女人而已。而副院长对于姐姐来说却是一种抓住不放的希望。不知道为什么，姐姐太想离开县城，到省城去生活了。这意味着姐姐要付出代价，除了把自己的身心完整地交给一个男人之外，她还得一次又一次地寻找计谋前去对付副院长的老婆。机会终于降临到了副院长身上，他的调令来了，这也是姐姐曾经对我透露过她私下与副院长的计谋之一。

所谓计谋之一就是让副院长先调离县城，然后，副院长那名存实亡的婚姻生活将与他的现实拉开距离，分居的空间感越强，摧毁婚姻生活的理由就会更充分。

这个计谋从副院长与姐姐偷情的疯狂中开始孕育，目的是为了让院长离开县城。在这个世界上，对于婚姻不外乎有两种选择。前一种人属于被距离拉长的婚姻生活，他们总是拉着一根长线，试图从线的这一端走到另一端去，为了冲破距离，他们付出了各种代价，比如，他们中的一方必须离开原来的地方，这意味着牺牲自己的环境，甚至牺牲自己的职业等等；后一种人属于没有距离的婚姻生活，他们厌倦了没有被一条线拉长的距离，在靠得很近的无距离之中，到处是他们贴得很近的散发出来的气味。所以，他们中的一方，比如副院长就属于后者，他想制造距离。

于是，距离来了，除此之外，一个巨大的计谋已经显形露相，外科医生拉开了与前妻的距离只是为了摧毁婚姻。这个前奏曲，姐姐已经告诉过我。当我再也没有见到副院长时，姐姐兴奋地告诉我说，副院长已经拿到调到省城的调离通知书了。

同时，姐姐也告诉了我他们的第二个计谋，我在下着细雨的小县城仿佛已经看见他们那将实现的第二个计谋的图像：姐姐不顾一切地乘着长途客车往返在省城和县城之间的路上，肩负着两件事，除了到省城批发市场批发服装之外，姐姐将到省城与副院长幽居。在这个计谋里，姐姐仿佛是一个恋人，不顾一切地出发；因为这个热情洋溢的计谋使姐姐焕发出一种朝气和力量。

从姐姐身上我感知到一种痴迷：利用情感来达到自己的目的。我不知道姐姐对副院长到底潜藏着多少爱情，爱情是看不清楚的，也是不能衡量的，它很难呈现出如水般的清澈。因为人总是在爱上一个人时告诉自己也在告诉别人，一个人爱上另外一个人的特殊理由。

副院长刚刚离开县城不久，姐姐就要出发了，在这样的时刻，姐姐总是最先想到我，为了遮掩别人的目光，姐姐不得不保持着服装铺开门的模样，这个计谋姐姐在不久之前已经实施过了。而现在，姐姐又要我到服装铺子为她守几天铺子。姐姐到省城去了，我坐在铺子里。几天后，姐姐回来了，当她把一大袋从省城批发来的服装抛在地上时，我感觉到了她的一种情绪：一种火热的像午后的太阳照耀着的情绪。

姐姐心情灿烂地把新批发来的服装刚用衣架挂好，一个女人便站在了铺子门口，她穿着肥大的黑色灯笼裤，上衣穿一件红色衣服，既像一团火，也像一个瘟神，她嘲讽道："你别太得意了，我丈夫不是已经把你抛下不管了吗？你别做梦，我丈夫绝不会把你带出县城的，我太了解我丈夫的本性了，你知道我已经跟他生活了二十多年，你是谁？你算什么？你了解我丈夫的本性吗？"女人趾高气扬地离开之后，姐姐才告诉我说，她已经习惯了这个女人，因为她隔三岔五总是到铺子里来嘲弄姐姐。

为此，姐姐抽泣着说："最近以来，我唯一学会的一件事情就是无所谓。"在这种无所谓中寄托着姐姐的希望：副院长总有一天会把姐姐带出省城，这个幸福的梦境使姐姐当然显得无所谓。

让姐姐感到心烦的还有另一件事：张平惠和拉小提琴的男人的关系。这种关系已经明了，张平惠明确地告诉姐姐，她就是喜欢那个拉小提琴的男人，除了他，她不会嫁给其他任何一个男人的。这种坚硬的态度，使姐姐百思不解，她不明白年纪轻轻的张平惠为什么会爱上这个男人，在姐姐现在的眼里，那个离婚男人除了会拉小提琴，简直一无所有，他是不会给张平惠带来任何幸福的。所以，她觉得她已经无法与张平惠谈话了，因为每一次谈话都很生硬，她让我劝劝张平惠。

现在，我发现，我已经很长时间没有面对张平惠了，当我来到侄女张平惠在县医院的单身宿舍时，我吓了一跳。张平惠正在收拾行装，她告诉我一个现实，她已经辞职了，所以，她正在收拾行装，想搬离县医院的宿舍。

我没有想到张平惠辞职的理由非常简单：她不想做女护士了，她想练小提琴，日后到省城去，我试图挽回一种现象，让她重新收回那份辞职书。然而，她却孤傲地对我说："我就是喜欢拉小提琴，我要过我自己喜欢过的生活。"然而，我并不知道，在她的辞职书之下，隐藏着一种私奔的图像：她想和拉小提琴的男人到省城去生活。这个秘密是我过后才知道的。

在她私奔前夕，她想到了我，我大约是她唯一所想到的人。她约我见面时很匆忙，是在一个晚上，乌云很低地笼罩着我们，仿佛一场骤雨即将来临，她的两手放在胸前，我约她到茶馆见面，她望望周围，似乎有什么秘密想告诉我。

我把她引进我在茶馆的卧室，她的胸脯微微地震动着，终于她告诉了我一个秘密：今晚十二点整，她将和拉小提琴的男人离开县城。我以为是外出到别的地方旅游，她否定说："不，是永远地离开县城。"她嘱咐我先不要告诉她母亲，她到省城后会给母亲打电话的，如果告诉母亲的话，她的私奔肯定会失败。我问她私奔到省城去做什么？她说拉小提琴的男人已经在省城一所中学联系好了工作，而她呢，她想到省城的一所学校再进修，她这一生什么事也不想做，唯一的事就是拉小提琴。

我突然想起了哥哥当年私奔的失败。我想，哥哥当年之所以失败，是因为那个女人的丈夫阻止了他们。如今，如果没有任何人阻止张平惠和拉小提琴的男人私奔，那么他们就会成功。在面对情感受到阻碍时，人们总是以双双私奔的方式来展现出他们的目的：寻找到永远生活在一起、永不分离的那一种诺言。

所以，我为他们保守了秘密。不仅如此，我还是唯一送他们的人。这是一个已经撑开雨伞的午夜时分，大雨在之前已经倾盆而下。在城郊，一个男人带着一个女人，从外形上看去，这个男人可以做女人的父亲，然而，他们却是一对私奔的恋人。男人提着小提琴，女人的手中同样提着小提琴，他们上了一辆货车，很快就私奔成功了。因为我很快就看不见那辆货车了。

我撑开了雨伞，但还是淋湿了身体，那个后半夜，我依然保守着秘密。直到第二天，我才出现在姐姐的服装铺子，当我告诉她张平惠已经与拉小提琴的男人离开了小县城时，她就跳了起来："为什么？为什么他们要一块私奔？"我把她拉到椅子上坐下来，她突然把客观存在的核心指向了我。质问我明明知道这事为什么不阻止他们？我仿佛听见车轮在朝前快速地滚动而去，我仿佛在姐姐沉滞的服装铺子里寻找到了一种属于我自己的激情：我之所以没有阻止他们，是因为我看到了人性的希望，它超越了爱情的希望。

姐姐当然已经不可能改变张平惠的命运，这伸至远方的命运告诉我们一个现实问题：每个人都在寻找自己的生活方式。每一个人跟每一个人都不雷同，这正是我们为命运搏斗的方式。张平惠在那个午夜跟一个男人私奔成功了，我已经接到了她站在省城公用电话亭给我打来的电话，她兴奋得就像滑过了小提琴弓弦的一段音符，她用全身心投入的激情告诉我：她真正的人生已经开始了。虽然她现在显得一无所有，然而，她却有一个男人以及跟这个男人展现出来的对未来的期待。

11

姐姐与副院长好像通过一次长途电话。这次电话决定了姐姐的命运：她将秘密地把服装铺子转让以后离开县城。当然，我知道这是长途电话决定的另一个计谋之一，完成这个计谋的姐姐沉浸在快乐之中，使姐姐决定离开县城的最大决心来源于省城及一个男人对她的召唤，而且张平惠的私奔使她可以少了许多留在县城的牵挂。

姐姐决定走是必然的。她的速度很快，用了几天的时间就将她的铺子转让给了她的一个女友，她的女友经常在铺子里聊天，经常做着想开一家服装铺子的梦，只是无法租到位置好的铺子。现在，姐姐秘密地转让她自己的服装铺子，她将到省城去，她的梦想之一就是到省城再开一家服装铺子，以维持自己的生计；她的梦想之二：就是通过开铺子有一个落脚点，使她与前副院长的关系继续维持下去。

她含糊地向我描述着这种关系，她好像并不谈论婚姻，这个许多人的归宿之地。也许她拒绝谈论婚姻这个词，因为在她的情感旅途中，婚姻已经被她经历过了。如果她是一个像人们追求摩登一样追求情感的女人，婚姻对姐姐来说并不是归宿之地。她好像要的就是省城和一个男人。直抵省城的姐姐仿佛在我面前已经插上了双翅，姐姐依然那样有风韵，这必然把那个副院长的老婆，一个貌不惊人的女人，一个过了四十岁的，身体已经发胖的女人比了下去。

就这样，姐姐去寻找她的前程去了。随即我也在思忖着一个计划，到省城去写作一段时间。这个计划是早就应该实现的，之前，我已经让罗华为我在省城的城郊买下了一套房子，我早就知道总有一天我会离开县城的，我会带上母亲到省城去生活。当我把这个计划告诉母亲时，她拒绝了，她说她已经习惯了在县城的生活，何况她离不开县城的邻居和许多老朋友。

姐姐离开县城后的几个星期，我就把茶馆交给了肖瘦田，他正在跟一个女人谈恋爱。女人是县城一中的数学老师，长得清秀，坐在肖瘦田的旁边的那种神态让我感受到了女人想把自己的生活交给肖瘦田的那种真挚。

从县城到省城，跨越之中，我已经尝够了不同的滋味，而此刻，我已经拉开了省城郊区的那套房子的窗帘。我知道，窗帘是我们居住的最神秘的具有动感和隐秘话语的存之物。在拉开和合上窗帘之中，我除了拥有我独立的写作话语之外，我还关心他人的生活，比如，我的哥哥罗华，他的照相馆生意兴隆。然而，他与女友的恋爱关系并不顺利，桃子告诉我，在她和罗华之间有一个第三者，她就是罗华过去的女朋友杨琼飞。比如，我的弟弟罗敏，他现在开了一家小酒吧，他和女友林莎经营着那家酒吧，投资者是罗华；比如，我的侄女张平惠，我在县城时曾与她通过电话，她上了小提琴培训班，拉小提琴的男人已经在一所中学当了音乐教师；比如，我的姐姐罗果，她是最不安分的女人，她来到省城后，仍然在寻找最便宜和地点最好的服装铺子。我还没来得及跟他们会面，我一到省城，就来到了我郊区的房子里，因为，我的生活需要在这房间里做一次澄明。多少年来，我一直着迷于县城郊外护城河底的明澈可鉴，当我可以看见青苔时，同时也看见了那些幼小生命穿行的迹象。所以，我需要澄明。现在是什么时候了。过了几夜，我决定去见我生活中无法离开的亲人，是他们的存在之谜伴随着我的生活并拉开了一次又一次的序幕。所以，我现在面对的依然是与他们共同生活在一起。当然，写作的时候除外，我写作时，世界是静谧的。

罗华的照相馆真的很繁荣，他早就已经开始了这个时尚世界中最时尚的摄影：婚纱艺术摄影世界。当我到达他的摄影工作间时，他的女友现在已经变成了化妆师。罗华之前告诉过我，他已经把桃子送到了化妆培训班，好像跟一个名师学化妆，而且桃子关闭了她的美发室，去协助罗华的工作。我很难想象，在他们之间会有第三者。

置身于恋爱中的人们永远害怕那个第三者的存在，桃子就是这样的女人。她虽然已经获得了化妆师的证书，占据了摄影工作室中化妆首席的地位。然而，她却怯懦地告诉我说，她害怕一个女人的存在。

这个女人因为是罗华前面的女友，就经常地介入她和罗华之间。她在摄影工作室只要发现罗华不在场，就感到心慌，这种不在场意味着罗华又去秘密地会见前任女友杨琼飞了。

在桃子的心目中，杨琼飞是一只活生生的狐狸，她总是游走在桃子和罗华之间，她明明有许多男朋友，却总是前来捣乱罗华和桃子的恋爱关系；在桃子的心目中，罗华无疑是她生活是最为重要的男人，也是她目前唯一的男人。她悄然告诉我说：像罗华这样的男人也有他的弱点，那就是既紧紧地抓住她的手，也要走回去抓住旧日恋人的手。这种弱点使罗华经常从她眼前消失。她曾经秘密地跟随过罗华的踪迹，这让许多聪明女人误入歧途的嫉妒之路闪现在一个夜晚。

她刚准备进浴室，因为她太累了，她和罗华刚回家，他们已经同居很长时间了。罗华的电话响了，罗华就走向露台。电话一响，桃子就显得很紧张，因为她知道：那个形似狐狸的女人杨琼飞又在秘密地召唤罗华了。

果然，罗华不做任何解释就出门了。罗华总是不做生活中的任何一种解释，这正是让桃子无法忍受的地方。她不顾白天化妆师的疲倦，秘密地第一次跟踪了罗华的影子。

罗华的影子在夜晚好像拉得很长，罗华驱着车，为此，桃子只得上了一辆出租车，她一直很后悔总是没时间去学开车，总是把时间献给了化妆术。所以，桃子总结了一条准则：了解任何秘密都需要速度。出租车把她拉到了一座公寓楼下，当她站在公寓楼下时，才感觉到世界如此渺茫无边，耸入云天的公寓楼，她真不知道去哪里寻找罗华。因为速度只差几秒，罗华就从她眼前消失不见了。

她待在罗华的车旁，三个小时以后，罗华出来了，而她已经困倦得没有任何力量去质问罗华到公寓楼里见了什么人。不过，她知道了，杨琼飞就住在这幢显得傲慢的公寓里。有一天，经过这幢公寓时，她有意下了车，站在公寓楼前的小花园中朝上眺望着。

眺望的结果却让她越来越迷惘，因为根本就看不见杨琼飞的影子。就在她想离开时，她却看见杨琼飞牵着一个留着长发的男人的手臂，有说有笑地从公寓楼前的电梯口出来，然后进了停车场。一辆白色的轿车出来了，杨琼飞开着车，那个男人就坐在她旁边。

看到这种情景，使桃子稍微解脱了一下：毕竟杨琼飞已经有别的男朋友了，她不可能再成为罗华的女朋友。然而，罗华与杨琼飞的纠缠关系却始终折磨着桃子。在我眼前，罗华代表那种从二十世纪八十年代到二十一世纪初期的男人，然而，他却始终不想接受婚姻。

我见到了杨琼飞，在许多明快的广告牌子上，杨琼飞依然用她特有的姿态占据着内衣广告业。然而，我还没有见到她本人，那个变来变去的已经被桃子称为狐狸的女人，她的特性、她的内衣和她的胸部到底怎样奴役了她，又解放了她的身心。

罗华在我面前解释着他与杨琼飞的关系：一种昨天和今天连接起来的关系，它不代表爱情，它不奔向婚姻。就此而已，我已经基本上了解了罗华的心态，我问他什么时候跟女友桃子拍婚纱照片时，他幽默地一笑说："等下辈子吧！"

这并不是桃子的梦。我知道桃子是想结婚的，她想结束一种同居关系，在婚姻的凭证之下与罗华生活在一起。哦，摄影工作室的一系列婚姻照片，那些真实、虚拟的美丽，一瞬间的幸福，它们悬挂在墙上。

而摄影家罗华，化妆师桃子不知道已经为他人拍摄了多少婚纱照，而他们自己的婚纱照却成了遥远。为此，桃子迷惘地说："不知道我自己什么时候能披上婚纱。不知道罗华在何时与我站在一起拍婚纱照片。"

12

我没有想到罗华把杨琼飞带到了我身边，杨琼飞双眼明亮灼热地望着我，她跟我谈到了由我的一部小说改编的一部电影。问我这部电影是不是正在物色角色。她挺着胸部说她想参与电影中的女主角的竞争，问我能不能将她推荐给导演。我说我并没有见过导演，我的小说是由别人改编的，跟我一点关系都没有。

杨琼飞并不相信我说的话，她说她做女模特的愿望已经实现了，而且她已经做了好长时间的内衣广告模特，她有些厌倦了。她确实想进入演艺界，如果我能提携她，她的梦想就会顺利一些。为此，她在几天时间里，总是约我见面，她的这个理想好像很迫切，恨不得马上成为电影女主角。我开始被杨琼飞缠上了，而且罗华也走上前来说服我，罗华说："杨琼飞是一个有艺术天赋的女人，她想做的事情就一定会做好，你就帮帮她吧！"我只好给导演挂了一个电话，我真不认识导演，我破例地说我就是他即将导演的那部原创小说的作者，我想给他推荐一名女主角试一试镜。导演听说我是原创小说的作者，当然很高兴。他说他现在在外省，很快就会回到北京，让我把推荐的人叫到北京去面试。这个消息对于杨琼飞来说意味着另外一次飞跃：梦想又一次降临到了她身上，梦想又一次环绕她的梦境。

我不知道结局是什么，我所能做的只能是与导演通一次电话，其余的事我不想插手，命运就是命运。如果杨琼飞适宜做那个角色，命运便会向她敞开大门。罗华决定护送杨琼飞到北京去，这出乎我的意料。我劝哥哥用不着亲自护送，应该考虑一下他与桃子的一系列关系。罗华还是固执地带着杨琼飞去了飞机场。这激怒了桃子，她打了出租车追到了飞机场。一个多小时以后，罗华跟着桃子回到了摄影工作室。当时，我正在工作室发呆，罗华和桃子怒气冲冲地上了摄影工作室的二楼，我听见了一阵争吵声。我顺着楼梯上去，之前，我所以发呆就是因为了解桃子追到飞机场，会发生什么意外。

于是，他们终于回来了，这是一种好局面，桃子还是把罗华带回来了，把他从激情的那一端拉到了理智的这一端。但我没有想到桃子强硬地扯断了罗华的激情之念，把他拉回到现实中来时，他的自尊心却被激怒了。

我顺着楼梯上去，不错，他们正在争吵，彼此在伤害，语词咄咄逼人，毫不在乎别人的感受。桃子大声说她早就想离开给他看，桃子一说完就咚咚地奔向楼梯。我猛然抓住桃子的手说：“你到哪里去，桃子，你为什么不理智一些呢，桃子……”桃子真的无法自控了，很长时间压抑在内心的困境终于爆发了出来。

　　就这样，罗华的女朋友出走了。出走真的会是一种解决问题的道路吗？我们都无法找到桃子出走的方向。罗华说："别去找桃子，用不了多长时间，她自己就会回来的，这就是女人。"他的声音刚结束，我们就看见张平惠，她已经进了摄影室，除了她还有拉小提琴的刘音民。

　　我们之前已经见过面，一次短暂的见面，这次进摄影室，张平惠是想与刘音民照一组婚纱照，我吃了一惊，张平惠就要结婚了吗？她看上去还那么纤巧和幼稚呀，然而，无论是纤巧的身形和幼稚的表情都无法改变她与刘音民拍摄一组婚纱照片，当最为年轻的爱情交烁在一双幼稚的眼睛里时，我们没有权利追问这是为什么。

　　因为桃子不在场，第二任化妆师开始给张平惠和刘音民上妆。第二任化妆师是罗华刚聘用的化妆师，她叫小丫。我们都不知道她从哪里来，有一天，她拎着一只箱子走到摄影室，掏出了她的一本化妆师证书给罗华。于是，罗华就留下了她。

　　小丫是单眼皮，有一张娃娃脸，笑起来时让人感觉到很舒心，在她身上似乎看不到历史痕迹和沉重。当她给张平惠和刘音民上妆时，我就坐在对面，小丫似乎可以给摄影室带来快乐。

一种清脆的笑声从她的嘴里发出来，具有像青草和露水一样的感染力。她的存在似乎可以让罗华忘记桃子出走的不悦。我有一种隐隐的预感：我哥哥罗华的情感旅程出现一种类似花瓣飘落下来的凉爽和清澈。这一切都将与这个叫小丫的女孩有关。

姐姐突然之间闯进了摄影室，不知道她从哪里知道了张平惠将拍摄婚纱照的事情。她越过了马路，越过了红绿灯，越过了挡住她的人们，越过了焦虑和沙哑的叫喊：只是为了出现在这一刻，阻止她的女儿化妆和拍系列婚纱照吗？姐姐站在化妆的张平惠面前浑身颤抖地说："没有我的同意你根本照不了婚纱照。"她一边说一边拿起一块湿漉漉的毛巾，在我们意料不及的情况下罩住了张平惠的脸。

张平惠的脸在那块蓝色的毛巾中扭动着，而那块潮湿的毛巾在刹那间已经擦干净了张平惠脸上的化妆术，而且等到这张脸终于从毛巾中挣扎出来时，那张脸已经溢满了眼泪。姐姐抛下了那块毛巾，走向刘音民宣布道："如果你敢与张平惠偷拍婚纱照片的话……"下面的话她没有说出来，姐姐就气势汹汹地带着她的愤怒和不平静离开了摄影工作室。

我们所有人都愣在那里，仿佛在刹那间，我们在不知不觉中都已经丧失自我、迷失了自我：只有在迷失自我之中，我们才会改变自己的命运。在这迷失自我之中，刘音民坚定地站在那里，他是我们几个人中最坚定的人，他好像面不改色，依然保持着照婚纱照的那种执着。这让我想起了弓弦中的旋律，当它们搭在一起时好像就没有中断的旋律。在这种迷失之中，罗华垂下头来，走到了窗口，他经历过许多事件，在这里，他一声不吭地望着窗外的远景，他也许看见了杨琼飞，也许看见了桃子，也许重温着第一次私奔的挫败；在这种迷失之中，小丫的脸最为慌乱，也许她是我们当中经历最少的女孩子，她的慌乱感陈述着一种极端，她可以重新给张平惠上妆；在这种迷失之中，我的侄女张平惠的面部表情充满了痉挛，就像一些录像带子在放映中突然发生了故障，从而痉挛着；在这种迷失之中，我已经感觉到了人性是在内在的分裂中前进的，姐姐在前进，所以，她从县城到了省城，张平惠和刘音民的人性故事在前进，所以，他在前进中已经开始为生活拍摄婚纱照片。

接下来，张平惠再一次坐在了小丫面前：小丫正在第二次给张平惠上妆。就这样，姐姐的力量失效了，张平惠和刘音民坚定不移地拍摄了一组灿烂的、幸福的、和谐的婚纱照。

过几天，我们就会看见婚纱照片，这是必然的，过几天这种幸福的一瞬间就会出现在定了格的照片上。除了为他们祝福这种幸福能永恒之外，我还要做一番姐姐的工作。姐姐正在找铺面，这当然不是一件容易的事，我不知道她住在哪里，她只隐隐闪现了一下就消失了。然而她最终会出现的，她只会跟副院长在一起，她有爱情，我用不着为她担心。

我所担心的另一个人是罗敏。多少年来，他不断地给自己的生活制造一系列的麻烦事件，他不断地给自己的生活制造危机和问题。所以，我不断地为他这种命运而担忧。

危机和麻烦事总是伴随着我的弟弟罗敏，然而，在不知不觉中我们已经拉开了距离，我们都有自己的生活，我的生活是写作，而罗敏的生活是开酒吧。趁着夜色已经开始飘荡，就让我带上你，我亲爱的读者朋友去看一看弟弟罗敏开的酒吧。你已经一次又一次了解了罗敏的一部分历史，它委顿而伤感，当我们试图一次又一次用绳索把弟弟捆绑起来时，时光又松了绑。

总而言之，我们的历史是在捆绑与松绑之间过渡的。亲爱的弟弟罗敏，我已经看到了你酒吧的灯光，借着灯光我已经再一次慢慢地走近你，了解你的生活中的一部分，因为除了血缘关系，这种不可分割的联系之外，我总是看见你在挣扎的状态，你挣扎的图像贯穿在我的生命中。所以，除了血缘之外，我总是作为绳子，作为捆绑你身体的意象，出现在你面前。所以，唯愿我每次走近你时都看到你正常的生活状态。

13

非正常的生活状态永远是罗敏现实中的一种命运。罗敏骨感的脸以及那双恍惚的眼睛似乎在告诉我：他的瘾君子生活依然在继续进行着，当我与他对峙时，自然是在他的酒吧。酒吧面积不大，顶楼是他和林莎同居的家，楼下是酒吧，因为酒吧设置在市中心，尽管只有二十多平方米，却总是坐满了人。

顶楼上有两间房，大一点的那间房是他和林莎的卧室，小点的房间是他的会客室。因为酒吧人太满了，所以，我来到了他的会客室等待罗敏。他趿着拖鞋来了，我感到他的目光回避着我。他似乎对我隐瞒着什么东西，他突然笑了，让我别为他担心，并告诉我他已经不是过去那个罗敏了。

那么，他是谁？他如果不是过去的那个罗敏，他会变成什么人呢？我在寻找着林莎，作为罗敏的女友，她在过去的时光曾经或多或少地染上了毒瘾。而此刻，她在唱歌，在叫喊着她那二三流的嗓音，酒吧的灯光照着她裸露在胳膊上的一道疤痕。我突然对这道疤痕产生了浓厚的兴趣。

私下我约她在别的地方见了面，她依然露着胳膊。当她意识到我已经盯着她手臂上的疤痕时，就坦然地告诉我说这是罗敏留在她身体上的第一道疤痕。罗敏怀疑她与一个男人发生了性关系，所以在无法克制时在她手臂上留下了一道疤痕。

林莎和我坐在商业街上一座露天啤酒花园。林莎对我说："你不要以为罗敏已经彻底戒毒了，我告诉你，像罗敏这样的人是不会彻底戒毒的。我了解他的本性，而且我知道他在暗地里寻找到毒品，当我毒瘾发作时，我就跟他要毒粉，他总是能够一次又一次地满足我……所以，我无法离开罗敏，即使他在我胳膊上留下了一道疼痛难忍的疤痕，我也无法离开他……这就是为什么我始终留在罗敏身边的原因。"

作为女人的林莎喝完了好几瓶啤酒之后，终于把她内心的秘密如实地告诉了我，那是一个让我再次感到绝望的夜晚。林莎喝多了，我不得不搀扶着她回到酒吧。

在酒吧里并没有看见罗敏，我问林莎，我已经把她搀到他们的卧室，我晃动着林莎的手臂说怎么会看不见罗敏。林莎像鬼一样笑了笑倒在床上说："在这样的时刻，你和我都不会看见罗敏，他总在半夜消失，在拂晓之前回来……噢，我难受极了。"

我没有想到，就在这一刻，林莎毒瘾潜藏在身体中那一种致命的东西爆发出来了，她使劲地拉着我的手让我帮助她去找罗敏。我知道在这样一个时刻，她之所以拼命地寻找着罗敏，实际上是为了寻找到那些粉末似的东西。当我无法扶紧她时，我不得不撕开了她衣柜中的一条裙子，把裙子分解为一条绳索。

很显然，被我们扭结成绳索的任何一种东西确实都可以产生强大的魔法力量，它在有限的空间捆绑住了一个焦躁不安的灵魂。我把林莎捆绑在床边，不到半小时她似乎就睡着了，她像孩子一样终于无忧无虑地睡过去了。

正像林莎说的那样，罗敏会在拂晓前回到酒吧。当我听见罗敏上楼来时的声音时，我多么想借一根绳索的力量，抛掷在罗敏的身体上，然后再用一种意想不到的速度捆绑起来。然而，我发现我手里根本就没有绳子，那一根漫长的绳子已经留在小县城，留在母亲身边。而且，在罗敏进屋的那一刹那，我们的目光刚碰撞的时候，罗敏就垂下头来。我问他到哪里去了，他说去见朋友了。接下来的对话里，罗敏却在撒谎，他说他已经戒毒了，他已经离毒品很远了，让我不要总是盯着他。

他看到了被我绑起来的林莎，他走过去为林莎松开绑，他亲了亲林莎。我离开了，我想了好几天，然后又跟罗华商量，我想把罗敏和林莎送到戒毒所去生活一段时间，罗华没有反对。而当我们来到酒吧时，我们的建议却遭到了罗敏和林莎的反对。

他们好像可以保持否定的一致性，并且矢口否定他们的瘾君子生活。罗敏说为了证明他们对生命的珍惜和热爱，他们将用最快的速度结婚。婚后他们将生育孩子，像所有人一样回到现实中来。就这样，我们的决定被否定了，罗敏确实想结婚了，林莎也一样，她似乎已经累了，她胳膊上那块裸露的疤痕在战栗着。

就这样，罗敏的第二次婚姻在一张红色的证书之下降临了。婚礼中我看到罗敏的一群男友们，他们似乎都很瘦削，每一张脸都具有骨感。林莎穿着婚纱悄然来到我身边对我耳语道："我最害怕的事情始终没有结束，因为罗敏依然与他的那群不明身份的男友们来往着。"

我从林莎的话语中感觉到一种忧虑。新婚第一夜，罗敏就没有跟林莎一起度过，这件事我是第二天下午才知道的。那天下午，乌云积得很厚重，我突然接到林莎的电话，她抽泣道："我的新婚之夜根本不存在，昨天晚上罗敏又是一夜未归，而且现在都没有归来，我不知道他到哪里去了，我不知道他为什么抛下我不管……我后悔极了，为什么要嫁给罗敏这样的男人……"

乌云在穿行着，雷雨很快就要降临，我尽快地赶到了酒吧，酒吧已经营业了，侍者们站在酒吧里，这个时候客人很少。我来到了小楼上，林莎正摆弄着一把锃亮的剪刀，剪刀已经张开，林莎白色的婚纱已经被剪开。这个极端的行为仿佛投下了又一道阴影。林莎让我陪她一同去寻找罗敏。她说罗敏在他朋友家里。

罗敏朋友家到底在哪里呢？罗敏又为什么在新婚之夜逃到朋友家里去过夜呢？这些疑惑使我跟随已经成为新娘的林莎前去寻找她已经失踪的新郎。在我们离开新房之前，林莎已经亲手剪碎了白色的婚纱，新房中到处是碎片。林莎又穿上那套裸露着黑色手臂的牛仔衣裙，在下午的阳光下，我看见她胳膊上的疤痕起起伏伏。我想起了丁兰，一个无助的女孩子，一个永远用手不停地盖着邮戳的女人，她是罗敏第一次婚姻的女人。如今，因为罗敏她已经离开了县城，她已经带着她的丈夫和孩子迁移到了遥远的边境，在一个热带小镇生活着。

罗敏为什么会在与林莎的新婚之夜时出走呢？这当然是个谜，我已经不再企图通过罗敏的故事去解释世间的谜语。每当想到罗敏时，我都会产生一种悲剧的力量。

我知道这种悲剧的力量源自我对罗敏生活迹象的把握，

当多年以前，邓丽君的歌曲出现在罗敏的阁楼上时，我已经第一次在邓丽君那靡顿的歌声中感受到了一双翅膀无声的震动，它正沿着县城沉滞的角隅在震动，它正沿着少年罗敏成长之谜在震动……

现在，我们已经站在了一个楼梯口，林莎仰起头来，我从她模糊的表情中看不清楚她的意图：她到底是想寻找到罗敏的影子还是想寻找到绝望的答案之谜。

谜一样的影子也好，谜一样的答案也好，它们都无法说清楚人活在世上的现实意义。此刻，我们却已经开始上楼了。这楼梯真幽暗，它将引领我们到哪里去呢？林莎那模糊的表情似乎在绝望地探索着。

而我呢？我的表情也是模糊的吗？如果现在有人递给我一面镜子，那该多好啊，如果现在我面前出现了一面镜子，我倒真想透过镜子来研究一下我的表情。我们已经到达了顶楼，林莎的手放在门上，从她敲门的节奏中，我已经感觉到了一种令她心悸的绝望。猛然间，她突然放弃了继续敲门，因为门根本无法敲开。

林莎突然开始跑了起来，不顾我的在场，她金黄色像波浪般散开的长发呼啸着，她穿越了一条又一条街道，突然间向着一座摩天大楼的顶端奔跑而去。当我跑到摩天大楼的顶端时，她却极端地说："如果罗敏不出现在我面前，我就往下跳，我就死给他看……"

她已经站在一座摩天大楼的顶端，她的存在很快投掷在地面上，很快摩天大楼的下面响起了警车声，楼下站满了黑压压的人群。

14

面对警车和黑压压的透不过气来的人群，林莎妥协了，而且在她即将开始妥协的翅膀下面，罗敏出现了。我不知道他是从哪里出现的，在之前，当林莎已经站在危机四伏的顶端时，我一次又一次地打他的手机，试图让他听到我的声音，然而，每一次都是关机。

此刻，罗敏的手臂已经巧妙地伸过来，在他用手臂揽住林莎的那一瞬间，我的心，那颗高高悬在崖边的心终于放在平稳的地上。罗敏揽紧了林莎的手臂，林莎则在那一刻扑进了罗敏的怀抱，就这样，警车撤离了现场，黑压压的人群也离开了。而我也将悄然离去，把这个瞬间留给罗敏和林莎。然而，我没有想到，不久之后，悲剧依然发生了，我的弟弟罗敏带着他的女人林莎在一个午夜纵身从二十八层楼上跳了下去。

此刻，罗敏带走了林莎。作为男人，他一定会竭尽全力地弥补新婚之夜不留在婚房中的那种空缺。罗敏和林莎沿着我的视线消失的时刻，我已感觉到了他们之间那种相互捆绑起来的神秘力量。他们之所以无法分开，是因为两颗十分脆弱的心需要相互联系在一起，除此之外，还有瘾君子的生活，使他们紧紧地纠缠在一起。

让婚姻的现实生活充斥在他们面前吧，让一切的现实弥补他们之间被绳索捆绑起来的肉身疼痛吧。毫无疑问，他们的生活记事本将一页一页地翻开，被拂面而来的微风合上。

此刻，我竟然碰到了乔芬，我少女时代的女友，在省城的商业街上，乔芬刚刚走出一家美发店，她染过的发在黄昏呈现出一种金黄色的波浪，我记不清楚已经有多少年没有见到乔芬了。她在小县城的消失就像我留在小县城中的谣传一样不可言说。

我记得最后一次见到乔芬是在县城的旅馆门口，那时候我正与住在旅馆中的咖啡商人幽居，是生活在小县城的一些女人内心的幻想生活。她们渴望男人带她们离开小县城。那时候，乔芬的婚姻已经出现了问题。从那以后，乔芬好像就从粮食局消失了，事实上在之前，她就已经告诉过我她的身份和名字即将从粮食局的花名册上消失了。从那以后，在我周转不息的小县城里就再也没有见到过乔芬了。

当然，在有关她的一些模糊不清的谣传中，她跟一个男人有关系，这个谣传虽然模糊却很生动：她操起剪刀缓缓而又快速地剪断了从前的婚姻生活，跟着一个男人离开了小县城。

而此刻，乔芬决意要与我叙旧。我们只好前往一家茶馆，我的脸上一定充满了不平静的痕迹。在短促的半天时间里，我经历了林莎的疯狂。当我坐在茶馆里时，我再一次回忆起林莎的疯狂，当她抛开我，奔往二十八层大楼的顶端时，那疯狂难道是为了奔向死亡之幽谷吗？

而此刻，我又寻找到了过去的女友乔芬，我们曾经一次又一次在一个寂寞的时代，出入于电影院。我想起了我穿上橘红色的喇叭裤的那个时代，作为第三个穿喇叭裤的小县城女孩子，我的喇叭裤曾经遭遇到了一些非议，甚至也让我的女友乔芬否定了。然而，这一切都过去了，当我离开县城时，在衣柜中我又看到了橘红色的喇叭裤，我带走了它，作为历史的一部分，它如今依然置身在我的衣柜里。很显然，乔芬此刻的心境已经越过了小县城的迷雾。她当然不会像我此刻一样穿行在昔日小县城的电影院门口。那时候的我总是比乔芬快几个节奏，我总是怀着激情站在电影院门口的台阶上等待乔芬的降临。

为此，少女时的我仿佛从迷雾中慢悠悠地脱颖而出，当我作为县城第三个穿喇叭裤的女孩子置身于台阶上时，也就是置身在谣传之中。现在，我们平静地坐下来，难道仅仅是因为叙旧吗？乔芬的胸部起伏着，她告诉我，她刚做过一次隆胸术，现在又染了发。

她坦率地告诉我，她所做的一切都是为了一个男人。关于这个男人，乔芬的叙述把我带回到了我们生命遥远的小县城。乔芬的叙述须从小县城开始：那时候乔芬面临着人生中最为混乱的时期。一个人生命中最为混乱的时期总是在人的某一阶段发生，而一个人生命中最为混乱的时期却难以逃离疾病、婚姻、爱情和男人的笼罩。

乔芬生命中最为混乱的时期与男人有关系。当这个保守的女人面临着职业的变更时，一个异乡人出现在他面前。就这样，乔芬勇敢地与异乡人约会，并剪断了婚姻的纽带，进入了省城。最初几年，她跟异乡人一心一意在省城的某一条街道上开餐馆，后来餐馆开大了。乔芬告诉我说，当她大把大把地把钱送往银行时，她和那个男人的婚姻却出了问题。

男人身边出现了更年轻的女人时，乔芬感觉到自己的双乳在下陷，当丈夫不再像昔日那样触摸她的身体时，她首先感觉到的是乳房的危机感。为此，她做了一次隆胸术，又刚刚做了一次染发。她总结了生活的经历之后对我说："我越来越无法了解男人，我再也不可能回到县城，回到见到这个男人的时刻。那个时候，他似乎是可以看得清楚的，也是十分透明的。"

她想让我验证一下她的猜测和感受：她现在的男人似乎已经变坏了，不可救药了。她用了极端的语词描绘着她的心境："我不会让他抛弃我的，我不会让他的阴谋得逞。"两个小时以后，她把我带到了她和丈夫苦心经营的餐馆。

餐馆在城东面，是由一家废弃的汽修厂改造过来的，已经到了夜灯照耀城市的时刻，餐馆中依然座无虚席。乔芬把我带到了餐馆的二楼，我见到了乔芬现在的丈夫，他正坐在露台上独自吸着一根香烟。乔芬低声地告诉我：每天晚上她的丈夫都坐在这里吸香烟，然后就会消失，开着他的皇冠车不知道去了哪里，然后在午夜将近时又会开着皇冠车回到住宅区。

乔芬压低声音对我说："我根本不敢问我的丈夫开着黑色的皇冠车每天晚上到哪里去了。仿佛我一开口，就会失去维系我和我丈夫婚姻关系中的那根纽带。然而，我已经尽力了，我做隆胸术、染发，全都是为了我的丈夫，我害怕失去我的男人，我害怕在这座大城市消失。"

她带着我置身在屏风中往外看去，她的丈夫已经掐灭了烟蒂，已经站了起来。就像以往一样，他就要到楼下去开着他的黑色的皇冠车出门了。乔芬压抑着慌乱对我说："我不知道为什么失去力量前去阻止我的丈夫外出。"她突然梦幻似的嘀咕道："罗修，我明白了，我丈夫有了外遇，他一定是在外面有了外遇，否则他不会失了魂似的开着他的皇冠车出门。我该如何办？你帮助我想想办法，我应该怎么办？"

在我们的注视之下，黑色的皇冠车已经开出了餐馆的院子。已经做了隆胸术和染了发的乔芬，从小县城里摧毁了婚姻生活，来到省城与一个男人建立了第二次婚姻的乔芬，为什么如此焦灼不安呢？

几个星期以后，乔芬给我来电话告诉我说，她总算弄清楚一件事情：她丈夫确实有了外遇，那个女人很年轻，是一位宾馆女招待，她问我她到底应该怎么办。

我在电话中沉默了几秒钟后告诉她说："如果你依然爱他，就去找回他。如果你对他的爱已经丧失，就放弃他吧。"又过了几个星期，乔芬来电话告诉我说，她丈夫出了一场车祸，碰断了几根骨头，如今躺在医院里，她正守候着他。从乔芬的话语里，我感觉到一种东西：因为丈夫出了一场车祸，丈夫再也没有时间每天晚上开着黑色皇冠车去见女人了。幸亏出了这场车祸，使她可以白天黑夜都守候在丈夫身边了。这个时刻，终于可以阻止丈夫与那个宾馆女招待的来往了。

总之，我已经从女友乔芬的声音中感受到了生活在一次又一次波浪之中的女人乔芬，内心生活的不稳定性。她的隆胸术没能挽救她的爱情，而一场车祸有可能会让她的丈夫感受到她的关心和体贴。这种人与人之间的关系难道是维系我们生命的另一根绳索吗?

15

姐姐罗果面临的最现实的一件事仍然是与副院长偷情。副院长现在变更了身份，由一位县医院的副院长变成了省人民医院的外科主任。姐姐不顾一切地到了省城，只是为了跟外科主任生活在一起，让她未意料到的事情还是出现了。外科医生的妻子靠着一位亲戚的帮助，辞去了县医院会计的职务，到了省城一家建筑公司做会计。这个女人是神不知、鬼不觉地进入省城的。当时，外科医生正在与姐姐在姐姐的出租屋中度过他们共同的周末生活。

外科医生的妻子直奔建筑公司报到，然后再直奔省人民医院。因为到了周末，只有急诊科的医生才上班，所以，女会计师无法寻找到外科医生，也无法跟外科医生联系上。这一点她在县城时就已经深深地领教到了，凡是到了周末，外科医生总是会把手机关闭，而且一分一秒也不差，到了星期五的晚上，也就是暮色飘荡的时候，外科医生就会准时地把手机关闭。这让置身于县城的会计师迷失了方向，这也是她积极地改变生活方向的目的。当外科医生进省城不久，她嫉妒的神经就已经感觉到了另一个女人的不在场，她就是罗果的空缺。如果在外科医生离开县城之后，罗果依然守候着她的服装铺子打发时光的话，外科医生的会计师就不会自己操纵命运的方向。

罗果的空缺，使她积极地改变了自己生命的重心。此刻，她发胖的身体已经把重心抛掷到了省城，在无法与外科医生联系上的困境里，她住进了医院外一百米处的旅馆，她沐浴了一遍沉重不堪的身体，然后坐在露台上看着省城的街道。

她很庆幸女儿已经在两年前考上了外省的一所大学，而且女儿很现代，两年来从未回家。每当假期降临时，她就跟同学外出旅行。女儿已经不再是她和丈夫的累赘，相反，女儿的顺利成长可以促使她和丈夫寻找到自己新的位置。就这样，在她之前，丈夫到了省城，她知道丈夫到省城很容易，因为丈夫有技术。而她呢，她起初并不自信，认为自己到省城去发展是迷惘的，没有出路的。

是丈夫的离开以及丈夫与一个女人的绯闻生活使她不顾一切地寻找自己的位置。此刻，她不是已经来到省城了吗？她睡了一个好觉，又睡了第二个好觉就已经到了星期一。她到建筑公司上班的时间是下周星期一，她精明地，使尽了女人的技巧为自己保留了足够的时间，在这即将到来的一星期时间里，与丈夫待在一起。

当外科医生刚进医院大门时，守候在门口的会计师走上前来，跃入了外科医生的视线之中。这个来不及仔细琢磨的现实，显然给外科医生带来了一种震惊，他已经来不及阻止这一切，只好把会计师带到了医院给他临时调配的房间里。

外科医生面临着的最大困惑在于他不可能把已经辞了职的到省城谋到职务的妻子逐出他的生活之外，他们不管怎么样，依然是夫妻。不管外科医生的感情如何发生了异变，当他的妻子来投奔他时，他唯一的选择就是不拒绝她，因为拒绝是徒劳的。

就这样，姐姐罗果与外科医生幽居的世界又出现了令她心悸、迷惑的屏障。外科医生周末不能前来与姐姐约会了，他只好把时间改成了不定时，比如中午，某个中午总是姐姐和外科医生偷情的时刻。姐姐的铺面离她的出租屋太远，姐姐不得不为一次又一次突如其来的偷情付出代价。当外科医生临时通知她说中午到她住处时，姐姐不得不关闭服装铺子。姐姐租下这间服装铺面很不容易，她几乎把几年来所有积攒下来的资金全部投入到了出租房中去了。姐姐唯一的世俗理想就是越来越亲密地与外科医生守候在一起，越来越亲密地实现与外科医生永远厮守的愿望。

就在这样的一个时刻，当外科医生正在即将下暴雨的中午前给她来电话，让她回出租房中约会时，姐姐刚刚把铺子关闭，暴雨就倾盆而下。忘记了一切的姐姐依然站在街道上，伸出手去召唤出租车，哪知道下雨的时候，尤其是在下暴雨的时候，出租车很忙碌。姐姐大约在暴雨中等候了二十分钟时间才叫到了一辆出租车。

当全身淋湿的姐姐赶到出租房时，外科医生却没有降临，她只好给外科医生打电话，电话却关机了。就这样，姐姐发起了高烧，她在一阵又一阵难以忍受的高热之中不得不给我打电话。我迅速地赶到了姐姐的住所。我还是头一次出现在姐姐的住所里，我看见一只烟灰缸里的烟蒂，那些堆放在一起的烟蒂具有它们的现实意义。姐姐告诉我说，外科医生每次离开这里之前，都要吸一支香烟再离开。由此，香烟蒂一个又一个地累积起来了，如果数一数这些烟蒂的数量，就可以数清楚他们在这里的幽居的次数。

姐姐全身烧得像火炭，我不得不把姐姐送到外科医生所在的医院去，当把姐姐安置在病房住下来以后，我就去寻找外科医生。在他的办公室里，我终于见到了外科医生，他的目光很混乱地搜寻着话语，我们已经在不知不觉中靠近了一个角隅。他的含混和怯懦让我感到有些恼怒，我告诉了他姐姐发高烧的原因，他没说话，然后跟我到了病房。他走过去，本想抓住姐姐的手，然而，他的手又抽回来了。

在这个微小的细节里，我感受到了外科医生的怯懦和矛盾。这必然使姐姐和外科医生的幽居付出更大的代价。姐姐的高烧很快退去，然而，姐姐依然在发着另外的高烧，她在现实生活中出现了困境，使她失去了与外科医生在一起的希望。外科医生依然寻找时机与姐姐偷情，而每次偷情时姐姐都在质问外科医生："我们有未来吗，你怎么解决你的婚姻问题。"

诸如此类的问题经常让他们来之不易的幽居生活显得不愉快。他们不再像从前一样愉快地从性生活中感受到未来的希望，他们困守在一起，外科医生好像害怕和丧失一切，所以，他的嘴再也不像从前一样在她耳边陈述着未来的图像了。姐姐把这一切归咎于外科医生的妻子，因为她的出现使得外科医生丧失了一个男人追求新生活的勇气。

偷情的机缘越来越少，就在这时候，常到姐姐服装铺中买衣服的一个女人给姐姐介绍了一个男人。一个离异的男人，孩子已经被老婆带走了，剩下他自己在经营着一家铺面，修理电器，铺面就在姐姐的对面。那个女人告诉姐姐，修理电器的男人是她表哥，已经注意姐姐很长时间了。

在男人眼里，姐姐总是独来独往，没有见到姐姐与任何一个男人交往。这说明了姐姐和外科医生的偷情史的隐蔽。外科医生从来不单独出现在姐姐的铺子里，足以说明他的谨慎。姐姐同意和那个修理电器的男人单独见面，姐姐怀着受挫的心企图在别的男人那里寻找到慰藉。所以，在公园深处，那个女人把她表哥带到了姐姐的面前。

一个已经完全秃顶的男人来了，姐姐一眼就看男人的秃顶，它像一片荒漠让姐姐很不舒服地转过头去。男人的声音却很体贴入微，她一听见这声音就感觉到一种真实，它弥补了那片荒漠似的秃顶给她带来的不愉快。

男人请她去共用晚餐，他带着她，出现在繁华的大街，这让她感受到了一种从未感受过的东西：只有这个男人可以勇敢而坦荡地带领她从容地穿过街道。外科医生无法做到的东西，秃顶男人都能体现出来。与秃顶男人在一起时，她不断地把这个普通的男人与外科医生相比较，在这一次又一次的比较之中，他们同时也在一次又一次地来往。

而在这段时间里，外科医生已经有很长时间没有与她偷情了，他不召唤她，她也不召唤他。每当她抬起头来时就可以看到对面的电器修理铺子，姐姐的眼睛仿佛又寻找到了另一片风景。

她在这片风景中开始遗忘了吗？总而言之，姐姐并没有放弃与电器修理铺的男人交往。虽然他们的交往很世俗：比如，中午时分，男人会给姐姐送来一盒饭；晚上，男人会邀请姐姐到附近一家小餐馆用餐。

有多长时间，我已经没有听见姐姐谈到外科医生了。她似乎已经过了疯狂期，而她与这个男人的关系却滑翔着，犹如一对鸟儿飞翔在天空中。

16

张平惠与刘音民即将举行婚礼了。我预先就知道了这个消息，张平惠让我跟她一道去通知母亲。在一个已经关闭了服装铺子的黄昏，我们刚刚来到店铺门口就看见了姐姐。她正想穿过马路，在对面，就是电器修理铺子。姐姐好像化了妆，即使在黄昏之中，我依然能够感受到她化妆过的痕迹。她已经开始穿越马路，我们紧跟她身后也在穿越马路，姐姐已经到了电器修理铺前。我第一次看见了姐姐向我描述过的男人，男人秃着头顶，在我看来，秃顶是一种正常的现象。随同我们阅历和视野的加深，我们看到的秃顶现象越来越多，就像看到的枝蔓越来越多一样正常。

所以，秃顶的男人是正常的，在他们的秃顶里，我当然看不到荒漠。看到的只是时间，任何一种时间的功能和目的正在改变我们的生活，也改变了我们的容颜。她站在电器铺子门口，看上去她很惬意，在这种洋溢着神采的惬意里。我想，姐姐的外科医生应该离她的现实生活越来越遥远了。

张平惠没有像我想象中的那样犹豫，而是坦然地走上前去面对母亲。就这样，没有选择隆重的场景，年轻的女孩张平惠就在这种平常的环境中，在黄昏笼罩的电器修理铺前把自己即将与刘音民举行婚礼的决定告诉了母亲。

姐姐显得比我想象中的要平静得多，她没有用声音来阻止这一切，也没有用身体的跃动来阻止这一切，她笑了笑，那笑并不是发自内心的，姐姐通常会这样笑，她笑起来时让人感到一种战栗："你的事情我不管，你自己决定吧。"这就是姐姐面对张平惠说过的唯一一句话。随后，张平惠就拉着我离开了。

我回过头去看了看那场景：姐姐整个身心并没有完全地倚依在电器修理铺，她不断地仰起头来，朝着我们消失的街道眺望着。从她那力不从心的姿态里，姐姐试图抓住我们，然而，她似乎阻止不了女儿的命运，因为在女儿张平惠的脸上洋溢着一种幸福的、坚定不移的决定。阻止姐姐的还有一个男人，他就是修理电器的一个很平常的男人，他通过时间这种变化已经秃了顶，然而，站在电器修理铺前的几分钟时间里，我已经看到了他脸上洋溢着宽容和仁慈。

我预感到了一个男人的力量可以左右姐姐的生活，这个平常的男人坦荡的目光可以让姐姐置身在最为朴实如华的生活场景：姐姐目前的现实生活中离不开一条街道，通过穿越这条街道，姐姐可以到达对面的电器修理铺门口。与外科医生来之不易的偷情史相比较，姐姐目前的生活显示出一种朴素的力量。试想一想这样的图像，我更多时候都在虚拟出图像，因为只围身在图像里，现实才离我们越来越近。

在姐姐最现实的图像里，她通过穿越一条微不足道的街道而通向一个男人的世界。所以，这个男人平息了姐姐内心的烦躁，平息了姐姐身上那种虚荣的力量。当姐姐带着这个秃顶的男人来参加女儿张平惠的婚礼时，我好像看见了是这个男人引导着姐姐寻找到了一种平静的生活状态。

张平惠的婚礼很简单，她没有像其他的女孩子一样披上婚纱，当然，之前，她已经披过婚纱与拉小提琴的男人照过婚纱照片了。在这场婚礼中除了姐姐和秃顶的男友之外，罗华带着小丫前来参加婚礼，桃子还没有来吗？我的目光看了小丫一眼，她依然是那样很简单地笑着，看不出她身上携带着任何一种历史。她走到罗华的身边，显得小巧玲珑，显得很纯净，这是罗华照相馆的第二个化妆师，她的存在意味着什么。

来得最晚的是罗敏和林莎。他们终于成了一对夫妇，然而，我在他们的存在之中隐隐约约地感觉到了一种奇妙的忧伤。

该来的人都到齐了，简约的婚宴只是为了证明张平惠和刘音民从这个时刻已经结婚了。就在婚宴即将散场时，我看见了一个女人的影子在窗帘中闪动了一下，她就是桃子，她回来了。而且还拎着一只箱子。

她打电话到照相馆，有人告诉她婚宴的地址，她就直接赶回了现场。她满眼倦容地坐下来，独饮了三杯白酒，然后就开始醉了，在一连串的声音中，我们都同时感受到了她内心的痛苦和焦躁不安。她后来完全醉了，躺倒在她的箱子旁边。从她进场时，罗华就显得很冷漠，仿佛她的降临显得很多余。

罗华不得不弯下腰去，搀扶起已经变得酩酊大醉的桃子回家。我看见小丫走在他们身后拎起了那只箱子，不知道为什么，那只箱子在小丫的手里显得很沉重，箱子交替地在她手里过渡着，直到箱子被放在车里，罗华搀扶着桃子上车，小丫坐在车厢后面。

我把新婚夫妇送到了他们的住处，在园丁小区，刘音民已经分到了一套新房，所以，这也是他们可以顺理成章结婚的原因之一。房间里显得简朴，然而，两把小提琴却醒目地跃入我的眼前，从小提琴中散发出来的旋律，使他们结合在一起。

回到家里，我又接到了简的电话，他说他很寂寞，能不能约我到外面的露天酒吧坐一坐。夜已经很深了，我还没有困的感觉，所以，我打出租车到了简约定的那家露天酒吧。简早已坐在被夜色完全笼罩的椅子上，我们喝着啤酒，简说他要到巴黎举行摄影展览，能不能让我与他一起去巴黎。展览馆让他带一个人，可以带他的爱人一块去巴黎。我是他的爱人吗？我是他的情人吗？

简正在等待我的回答，他从未像此刻这样认真地期待着我回答。我望着夜空，我刚想拒绝简，就看见一个影子，他在露天酒吧的湖边幽转着，他像一道阴影般地幽挂着。

他好像在等待着苦难的降临，夜已经很深了，他会等待谁呢？他就是罗敏，一个最为阴郁的生命，他的出现总会令我心悸，所以，我即刻否定了简的邀请。我想即使我没有看到罗敏的影子，我也会拒绝简。我们在生活中学会的任何一种拒绝，都跟我们生命的选择有关系，我不能跟简一块前往巴黎，因为我承认我不可能是简的爱人和情人。

我在简的目光注视下消失了，谁都不知道在这样一个时刻，我想去了解另一桩事：我的弟弟罗敏为什么在这样一个时刻，独自站在湖边幽转不息呢？在两个多钟头前，我们曾经一块离开了婚宴，罗敏不是已经与林莎回去了吗？

罗敏总是在午夜离家出走，这已经是他的习惯，这种阴郁的习惯说明了一种危险的规则：罗敏依然在朝着悬崖深处扑去。我一出现在罗敏置身的湖边，他就显得很不自然，他尴尬地朝我笑了笑说："姐，夜已经深了，你还在这儿干什么？"我也用同样的语句问他，他比任何时候都显得慌乱地说："好了，姐姐我走了。"那天晚上，罗敏再一次显示出生活的不正常状态。我回了家，我给林莎打了电话，问她罗敏回去了没有。她的声音仿佛是从一只瓮中散发出来的，她也许又喝了酒，她支支吾吾地说："什么罗敏，他跟我没关系……他想到哪里去就到哪里去……"电话被她挂断了。

我眼前出现了两种图像：在第一幅图像里，是我的弟弟罗敏，他在黑夜的掩饰下跑着，进行着他人生中一场又一场割之不易、舍之不弃的交易。他一定在进行着他的交易。否则，他不会在黑夜中消失。在第二幅图像中，出现了林莎，她颓废地生活着，在罗敏从酒吧消失以后，她就寻找到了最为极端的方式，用酒精来麻醉自己的神经。

我产生了一种念头，想把他们再次送到县城去生活。我也想回县城生活一段时间。肖瘦田正在顺利地经营着我的茶馆，最近他来电话说，他很快就要结婚了，希望我们都回到县城去参加他的婚礼。

肖瘦田已经彻底戒毒了，他的先例让我对罗敏和林莎充满了信心。我想起了县城摇晃中的缓缓的时光，我想起了母亲的存在。而当我躺下时，我却做了一个奇怪的梦：在梦里，我看见罗敏抓住了林莎的手，他们的身体终于轻盈地飞翔在漆黑的深渊之下，并且顺着深渊落了下去。

我发出了一声尖叫，这谁也无法听到的尖叫声，暗示着我们生命中的另一种时刻的降临。而在第二天，明媚的阳光流曳到帘布上，使我完全窒息的心灵显得很愉快。我写下了几行文字，便感觉到了电话铃在震动。

17

是的，电话铃震动不息。是桃子来的电话，她说有一个重大的决定想告诉我，她此刻已经在火车站，让我即刻到火车站去。我来到了火车站的茶馆，这是桃子隐蔽的茶馆，她告诉我不要告诉别人。我没有告诉别人，乘着出租车时，我就在想，桃子到火车站去干什么，很明显，她要离开。

在火车站的茶馆深处，我看见了一只棕皮箱子，看见了一个女人。她正坐在角落吸烟。香烟已经烧到她的手指了，她好像还未察觉。她就是神情恍惚不安的桃子，她掐灭了烟蒂给我讲述了这样的经历。

桃子出走回来以后，本来决定了想不再离开罗华了，她要死死地守住罗华，直到罗华主动向她求婚的时刻降临。

然而，她一回到照相馆、回到罗华身边就已经感觉到她生活中增加了一个情敌。她就是年轻的小丫。桃子开始提防着小丫，她感觉到小丫看上去很单纯，实际上很精明。小丫最精明的一点在于，她时时刻刻想扮演一个纯洁少女的姿态，从而用这种姿态诱惑罗华。

而罗华呢，好像并不拒绝这种诱惑，也可以这样说，罗华似乎已经累了，他乐于面对小丫这样外形上看上去天真无邪的女孩子，而且小丫化妆技术确实不错，很多人都愿意让小丫化妆。很多人都似乎在忽视桃子的存在，因为在桃子外出的这段时间里，小丫曾经为一个演艺界的明星前来拍摄照片时，化过一次她个人历史上有意义的妆，而且由她化妆拍摄的婚纱照片经过那位明星同意以后，就被悬挂在显赫的位置，上面写着摄影者罗华的名字和化妆师小丫的名字。这一点当桃子回到照相馆时并没有感觉到是一种冲击，随着时间的推移，这种冲击才显现出来。首先，作为照相馆的第一化妆师的桃子越来越被前来照婚纱照的人抛弃，人们一看到小丫为明星化妆的照片以后，都选择了小丫。当小丫在照相馆忙个不停的时候，桃子却无所事事地站在一侧，很明显，桃子作为第一化妆师已经被人们忽视了。

这样一来，小丫与罗华合作的机会越来越多，不仅仅如此，桃子已经感觉到了罗华对他的冷漠，也就是说罗华与小丫合作的机会越多的时候，也就是她受到冷漠最多的时候。

她忍耐着，并且滋生了一种想让小丫离开的想法。随着时间的推移，她越来越想把小丫逐出照相馆。在罗华驱车带领一对年轻人到湖边拍摄婚纱照的一个下午，桃子想机会终于来了，失去了这个机会，她跟小丫对峙的时刻会拖延。而且她知道罗华起码在四个多小时后才会回来。为此，当小丫为一个女人化完妆后，她把小丫叫到了自己的化妆室，她已经想好了，唯一让小丫离开的理由就是让小丫知道她与罗华的关系。事实上，这种关系，小丫已经渐渐地感觉到了。

她坦率地告诉小丫说她已经跟罗华恋爱多年了，她不想因此而失去罗华，所以，她想请小丫离开照相馆，她一面说一边掏出了为小丫早已准备好的一笔现金。她希望小丫走得越远越好，她希望从这个时刻开始，生活中再也没有小丫的影子。

然而，让她没有料到的事情还是发生了。小丫拒绝了她的现金并坚决地说："我为什么要离开，如果罗华让我离开，我会离开，而你却没有这个权利让我离开。"小丫说完就离开了桃子的化妆室。桃子即刻就感觉到了一种失败，她没有想到貌似单纯、温柔的小丫会显得如此坚定。为此，她决定与罗华谈判，想与罗华明确地摊牌：她和小丫之间，只可能留下一个人，如果罗华要把小丫留下来，那么离开的就是她桃子。

　　罗华迟疑地看着桃子问她道："我有理由把我照相馆最好的化妆师赶走吗？如今，支撑我照相馆的人员中有小丫，也有你。哦，我明白了，你是在嫉妒小丫的存在，因为你的化妆术已经赶不上小丫了，对吗？我告诉你，嫉妒是一种非常无聊的、毫无意义的东西，我不喜欢这种东西。"

　　桃子与罗华的谈话就以这样的方式结束了。尔后，桃子明显地感觉到了罗华对她的又一种冷漠。自从桃子与罗华谈判以后，罗华就对小丫更好了，他好像有意识地与小丫亲近着，在小丫过生日时还送给小丫一束红色玫瑰花。并且是当着桃子的面将那束玫瑰花献给小丫的。当天晚上，桃子和罗华回家时，桃子再也无法忍受了，就质问罗华："你到底是小丫的什么人，你为什么要送给小丫玫瑰花，你知道玫瑰花代表着什么意思吗？送红色玫瑰花代表着爱情，送黄色玫瑰花代表着婚姻，送粉色玫瑰花代表着希望……"

罗华不吱声，过了许久罗华说："你爱嫉妒就嫉妒吧，如果你不快乐，你无法忍受这种嫉妒的话，你爱怎么办就怎么办。总之，我不会让小丫离开。"

罗华侧过身睡着了。最近以来，罗华总是侧身而睡。而桃子也同样假睡着。到了天亮，桃子无法忍受的东西依然存在着，她第一化妆师的地位已经名存实亡，取而代之的当然是小丫的存在。当小丫逐渐地成为照相馆的化妆师名角时，桃子却已经被人遗忘了。就这样，桃子再一次想起了出走的道路，她思考了很长时间却迟迟未动身，因为她似乎还存有一点希望：罗华会向她求婚的。

直到那样一个时刻怦然降临在她眼前：她生病没有去照相馆，事实上她是假装在生病，因为到照相馆她也只是一个闲人，没有人请她化妆。所以，她假装自己生病休息而躺在床上。午后的一个时刻，她觉得无聊而进了照相馆，她知道这个时刻是罗华休息的时刻，他为了保持体力，总是会在这样的午后休息。休息间在楼上，那是她过去和罗华同居的一间小屋。而此刻她已经上了楼，她上楼的脚步很轻，她只是想到罗华休息间取她的存折，她看好了一根铂金项链，想买下它，而她的存折锁在罗华的休息间里。就在她到达门口时，她听见了小丫的声音，门并没有掩紧，她透过门缝看到罗华坐在床边，而小丫就坐在罗华的旁边，紧贴着罗华胸前的小丫痉挛着，仿佛一只鸟儿已经被人捉住。

这个强劲的现实剥离了桃子仅存的最后一点希望。她离开了现场，她没有把自己看到的现实告诉罗华，也没有告诉别人。她突然想清楚了自己离开的理由：展现在自己生命途中的遥远是多么美妙啊，为什么她非要像一只病鸟一样留在罗华身边呢？为什么她不飞走呢？

决定离开的意念是如此强烈，她终于开始寻找一种解脱了，所以，她匆忙地拎着箱子到了火车站。她明白了，在罗华的身边，她已经丧失了两种身份：第一化妆师的身份和摄影师罗华未婚妻的身份。所以，她把这个故事告诉我，她想清楚了一种命运；在自己的生命感到迷惘的时候，人完全可以抽身而出。因而她奔向了火车站，从火车站出发，意味着开始了新的生活。

她又吸了一根香烟，告诉我，时间已经到了，她可以完全地离开了。她告诉我，她会在一个遥远的地方给罗华打一个电话，用那样的方式与罗华彻底分手。

我送走了桃子，我没有理由前去阻止她的离开。我站在月台上送她离开，我看着火车滑动着，车轮已经离去了。我从火车站来到罗华的照相馆前。在热闹的照相馆里，我看着小丫的身影在忙碌着，她就像恣肆的花朵艳红地开放着。在小丫的影子和存在中，我已经意识到了桃子确实已经失去了一个化妆师的位置。那么桃子作为一个未婚妻的位置呢？罗华站在小丫的身边，他把一只已经剥开的橙子递给小丫，这种温柔的体贴让我想起了已经随同火车滑轮远去的桃子。

桃子的命运去了远方，那深不可测的远方，而小丫却留了下来。这是否是一种命运的安排呢？检验我们命运的永远是时间，我为桃子迷惘离去的身影而感伤，我为留在罗华身边的青春焕发的小丫而伤感。

罗华没有去寻找桃子，他们似乎已经告别过了，似乎已经不再可以聚在这座城市。而他和小丫的命运是什么呢？这个占据了照相馆显赫位置的小丫，目光依然清澈着，姿态依然天真灿烂，而罗华看她时的那种目光，充满了我很长时间以来没有看到的那种迷恋。

18

罗敏和林莎出事的这个时刻，我正在干什么呢？我正在飞机场，我正在送简。简要到巴黎去，要去多长时间不知道。简出发时带走了我刚出版的书，他说他在旅途中很多寂寞的时刻仍然需要再一次读我的书打发时光。

时光这东西是什么，我站在明亮的落地玻璃窗口，望着简上了飞机，飞机在滑行时我的手机在我贴身包里震动不息。我不管它再怎么响，总之，我现在需要看这滑轮如何沿着飞越的起跑线向前滑动而去。

让我的生命也滑动吧，我预感到有一天，我单独一个人也会乘上飞机到一个国家或者一个世界上最为遥远的地方去。而此刻，就让我的身体在想象和虚构之中飞翔起来吧！千万别忽视虚构和想象的力量，没有它们，我们的生命不知道有多寂寞和孤单。当然，芸芸众生中每个人虚构和想象的世界并不一样。我就要飞起来了，越过飞机的落地玻璃窗，而手机仍然在震动不息，我不得不返回现实，在这个世界上，想象和虚构暂时被关闭在笼子里。

我已经走出了飞机场，正当我朝着出租车停靠站走去的时候，我开始接电话，罗敏和林莎已经出事了，是罗华给我来的电话，他们从一个饭店的二十八层楼上坠入了地面。这是一个多小时前发生的事情，也是拂晓时分发生的事情。

而此刻，太阳已经在省城冉冉升起。我的心已经全部下沉，包括我的肉体和灵魂也随同太阳在下沉。我钻进一辆出租车，我的心下沉在出租车车轮之下，我闭上双眼，不敢正视这明媚的一天，正视在这明媚的阳光下发生的坠楼事件。长久以来，被我一次又一次预感到的灾难终于降临了。很长时间以来，罗敏的现实生活状态一直是一种混乱的网，它一次又一次地编织着让我忧虑的东西，然而，我却一次又一次地推开了它。

当真正的预感在胸内回荡时，我们推开它，只是为了寻找到暂时的安宁而已。而当真正的预感展现在眼前时，回避是不可以的，我打开了出租车车门朝着外面走去。

这就是省城的一座五星级酒店，它的名字叫"天堂饭店"。当我朝着这座饭店移近时，我突然明白了罗敏为什么带着林莎选择了这儿，他也许再也无法与自己的灵魂搏斗了，再也无力将自己的灵魂解放出来。包括林莎，她曾想做歌手，曾经想变得大红大紫，然而，自从她的命运与罗敏捆绑起来以后，他们的命运就被彻底地捆绑在一起了。我仰起头来看着二十八层楼的"天堂饭店"，它的外形以平缓起伏的曲线为特征，在这平缓起伏的曲线中镶嵌着许多玫瑰花，它也许就是人们意识之中怒放的天堂之花。

离罗敏和林莎已经越来越近，然而，我需要从围聚起来的三四层人群中移动过去。很长时间以来，他们喜欢观望悲剧，因为在观望中，人们发现了露天的舞台，悲剧就在这个大舞台上发生了。观望者和悲剧保持着足够的距离，正是这距离使人们不害怕悲剧，然而却可以欣赏和回味悲剧。

不久之前，在一幢高楼下面，也同样围聚起好几层人群，林莎疯狂地想坠楼，已经到了边缘，林莎当时就是想往下面跳，然而，罗敏阻止了她往下跳。那种场景对我记忆犹新，事情过去并不长久，类似的事情却发生了。看来，他们始终要寻找到一种坠楼的高处，就像我当年迫不及待地奔往离缅甸最近的一座小镇，是为了一次堕胎一样。

他们也同样迫不及待地奔往这座饭店，他们是在昨天下午住进这座饭店的。在住进这座饭店之前，他们因吸毒已经全部地输完了全部的精神之重和物资财产。昨天下午，他们的酒吧，化为了泡沫，已经变成了空气楼阁，因而，像是早就已经想好了最后的出路，他们住进了"天堂饭店"。

他们好像在坠楼前还沐浴过，而且沐浴之后还有过身体的亲密接触。拂晓之前，他们上了天堂饭店的顶楼，然后从容地把自己的身体投掷而下，如同飞翔过的候鸟纵身落入巨大的峡谷。因此，它们终于解脱了肉体和灵魂的痛苦。当我终于移过三四层黑压压的人群到达他们身边时，我在明媚的阳光下触到了猩红，这猩红是从人体中飞溅而出的花。它们四处弥漫，我靠近了罗敏和林莎，他们十分恬静地躺在水泥地面上，他们当然想由此变成尘埃，变成我们眼前的灰。然而，他们的身体已撞击在坚硬的水泥面上，这可以让他们猝死，可以让他们迅速地解脱。

罗华、罗果、张平惠、刘音民、小丫都已经赶来了。这事件当然也同样惊动了公安警察。首先目睹这场事件的是一个老头，当时，他正站在对面的露台上打太极拳，然后他就看见了两个人的影子手拉手在往下坠落着，渐渐地，两个人的手已经分开了，然后还没来得及听到撞击声，两个人就已落在了坚硬的水泥地面上。老头报了警，所以，在之前，警察在十分钟内赶到了现场，通过一件留存在饭店的外衣，那外衣当然是罗敏留下来的，里面有电话号码本、身份证件等。大约是他忘了穿上外衣，所以，外衣便留在衣柜里。从电话本上警察顺着电话往下打，第一次拨通了罗华的电话，然后由罗华通知我，再通知其他人。

我没有呈现出预感中的那种悲伤，我已经承受了李路的死、父亲的死，而且每一次面对死亡时，我都没有呈现出那种悲伤。我走过去，靠近罗敏的头，他的头很干净，然而他的颅内在汩汩地流血，血从鼻子和耳朵中大面积地往外流。我触到了罗敏的眼睛，那眼睛闭着，仿佛入睡了一样安详，看来，罗敏已经期待着这种结局很长时间了。

再转过身去看着林莎，她穿得很鲜艳，一条桃红色的长裙紧紧地裹着她的肉身，而且她的裙装上有香水味，很浓郁，所以，靠近她的身体嗅不到血腥味，而是嗅到了香水的味道。

　　当三四层人群散开时，警察也散开了，只剩下我们自己。因为警察弄清楚了事件。罗敏和林莎的死亡和任何人都没有关系，是他们心甘情愿地选择这种方式的死亡。死亡变得个体化和私人化，它跟命运有关系。

　　我们决定把罗敏和林莎送到殡仪馆去火化以后再送到县城去安葬。之前，我们没有通知母亲，我们都知道罗敏的死亡对母亲来说是一个巨大的灾难。当我们沿着车辙进入跑马山的路上时，离殡仪馆就已经很近了。省城的殡仪馆就坐落在跑马山上的一片丘陵地段上。

　　之前，我们已经替罗敏和林莎整了容，他们躺在车厢里，如此恬静、安详，这是他们最好的选择了。在我们之中，只有他们两人失去了痛和感官，失去了任何战栗不安的感受力和触碰力。所以，即使我们看着他们已经进入了殡仪馆的火炉之中，也能够感受到他们那种解脱和无疼痛的身躯的恬静。

即刻，他们转眼变成了骨灰，我们眼前的灰，我们把他们分别装进了两只骨灰盒。我们亲自用双手捧起那些灰，它们是温热的，仿佛还带着体味和体温，然而，他们的形象只留在记忆中，再也不会鲜活地呈现在我们面前。

然后，我们连夜地驱着车，起初是罗华开车，然后是小丫开车，我不知道小丫是什么时候学会开车的，她好像学什么都很快。她开车时，我自然会想到沿着火车铁轨线已经消失不见了的桃子，那个手抓紧箱子的桃子，看来真是与罗敏无缘分，所以，始终就是要离开的。小丫却留下来了，她的生活轨迹已经融入了罗华的生活。这生活，包括这死亡，都是我们从现实中提炼出来的钢铁。

张平惠和刘音民坐在一起，张平惠紧紧地抓住刘音民的手，她大概是害怕这一切，她是我们之中最年轻的，也是结婚最早的人。然而，在对待自己的情感问题上，她又是最有主见的人。罗果坐在最后，有一个人一直在陪同她，他就是那个秃顶的男人，他像石头一样坐在她的身边。看来，他也可以像石头一样稳固地交给她去依傍。

我坐在最后一排，离罗敏和林莎很近，他们的两只骨灰盒就在我旁边一侧。我还在四周插上了鲜花，就要到达县城了，就要到达罗敏生长的地方了，就在回到母亲的身边了。

19

雨天，当我们抱着骨灰盒出现在母亲身边时，她正迟缓地坐在矮凳子上绕着毛线。倏然间，毛线从她手上滑落下去。这是我早已经预想过的结局，毛线从我母亲膝头上滑落下去时，世界便会混乱起来，母亲也许会尖叫，当然尖叫尚未发出来时，母亲就会用强大的力量抑制住它。这就是我县城的母亲，她已经训练了一种素质，这素质曾经伴随着她与父亲的婚姻，伴随着我们成长的杂芜。当然，这素质体现在昔日的一根绳索上，那时候的母亲希望我成为她的左手或右手，希望我成为她的同谋，站在她这一边，给予她力量捆绑起每个人的生活。当然，她捆绑得最多的是罗敏。

也许从绳子在她手上散落在地的那一刻起，母亲就预感到了这一切，只不过这一切来得太快了，它摧毁了母亲臆想中的美好的场景。尽管如此，母亲依然抑制住了尖叫声，就在此刻，我想起了马丁·路德的一句话："我是尘土，我充满了罪恶。"

我们将要把罗敏埋葬在县城了，同时埋在他身边的还有他的妻子林莎。我们曾试图给林莎的亲人打电话，后来我们才知道林莎是孤儿，她从小是在孤儿院长大的。所以，我们才决定把她葬在罗敏身边。

就在父亲的旧墓旁边，新增加了掘开泥土的人，雨用它清新世界、缠绵的姿态从高空落下地。两只褐色的骨灰盒就这样落在了泥土之中。就在泥土合拢的时刻，母亲突然尖叫了一声，她大约寻找到了尖叫的自由，因为在这墓陵深处，她的嗓音是可以获取自由的；因为旁边没有邻居的耳朵，没有阻止她叫喊的世俗力量；因为她尽可能地尖叫也不会传播到风中的谣传中去。也许，她在这样的时刻，已经不在乎别人的目光和谣传的嘴唇了。这是我听见过的母亲一生中最为尖锐的、唯一的一次尖叫了，从她尖叫以后，母亲突然变得平静了。她的平静从在墓地上的那一刻就已经开始了，她看见墓地已经合拢了，就像当年父亲的墓地突然合拢了一样。

几个月以后，我独自到墓地，我想单独去看罗敏，我准备了一台录音机，带着邓丽君的全部歌曲。就在我到达墓地的时候，我看到了丁兰，她右手牵着一个男孩，男孩已经很大了，大约已经上小学的年龄了。丁兰穿着一身素洁的衣装，她牵着儿子的手站在墓地上。

　　我没有惊动母子两人，而是在不远处独自待了半个多小时。在这半个多小时的时间里，丁兰母子俩一直站在墓地前，听不见他们的声音，也许在这样的时刻并不需要声音，需要的是沉寂。这来之不易的沉寂犹如秋叶已经覆盖在我们身上。

　　丁兰离开了，我目送着他们，不管怎么样，丁兰有了她和罗敏的儿子，她将和儿子、丈夫生活在那个小镇，这种生活方式并不会随同罗敏的死亡而中断。

　　所以，我想让罗敏听听邓丽君的歌曲，从罗敏是一个中学生时，他就开始在小阁楼上倾听邓丽君的歌曲，这大约是他生命中最为愉快的时光了。我把录音机放在丁兰插在草地下面的一束黄菊花旁边，我打开了录音机，磁带再现了邓丽君的歌曲和形象。邓丽君死去了，作为一代歌星她已经去了，而我的弟弟罗敏只不过是一个小人物。

他的身份从不明确，但最为明确的却是他作为瘾君子的身份。终于，悬在我们眼前的迷雾伴随着他的死亡结束了，我们再也用不着用绳索去捆绑人的肉身，我们再也用不着送他到戒毒所去，我们再也用不着在一切阴暗和隐蔽的角落去追逐罗敏的身体。

　　如今，他和林莎的身体已经变成了尘埃。尘埃在我们脚下，在树枝掩映下，在游戏交织之中。在我们把自己变成鬼、变成人的结构中，尘埃就在罗敏的胸口，紧紧贴住他的心跳。为什么当罗敏已经变成尘埃以后，我依然会感觉到他的心跳呢，因为即使是死者也会与我们的灵魂在搏斗。

　　邓丽君的歌曲旋转完了最后一道旋律，我又感觉到了罗敏那种灵魂和肉体的搏斗声，它持续了一段时间以后，突然结束了。它终于平息了罪恶的搏斗，此刻，我又一次感觉到我的弟弟罗敏已经寻找到了他解脱的世界。我不用再为他担心什么了，在他自己的身体变为尘土时，罗敏就已经摆脱了一切欲望。

　　折磨我们的永远是欲望。

　　我又回到现实之中，有好几天，我坐在茶馆里面对着西风，它好像是从罗敏的墓地上吹来的风。肖瘦田仿佛变了一个人，我已经渐渐地忘记了他睡在电影院门口的一只破纸箱中的故事，我已经渐渐地忘却了他和罗敏在一起相依相伴做瘾君子的生活。

罗敏如果变成了现在的肖瘦田，那该多好啊，然而，肖瘦田却代替不了罗敏，罗敏同样也代替不了肖瘦田。而此刻，肖瘦田同他年轻的妻子在经营着这家茶馆，命运可以出现两个结局，它可以背叛我们原初的梦想，让我们在被背叛之中，不停地经历人生中不可预知的变数；在另一种命运里，命运好像不可被时间轨迹陈述着我们出发前的理念和梦想。

我们生活在两种命运之中，也可以这样说，我们在两种命运交织之中生活下去。我发现，我的哥哥罗华突然对小县城再一次充满了兴趣，他总是拉着小丫的手在县城里转悠着。几天来，我已经听到了与哥哥有关的谣传：比如，我的哥哥如此大的年龄了，还是光棍，其失败的原因就是太挑剔和对女人不专一等等。

谣传是美妙的，只要回到县城，总是会听到谣传。关于我的谣传也是美妙的，在种种谣传之中，我同样也是一个只会谈情说爱、不愿意被婚姻笼罩的人，而且我已经过了正常人结婚的年龄。

当我的哥哥决定在县城创办第一家婚纱摄影分店时，我一点也不感到惊讶。哥哥大概是在省城生活腻了，他想让他的助手在省城经营，他和小丫回到县城经营这家婚纱店。这符合哥哥罗华的本性，他是一个不安定的人，他生活中每隔一段时间总要升起波浪。

我在一个偶然的时间里，看见了当年与哥哥一起私奔的女人，她和丈夫依然经营着那家小杂货铺子。她好像苍老了许多，面对时光和岁月，女人总是比男人容易变得苍老一些。她的往事已经沉入二十世纪八十年代的水底之下，她务实地回到丈夫身边，获得了她的婚姻。试想一下，如果当年她和罗华的私奔成功了，他们也许并不会获得幸福，因为对于罗华来说那种私奔只是一段插曲而已。

罗华已经在电影院租下了一层楼的铺面，昔日繁华热闹的电影院现在已经作为店铺出租出去，新的电影院已经出现在县城的另一个中心。当我站在电影院门口时，我看到了那些已经开始坍塌下去的台阶，昔日意味着什么呢？昔日，我穿着橘红色的喇叭裤出现在县城电影院的台阶上，那是我少女的时期，也是我人生中最为橙色的时期。如今，我手里再也不会拿着电影票等待乔芬了，再也不能陪着开波兰大货车的司机李路看电影了。我去看过李路的墓地，他已经静静地变成了尘埃，我没有太多地停留，我不想打扰他。

罗华租下了电影院一层楼的房子，将要在这里开第一家婚纱店，昔日县城的摄影师如今依然在做着他的摄影师的梦想。小丫站在一边，我突然明白了，小丫是最适合罗华的。小丫站在罗华的面前，永远显得很明媚、很单纯，这也许正是饱经时光摧残和情事缠绕不休的罗华所需要的东西。

姐姐已经同她现在的男友回省城去了，姐姐告诉我说她已经跟外科医生彻底断了关系。她感到一种从未有过的踏实感，她再也不需要过一种偷情的生活了。她透露出了想跟电器修理工结婚的念头，有一次，我们站在护城河边，她就站在男友的面前。我注意到了一个细节：当一根草落在男友秃顶的头上时，姐姐用手指轻柔地放在他头顶上，用指尖儿夹起了那根草根。这个温柔的镜头意味着他们的未来是美妙的。

有一天夜里，我兴奋不已地从衣柜里取出那条橘红色的喇叭裤，它永远陪伴着我的箱子，它现在又回到了县城，我的身型没有发胖，依然可以穿上那条喇叭裤。站在镜子前，我又一次穿上了那条喇叭裤。然而，我再也不会是二十世纪八十年代的我，我再也不会回到过去，再也不可能回到二十世纪八十年代的县城电影院门口和女友和男友过着无忧无虑的生活。橘红色的喇叭裤从我身体上滑落而下，我决定在县城住一段时间，陪陪母亲，我又一次来到护城河边，漂荡着小鱼虾的河底，同时漂荡着青苔。我站在河边接到了简从巴黎打来的电话，他说他很想念我，他决定在巴黎生活一段时间，让我也到巴黎去，我说可以考虑一下，我沿着护城河走了一圈，我的身体在河底漂游了一圈，又回到了县城的岸上。